Monika Bittl

Bergwehen

MONIKA BITTL

Bergwehen

Roman

Droemer

Besuchen Sie uns im Internet:
www.droemer.de

Deutsche Erstausgabe September 2008

Ein Unternehmen der Droemerschen Verlagsanstalt
Th. Knaur Nachf. GmbH & Co. KG, München

Umschlaggestaltung: ZERO Werbeagentur, München
Umschlagabbildung: Masterfile
Satz: Adobe InDesign im Verlag
Druck und Bindung: C. H. Beck, Nördlingen
Printed in Germany
ISBN 978-3-426-19801-8

2 4 5 3 1

In Liebe meinen Eltern

»Das Leben ist kurz, die Kunst ist lang,
die Gelegenheit flüchtig, die Erfahrung trügerisch,
das Urteil schwierig.«

Hippokrates

I.

1.

Als der Große Komet des Jahres 1811 über Europas nächtlichem Himmel am hellsten strahlte, fiel kurz vor den Toren von Paris ein Schuss. Die Pferde scheuten, der Kutscher schrie auf, rote und gelbe Blätter flogen von den Bäumen, und der Wagen blieb stehen. Der zweite Schuss aus dem Manson-Gewehr durchschlug die Kutschentür, der dritte traf Lucilie Vinzenz in die Brust. Die Vierundvierzigjährige erschrak mehr, als einen Schmerz zu verspüren. Ihr Blut sickerte durch den festen Stoff des dunklen Dirndls in ihr weißes Baumwollhemd und durchtränkte langsam die Wolldecke, die über ihrem Schoß lag. Lucilie hob ihre Hand, um noch einmal das geliebte Gegenüber zu berühren, doch der Arm rutschte nach unten, eine Strähne aus ihrem dunklen Haarschopf löste sich, und ihr Körper sank an die Lehne zurück.

Die vierte Kugel durchschlug ihren mit Weihrauch und getrockneten Bergpflanzen gefüllten Beutel, es roch nach verbranntem Fleisch, Lavendel und Myrrhe. Ein Wolf heulte auf, Lucilie hörte den Kutscher vom Bock fallen und ein Röcheln. Weitere Schüsse wurden abgefeuert, die restlichen Glasscheiben zersplitterten, und Lucilies Kopf fiel nach hinten, so dass ihr Blick direkt auf den Großen Kometen gerichtet war. Blut quoll aus ihrem Mund, die Lider erschlafften und ihre Lippen formten sich zu einem

Lächeln. Sie dachte an den silbernen Knopf, den sie doch eben noch an Tonis Jacke genäht hatte. Nach wie vielen Monaten hatte sie endlich das Gewand ihres Kindes in Ordnung gebracht – und dem silbernen Knopf sollten nun ihre letzten Gedanken gehören?

Lucilie erkannte im Hauch der kalten Herbstluft ihren letzten Atemzug und sah ein gleißendes Licht, das sie rief. Als Oberhebamme Lucilie Vinzenz trat sie dieser Erscheinung, nun in ihrem hellgrünen Sommerkleid, durch das Kutschendach hindurch aufrecht und unversehrt entgegen. Gerade noch hatte sie ihr Werk vollendet, den tödlichen Preis dafür nahm sie mannhaft hin.

So starb Lucilie versöhnt mit der Welt, die sie jedoch über Jahrzehnte vergessen sollte, weil ein zerstreuter Setzer ihr Manuskript versehentlich in einer falschen Schublade ablegte und stattdessen ein Kochbuch drucken ließ. Dieses Missgeschick bezahlten unzählige Menschen mit ihrem Leben.

2.

Als der Große Komet in einer Aprilnacht des Jahres 1811 der Erde zum ersten Mal so nahe kam, dass er mit bloßem Auge am Himmel zu erkennen war, verschlief fast die gesamte medizinische Elite Europas dieses Ereignis. Die berühmtesten Ärzte jener Zeit waren auf Einladung Napoleons aus Leipzig, Pavia, London, Wien, Berlin, Bologna, Dublin und anderen Universitätsstädten nach Paris gereist, um ihr Wissen in theoretischen und praktischen Bereichen auszutauschen. Am zweiten Kongresstag begannen sich die Mediziner in den kaiserlichen Sälen jedoch so heftig zu streiten, dass die Vorträge auf die Abendstunden verlegt wurden; am dritten und vierten Kongressnachmittag kam man sich über die Viersäftetheorie, Chirurgie und Diätetik in die Haare, die weiteren Nächte im Pariser Schloss setzte man sich nicht mehr nur fachlich auseinander, sondern beleidigte sich auch persönlich. Der stämmige Engländer Edward Jenner wurde schließlich handgreiflich, packte seinen Landsmann John Brown am Backenbart und stieß ihn gegen die Tür. Der in Berlin lehrende Christoph Wilhelm Hufeland ergriff Partei – und einen silbernen Kerzenständer – für Jenner, sein Weimarer Gegenspieler Johann Christian Stark setzte sich mit einem Faustschlag für Brown ein; der schmächtige Franzose Joseph-Ignace Guillotin und der vollbärtige Ire James Parkinson versuchten die Männer zu trennen, brachten damit aber den päpstlichen Leibarzt gegen sich auf, und aus der Rangelei einiger wurde eine Prügelei fast aller, die mit vielen Hämatomen, einigen Frakturen und mehreren Platzwunden endete.

Napoleon, der zu einem »ärztlich-neutralen Kongress« geladen hatte, sich von den Akademikern aber grundlegende Erkenntnisse im Hinblick auf die Kriegsmedizin erhofft hatte, fluchte »merde« und befahl eine Zuwendung an die von den Gelehrten verachtete Zunft der Wundärzte sowie die Einrichtung einer Akademie zu deren raschen Ausbildung. Warum zum Teufel hatte er nicht gleich die Praktiker der Chirurgie zu einem Treffen gebeten? Sein Leibarzt und sein Privatsekretär, auf deren Vorschlag hin sich die Akademiker versammelt hatten, bemühten sich um Schadensbegrenzung, und die medizinischen Koryphäen einigten sich darauf hin, sich in dieser Angelegenheit an ihre ärztliche Schweigepflicht zu halten und für den französischen Kaiser noch vor ihrer Abreise eine schriftliche Stellungnahme zu verfassen. Würde erst das niedere Geschäft der Wundärzte von Napoleon gefördert, wäre einer höheren Anerkennung von Badern, Quacksalbern und Hebammen in ganz Europa Tür und Tor geöffnet. Ohnehin zog es das gemeine Volk viel zu sehr zu den Heilern, die ohne jegliches Studium praktizierten.

So saßen die berühmtesten Ärzte jener Zeit drei Tage und Nächte in der französischen Hauptstadt an ihren Schreibtischen, um die Ehre ihres Berufsstandes ins rechte Licht zu rücken, der niederen Chirurgie nicht Vorschub zu leisten und um ihre Einkünfte zu sichern.

Seit dem Altertum, so führte der weltweit führende Theoretiker des Jahres 1811, John Brown, in seinem Schreiben an Napoleon aus, existiere die Viersäftetheorie, derzufolge der Mensch aus Blut, Schleim, schwarzer und gelber Galle bestehe. Nur wenn das Säftegemisch im Körper ausgewogen ist, sei man gesund. Wolle man die Alten plötzlich verachten? Brown wolle sich an dieser Stelle nicht darüber auslassen, dass auch Wasser, Luft, Erde und Feuer sowie Lebensalter und das Temperament der Menschen eine Rolle spiele – vehement wolle er hingegen die neueren Theorien eines Edward Jenner abstreiten, der glaube, ohne die innere Medizin und ohne Beachtung der Seele, Krankheiten bekämpfen zu können.

Edward Jenner, der in England vor einigen Jahren durch Experimente eine Behandlungsmethode gegen Pocken gefunden hatte, bezichtigte Brown der »akademischen Scharlatanerie«. Keiner könne die Viersäftelehre beweisen, sie sei ein reines Konstrukt. Sein Verfahren der Immunisierung durch Impfung hingegen ließe sich experimentell bestätigen und dieser Beweisbarkeit gehöre die Zukunft. Sogar der Papst habe mittlerweile den Erfolg seiner Methode anerkannt, im Staate Bayern habe man die Impfung bereits verpflichtend eingeführt und er sei sich sicher, weitere Länder würden diesem Beispiel folgen; mehr noch: das Grundprinzip des Verfahrens ließe sich sicherlich auch auf andere Krankheiten übertragen.

Hufeland betonte in seinem Schreiben die große Bedeutung der Diätetik und der von ihm weiterentwickelten Makrobiotik, derzufolge eine gute Gesundheit ganz wesentlich vom Organismus selbst geregelt würde, vorausgesetzt man ernähre sich gesund, bewege sich maßvoll und nutze die Heilkräfte der Natur. Auch Hufeland berief sich auf die Tradition des Altertums und zitierte Hippokrates, wonach ein tüchtiger Arzt ein guter Voraussehher sei. Durch Hufelands Unterstützung sei diese Theorie von einem gewissen Hahnemann weiterentwickelt worden, so dass als Behandlungsmöglichkeiten nun sogar Medizin in Form von kleinen Kügelchen, genannt Globuli, zur Verfügung stünden. Entschieden ablehnen würde er jedoch die Auffassung, wonach ein Mensch nur nach biologischen und physiologischen Mechanismen funktioniere, denn ohne einen eigenen Energiekern ließe sich das Leben nicht erklären.

Johann Stark, der Hufeland aus seiner Weimarer Führungsposition vertrieben hatte, spottete in seiner schriftlichen Darlegung über die Makrobiotik und beschrieb ausführlich, wie nach dieser Lehre ernährte Kinder schlecht heranwuchsen. Die »abstrusen Praktiken« – womit er auf Hahnemanns Homöopathie zielte – würde er nicht einmal in einem Nebensatz weiter ausführen, um den Kaiser damit nicht zu langweilen. Denn auch im Allgemeinen begrüße er Napoleons Regime, das den Klerikalen endlich die Macht beschnitt. Stark plädierte er in einer langen Fußnote ausführlich dafür, Papst Pius VII. weiter festzusetzen, um der Wissenschaft und Kunst auch künftig die nötigen Freiheiten einzuräumen, die sie dringend bräuchten. In einer anderen Fußnote warnte er Napoleon vor den Argumenten des päpstlichen Leibarztes. Dieser würde sicherlich wieder mit den allgemein menschlichen Ängsten und einer unausrottbaren Moral spielen und auf Krankheiten als Strafe Gottes hinweisen.

Der päpstliche Leibarzt Luigi Novesanto eröffnete seinen Bericht mit einer ausführlichen Erörterung der von Gott vorgesehenen Krankheiten als Strafen für sündiges

Verhalten. In einem alphabetischen Katalog verzeichnete er die gängigsten Krankheiten und ordnete sie den Kategorien »Behandlungswürdig« oder »Gottesstrafe« zu. Eindringlich verwies der päpstliche Vertraute außerdem darauf hin, den Wundärzten, Badern und Hebammen das Handwerk zu legen, da ihre Gottesferne nach Einstellung der Hexenprozesse ein neues, ungeahntes Ausmaß entfalte, das Volk diesen Scharlatanen vertraue und die jeweiligen Zünfte weit weniger Kontrolle über ihre Mitglieder ausüben könnten als akademische Reglementierungen.

»Merde«, rief Napoleon erneut aus, als er die ersten Schreiben überflogen hatte, jeder Feldscher könne ihm da mehr erklären! Sein Sekretär hatte die Stellungnahmen nach Ansehen der Ärzte sortiert und sie dem Kaiser in einer Mappe an den privaten Schreibtisch gebracht. Der kleingewachsene Feldherr schleuderte die Schreiben in eine Ecke, fragte: »Was soll das heißen?«, wartete keine Antwort ab und ergänzte: »Keiner weiß was, die streiten sich nur!« Der Sekretär, den jede Theorie – soweit er sie hatte verstehen können – für sich überzeugte, nickte mehrmals. Gab es eine Zunft oder einen anderen Berufsstand, in dem sich die Koryphäen derart widersprachen? War es denkbar, dass ein Feldherr den Nutzen der Kavallerie bezweifelte, ein anderer aber ausschließlich auf diese baute?

Der Privatsekretär sammelte die Blätter wieder auf, der französische Kaiser schüttelte den Kopf und sah für einen Moment ratlos und fragend drein. Der Bedienstete wich dem ungewohnten Blick aus, bis ihm die erlösende Bemerkung eines Arztes, die er zufällig auf dem Flur aufgeschnappt hatte, einfiel. Er schlug vor, die medizinische

Elite zur Abreise zu veranlassen, man müsse sich nicht sofort für den einen oder anderen entscheiden, die Sachlage erfordere im Gegensatz zu militärischen oder politischen Fragen, nicht sogleich ein Urteil. Womöglich könne man dieses sogar dem Lauf der Zeit überlassen, denn für den Kaiser seien vor allem die praktischen Kenntnisse der Wundärzte entscheidend. Napoleon nickte, der Sekretär wechselte schnell das Thema und verwies darauf, dass vor der kaiserlichen Tür die Erfinder warteten, für die man einen Wettbewerb zur Herstellung haltbarer Lebensmittel ausgelobt hatte.

Napoleon gab eine Geldanweisung für die sofortige Einrichtung einer Akademie für Wundärzte heraus, besprach mit zwei Generälen seinen nächsten Feldzug, ließ nach einer Mätresse schicken und die Erfinder vorsprechen. Einem von ihnen war es gelungen, Gemüse in Gläsern zu konservieren, und er erhielt das Preisgeld. Die Behälter stellten sich jedoch als kriegsuntauglich heraus, da sie zu schwer zu transportieren waren, und Napoleon besann sich wieder in allen Belangen auf seine alten Maximen. Die hießen, dass der Krieg den Krieg zu ernähren hatte, Ärzte allesamt Idioten seien und er nur seinem Instinkt vertrauen könne. »Freiheit, Gleichheit und Brüderlichkeit« waren schließlich nicht auf alle menschlichen Bereiche anwendbar.

Als der Große Komet schließlich mit bloßem Auge am nächtlichen Himmel sichtbar wurde, schliefen alle Mediziner zum ersten Mal seit vielen Tagen und Nächten endlich wieder. Napoleons Leibarzt und der Privatsekretär des französischen Kaisers dankten bei Champagner dem in Fachkreisen unbekannten bayerischen Professor Aigner für dessen Hilfestellung in dieser diffizilen Angelegenheit, denn von ihm war der entscheidende Ratschlag gekommen, mit dem sie Bonaparte beruhigen konnten: Dies war kein Krieg, bei dem man sich sofort entscheiden müsste.

3.

Als sich der Große Komet des Jahres 1811 zum ersten Mal über dem europäischen Himmel zeigte, öffnete Lucilie Vinzenz ein Fenster im großen Saal der Münchner Gebäranstalt, um frische Luft in den Raum zu lassen. Lucilie sah ein ungewöhnliches Licht am nächtlichen Sternenhimmel, hatte jedoch keine Zeit mehr, noch einmal genau hinzublicken, denn man rief sie aus den verschiedenen Ecken des Saals zu den Schwangeren, Kreißenden und Wöchnerinnen. Die Oberhebamme mit den glänzend schwarzen Haaren steckte ein paar widerspenstige Strähnen, die sich aus ihrem Schopf gelöst hatten, zurück, ehe sie die Größe einer Muttermundöffnung ertastete, einem Lehrmädchen die Mischung für den wehentreibenden Himbeerblättertee erklärte, mit ihrer Stellvertreterin eine Kindswendung besprach, einer Magd zeigte, wie sie die Brust richtig an das Kind anlegen musste, bei einem Einlauf half und besorgt feuchte Tücher auf den Kopf einer Wöchnerin im Kindbettfieber legte.

Hinter jedem Paravent, mit dem Lucilie den Saal in kleine Bereiche hatte einteilen lassen, erwartete man sie heute, immer wieder strich sich Lucilie ihre von Blut, Schleim und Schweiß bedeckten Hände am dunklen Rock ab, und kaum hatte sie eine Frage beantwortet, benötigte man an anderer Stelle ihren Rat. Schnellen Schrittes bewegte sich die Oberhebamme von einem Patientenplatz zum nächsten, rückte da und dort ein Licht, ein Laken oder einen Gebärstuhl zurecht, schloss auf Wunsch der Hebammen wieder das Fenster und lächelte im Vorbeigehen aufmunternd den schreienden Kreißenden und erschöpften Müttern zu. Sie sprach dabei ruhig mit all den Weibern, bei denen sie etwas verweilte, bis sie eine freie Minute fand, um sich am Stehpult Notizen zu machen.

Lucilie nahm Tinte und Feder und schlug doch das dicke Heft, in das sie sonst fein säuberlich Aufnahme, Namen, Beobachtungen, Komplikationen und andere Anmerkungen notierte, heute nicht auf. Mit beiden Händen hielt sie das geschlossene Anstaltsbüchlein fest, denn ihr fehlte der Mut, ihrem Verdacht nachzugehen und die Kreuze hinter den Namen der vergangenen drei Monate zu zählen. »Es darf nicht sein«, flehte die Oberhebamme innerlich, schloss ihre braunen Augen mit den langen Wimpern und stemmte ihre ausgestreckten Arme auf den Hefteinband. Dabei nahm sie plötzlich die stickige Luft, das Geschrei und den stechenden Geruch nach Exkrementen im Raum wahr, so als würde sie den Saal zum ersten Mal betreten. Lucilie blickte ins Leere, bis ein Lehrmädchen, das Wasser geholt hatte, sie aus ihren Gedanken riss. Draußen würde sich ein Weib herumdrücken, ob die Frau Oberhebamme nicht nachsehen könne? Lucilie nickte, nahm ein Wolltuch und einen Becher Tee und war dankbar für die Gelegenheit, an die frische Luft zu kommen.

Beim Sendlinger Tor, nahe der mit Bäumen neu angelegten Sonnenstraße, lag der schlichte Bau mit der Hebammengebäranstalt hinter ein paar Häusern der neu entstehenden Vorstadt und vor einem weiten Feld. Lucilie trat vor die Eingangstür, drückte sie mit dem Rücken zu, stellte das Gaslicht ab und blieb mit dem Tee oben auf der Treppe stehen. Sie schaute über die Dächer der schlafenden Stadt hinweg in den nächtlichen Sternenhimmel. Ein kalter Aprilwind ließ sie leicht frösteln, sie zog das Wolltuch enger um Schultern und Hals und nahm einen Schluck Tee. Tief sog sie die frische Luft ein. Sie würde hier einfach warten, bis sich das Weib zeigte. Meist dauerte es keine fünf Minuten, bis die Frauen hinter einem Baum, aus dem Dunkel der Straße oder vom Feld her auf sie zukamen und ihr Anliegen vortrugen. Manche schmissen sich verzweifelt vor ihr auf den Boden, andere schilderten umständlich ihre unglückliche Lage, und wieder andere weinten still vor ihr und vor diesem Haus, auf das sich all ihre Hoffnungen richteten.

Wartend bemerkte Lucilie wieder das seltsame Licht am Sternenhimmel. Es schien sich zu verbreitern. Lucilie kniff die Augen zusammen, sah zunächst schärfer, doch die Himmelserscheinung verschwamm wieder vor ihren Augen, und eine Wolke schob sich davor. Lucilie fragte sich, was dieses Licht war. »Aber was ist das andere nur?«, drängte sich Lucilie auf, und sie sah die Sterbekreuze im Heft wieder vor sich. Sie schloss die Augen und ein Schauder durchlief sie; sie sah die Gesichter zu den Namen; sie sah in ein Dunkel, das sie nicht sehen wollte, und begann zu zittern.

»Gnädige Frau«, hörte Lucilie eine Stimme neben sich. Lucilie zuckte zusammen und ließ den Becher mit dem Tee fallen. Ein Mädchen, das fünfzehn Jahre alt sein mochte, trat auf sie zu und blieb drei Stufen unter ihr stehen.

»Entschuldigung«, sagte das Mädchen und bückte sich nach dem Becher. Lucilie warf ihm einen strengen Blick zu und ärgerte sich über sich selbst. Seit wann war sie so schreckhaft? Mannsbilder mieden das Haus weiträumig, und vor den Weibern in Not brauchte sie sich weiß Gott nicht zu fürchten.
»Was willst denn hier, mitten in der Nacht?«, fragte Lucilie wie schon so oft. »In anderen Umständen scheinst ja nicht zu sein!«
Das Mädchen hielt ihr den leeren Becher hin.
»Das möchte ich der Frau Oberhebamme persönlich sagen!«
Nicht einmal ganze eineinhalb Meter war Lucilie groß gewachsen und ihr Körperbau so zierlich, fast knabenhaft, dass Unbekannte ihr nicht zutrauten, sie könnte eine Hebamme sein, und schon gar nicht Bayerns Oberhebamme.
»Bitte, bringen Sie mich zu ihr! Ich komm sonst nicht weg von daheim!«, kam das Mädchen Lucilies nächster Frage zuvor. »Der Papa erschlagt mich sonst.«
Lucilies Augen hatten sich an das schwache Licht der Gasfunzel gewöhnt, sie bemerkte rote und blaue Flecken auf der Wange des blonden Mädchens.
»Ich weiß, wie weh die Schläge vom Vater tun.« Lucilie bemühte sich stets, ihr Verständnis nicht allzu sehr zu zeigen, um so das Gespräch schnell zu beenden und den Weibern einen größeren inneren Aufruhr zu ersparen.
»Wir bringen hier Kinder zur Welt und machen keine weg!«, sagte Lucilie bestimmt. Und sie fügte hinzu, was sie immer hinzufügte: Freilich sei es eine himmelschreiende Ungerechtigkeit, dass die Mannsbilder sich der Sünde hingeben könnten, ohne die Folgen zu tragen; dass man die Uhr nicht mehr zurückdrehen könne und nun eben Leben da sei; dass sie selbst in Teufels Küche käme,

wenn sie »so etwas« tun würde. Und wie stets schloss Lucilie aufmunternd, dass es immer Wege und Möglichkeiten geben würde, einen Bangaden großzuziehen, halb München sei unehelich geboren, und dass die Magd jetzt tapfer sein müsse und an die Frucht in ihrem Bauch denken sollte. Nur ihren Namen sollte sie ihr nicht verraten, sonst müsste sie es dem Pfarrer melden, aber drei Wochen vor der Niederkunft könne das Frauenzimmer wiederkommen und bei freier Kost und Logis in der Anstalt entbinden.

»Sie sind die Frau Oberhebamme Vinzenz!«, rief das Mädchen zu Lucilies Erstaunen. So gelassen hatte noch kein Weib auf ihre Ausführungen reagiert.

»Ich hab doch gar keine Frucht im Leib! Ich möchte lernen bei Ihnen!«, fuhr das Mädchen mit starker Stimme fort. »Ich will Hebamme werden!«

»Aha.« Lucilie lächelte. Dieses Mal war es ihr also erspart geblieben, die Verzweiflung auszuhalten und eine Ansicht zu vertreten, an der sie selbst immer mehr zweifelte.

Es begann zu regnen, und während Lucilie geschützt unter einem Vordach stand, prasselten bald immer mehr Tropfen auf das Mädchen. Ob aus Respekt vor ihr oder weil sie so bei der Sache war – das junge Weib nahm die Nässe unbeeindruckt hin.

»Und das Lehrgeld? Wo willst das hernehmen, wenn du von daheim weg bist?«, fragte Lucilie. Das Mädchen stieg die Stufen zu ihr hinauf und zog eine goldene Kette aus der Schürzentasche.

»Die hat mir die Mama zugesteckt, langt das?«

Lucilie nickte, ohne die Kette genauer zu betrachten. Das Mädchen sah ihr unerschrocken in die Augen, und Lucilie glaubte in seinem Blick einen festen Willen und Klugheit zu erkennen. Mehrmals hatte Lucilie schon Schülerinnen eingestellt, die das Lehrgeld nicht ganz aufbringen konnten, und eigentlich war sie damit immer gut gefahren, denn diese Mädchen strengten sich mehr als andere an, um ihre ärmliche Herkunft wettzumachen. Sie kannten meist Dreck, Geschrei und Gestank und scheuten sich nicht, auch in den misslichsten Lagen mit anzupacken.

Trotzdem führte Lucilie das Mädchen, das Eva hieß, durch den Saal, um ihre Nervenstärke zu prüfen. Eva sah allem unerschrocken zu und nickte beim Stehpult, ja, natürlich, sie hätte sich eine Gebäranstalt auch gar nicht vornehm vorgestellt, sie möchte den Beruf der Geburtshelferin lernen.

Am nächsten Tag hatte Lucilie eine eifrige und geschickte Helferin, deren Wesen und Aussehen sie an sich selbst vor vielen, vielen Jahren erinnerte: Klein und zierlich war die Eva, aber stark und zäh. Glänzendes Haar säumte das schmale Gesicht mit den vollen Lippen, nur die Backenknochen und die Nase zeigten sich nicht so markant wie bei ihr, und die blonde Haarfarbe ließ Eva sanfter wirken. Mit ihren flinken Augen behielt die Schülerin auch im Trubel den Überblick, und nach einer Woche musste Lucilie ihr nichts mehr anschaffen, denn Eva wusste ganz von alleine, wo sie anzupacken und wo sie zu warten hatte. Sie holte das Essen aus der Küche und deckte den Tisch im kleinen Speisesaal, hielt Klistiere und Taufwasser bereit, schürte den Ofen für Teewasser an, wechselte Kerzen, reichte eine Geburtszange, leerte die Kübel mit Exkrementen, sprach da und dort ein aufmunterndes Wort und sah ruhig und interessiert zu, wenn Lucilie einen Bauch abtastete und den Geburtstermin ausrechnete, einen Muttermund sanft zu weiten versuchte, Kräutermischungen in Scheiden rieb oder gar ihre berühmten

Handgriffe anwendete, die ein Ungeborenes im Bauch zu wenden vermochten.

Doch statt sich über die Geschicklichkeit des neuen Lehrmädchens zu freuen, reagierte Lucilie auf Eva zunehmend gereizt und wies sie oft schroff zurecht. Die Oberhebamme konnte sich ihren ungerechten Zorn auf den jugendlichen Eifer dieses Mädchens selbst nicht erklären.

4.

Denaro hörte einen Wolf aufheulen. Der Doktor wunderte sich, dass es in Tirol noch Wölfe gab. Als er die Jagdhütte beim kleinen Bergdorf Marienstein vor ein paar Jahren erworben hatte, hieß es, Bären und Wölfe seien in dieser Gegend schon seit »hundert Jahr« nicht mehr gesehen worden. Der Fünfundvierzigjährige ließ Mörser, Spritzen und Mohnkapseln auf dem Tisch liegen, nahm noch einen kräftigen Schluck Rotwein, griff zu seinem Gewehr, schlug die Tür der Hütte auf und sah in die nächtliche Bergwelt hinaus, doch das Tier war nicht mehr zu hören.

Die schneebedeckten Alpen glitzerten unter dem klaren Sternenhimmel. Denaro sah seinen Atem den Beschlag des Jägerstutzens bedecken und wieder verschwinden. Dazwischen spiegelte sich sein Gesicht in dem Metall, und Denaro dachte an die Worte der Fürstin, die ihn als »Haudegen alter Schule« bezeichnet hatte. Als kundiger Anatom hätte er sich präziser beschrieben: »Hervorstehende Backenknochen, eine hohe Stirn, gerade Nase, lebhafte Augen, markantes Kinn, volles Haar. Muskulöse Statur, überdurchschnittliche Größe. Furchtloses Auftreten.« Tatsächlich hatte ihn seit Jahren keiner mehr ängstlich gesehen, und Denaro überlegte, wo er seine

Furcht im Laufe der Zeit verloren hatte. Mit »vermutlich auf dem Schlachtfeld«, beendete er seine memmenhaften Überlegungen, beschloss, demnächst in Salzburg wieder die rothaarige Dirne aufzusuchen, mehr von dem süditalienischen Wein zu bestellen und ein neues Skalpell anfertigen zu lassen. Ein Uhu mit seinen mächtigen Schwingen glitt dicht über ihn hinweg, und die Gedanken fielen wieder von ihm ab, wie so oft hier draußen, wo er sich in der Abgeschiedenheit unter den majestätischen Bergen mit der Welt verbunden fühlte wie sonst nirgends.

Fast hätte Denaro den Kometen nicht bemerkt. Er erschien zunächst schwach, der Arzt kniff die Augen zusammen, um ihn erkennen zu können. Bald strahlte der Stern jedoch immer heller, und Denaro vergaß darüber auf Geräusche zu achten. Als der Himmelskörper schließlich ganz deutlich zu sehen war, lächelte Denaro. Alleine dafür, dieses Ereignis hier vor seiner Hütte sehen zu können, war es richtig gewesen, nicht an diesem lächerlichen Kongress in Paris teilzunehmen. Die Kollegen würden sicher eifrigst ihre gelehrten Theorien vertreten – und dabei im Grunde auch nicht mehr wissen als die ganzen Heiler und Quacksalber, die sie nur deshalb hassten, weil sie mit ihren praktischen Kenntnissen oft ein besseres Geschäft machten. Er selbst konnte sich zwar auch nicht damit rühmen, den Kern der Krankheiten zu kennen, aber er behauptete es auch nicht. Statt sich in sinnlosen Disputen zu ergehen, befreite er lieber Bauern und Gesinde von ihren Leiden. Er forschte lieber in der Abgeschiedenheit der Bergwelt oder sezierte interessante Leichen in Salzburg.

Denaro vermutete, dass der Komet auch in Frankreich zu sehen sein müsse. Er konnte sich aber nicht vorstellen, dass die werten Kollegen dafür jetzt Zeit oder Muße übrig hätten. Plötzlich hörte er ein Rascheln und drehte sich schnell, aber lautlos, mit dem Gewehr im Anschlag, um. Er sah ein Mädchen, das er von irgendwoher kannte, durch die Dunkelheit davonhuschen.

5.

Eine Woche nachdem Lucilie Eva eingestellt hatte, klärte sich der wolkenverhangene Aprilhimmel über München etwas auf, und man erwartete Professor Aigner in der Gebäranstalt. Seit Monaten hatte sich der Landshuter Hochschullehrer nicht mehr in München gezeigt und stattdessen nur Studenten und Assistenten zur Münchner Hebammengebäranstalt geschickt. Es war Teil des Abkommens, für das Lucilie Jahre gekämpft hatte und das sie vor neun Jahren mit dem Stadtrat abgeschlossen hatte: München stellte das Erdgeschoss eines Gebäudes zur Verfügung und entlohnte die Hebammen, damit Arme, Ledige, Huren und Inhaftierte dort entbinden konnten und neue Geburtshelferinnen in den Räumen ausgebildet wurden. Im Gegenzug durften an vier Tagen im Monat Studenten und Ärzte dort die weibliche Anatomie am lebenden Objekt studieren, bei Entbindungen mitwirken oder auch Eingriffe vornehmen.

»Nie«, hatte Lucilie damals auf den Vorschlag des Magistrats geantwortet, »nie im Leben lass ich zu, dass die Weiber sich dabei vor den Männern entblößen müssen!« Doch Anton und Professor Aigner hatten ihr gut zugeredet – mit einer eigenen Gebäranstalt hätte sie bayernweit, wenn nicht sogar deutschlandweit die historische Chance, ihr enormes Hebammenwissen zu beweisen und

Schülerinnen fachgerecht auszubilden; den armen Weibern stünde eine kostenlose medizinische Betreuung zur Verfügung und sie müssten nicht Kurpfuscher aufsuchen; außerdem könne man damit den vielen Kindsmorden vorbeugen, zu denen sich die Frauen hinreißen ließen, wenn sie in aller Heimlichkeit niederkamen. Lucilie hatte schließlich eingewilligt und hasste seitdem Dienstage.
Jeden dritten Dienstag des Monats kamen die Mannsbilder aus Landshut und betrieben hier ihre »Studien« für vier Tage. In der Früh schon bereitete sie die Schwangeren und Wöchnerinnen darauf vor, dass heute Mediziner kämen und die Frauen ihre natürliche Scham vor ihnen ablegen müssten. Mittags kamen die Ärzte und Studenten und schauten den Weibern in die Scheiden, betasteten ihre Brüste, operierten sogar manchmal und redeten über die armen Frauen wie Schlachtvieh – schon mehrmals waren die Weiber trotz ihres Zustands vor ihnen geflohen und hatten lieber alleine auf dem Feld hinter der Anstalt ihr Kind zur Welt gebracht, als sich den schamlosen Blicken und herablassenden Bemerkungen der Mannsbilder auszusetzen.
»Dafür habt ihr hier Kost, Logis und eine medizinische Betreuung umsonst«, beendete Lucilie ihre heutige Dienstagsankündigung und die Frauen schienen sich seufzend in ihr Schicksal zu fügen.
»Darum also kommen bloß Arme, Ledige und Inhaftierte her!«, rief Eva entsetzt aus. »Die anderen können sich daheim eine Hebamme leisten!«
Lucilie strafte die Schülerin mit einem bösen Blick. »Kannst nicht deinen Mund halten?«, fragte sie unwirsch, und Eva blickte daraufhin verschämt zu Boden, nahm einen Kübel und ging Wasser holen.
Lucilie sah ihr nach, ja, genau so hatte sie sich auch darüber empört und dann doch mit der Wirklichkeit einen

Kompromiss geschlossen. Und dabei hatte sie noch Glück, denn Professor Aigner, der zugleich der oberste Hausherr in der Gebäranstalt war, vertraute Lucilie vollkommen und ließ sie gewähren. Er verteidigte ihre Arbeit vor dem Magistrat und innerhalb der medizinischen Kreise, auch und vor allem nach Antons Tod. Denn seitdem ihr Mann, ein angesehener Apotheker der Stadt, vor einem halben Jahr gestorben war, trauten sich die Ärzte der Stadt bisweilen offen ihre Kompetenz zu bestreiten. Sie war an keiner Universität ausgebildet worden und ihr fehlte ein »akademischer Rat« an ihrer Seite.

Lucilie stand vor dem Anstaltsbüchlein, das sie seit einer Woche nicht mehr aufgeschlagen hatte, und bekam Angst. Seit drei Monaten starben hier immer mehr Weiber, immer öfter musste man auch Neugeborene tot hinaustragen. Was wäre, wenn die Ärzte doch recht hatten und ihr eine solide wissenschaftliche Basis für ihr Tun fehlte? Lucilies Hände begannen zu zittern. Sie versuchte, ruhig durchzuatmen und vor den anderen ihre Furcht zu verbergen.

»Sie zittern ja!«, sagte plötzlich Eva neben ihr. »Ist Ihnen nicht gut?«

»Stell nicht andauernd so dumme Fragen!«, herrschte Lucilie sie an und im nächsten Moment taten ihr die Worte leid. Eva schossen Tränen in die Augen, sie drehte sich um und trug die Wassereimer in den hintersten Teil des Saals, zu der fiebernden Wöchnerin. Lucilie schüttete Essig in einen Topf, den sie auf den Ofen stellte, und ging zum mittleren Fenster, das sie dem Protest ihrer Stellvertreterin Agnes zum Trotz öffnete. Frische Luft wäre hier dringend vonnöten und die Essigdämpfe sollten schlechte Teilchen in der Luft vertreiben, begründete Lucilie ihre Handlung, und außerdem könne man dem bald eintreffenden Professor Aigner und seinen Studenten diesen Gestank nicht zumuten. Die große, flachbrüstige Agnes widersprach dem ungewohnt scharfen Ton Lucilies nicht. Sie und die anderen Hebammen gingen zur »Dienstagsordnung« über und schoben die drei Gebärstühle in einer Ecke zusammen; sie wiesen die Weiber an, sich hinzulegen; sie holten die beiden Geburtszangen aus dem Kasten und legten sie bereit; sie beschmutzten sich extra die dunklen Röcke mit Blut und Fruchtwasser, damit die Herren auch sehen würden, was sie schon alles gearbeitet hatten. Lucilie bemerkte, wie Eva dies staunend und genau beobachtete und schaffte ihr an, nach der fiebernden Wöchnerin zu sehen.

Lucilie erklärte einer Hochschwangeren, wie sie bei Wehen zu atmen hatte, und folgte Eva, die der Fiebernden kalte Umschläge auf die Stirn legte und ihr einen Tee, den sie nach Lucilies Anweisung aus Holunderblüten zubereitet hatte, in kleinen Schlucken verabreichte. Eva hatte das neugeborene Mädchen der Wöchnerin auf den Arm genommen und summte ein Lied. Als Lucilie näher kam, verstummte Eva.

»Kannst ruhig weitersingen, das tut ihnen gut«, meinte Lucilie, doch die Schülerin legte stumm den Säugling wieder zur Mutter, erneuerte den feuchten Lappen und trat ein paar Schritte zurück, um der Oberhebamme nicht im Weg zu stehen. Die Fiebernde schien für einen Moment zu sich zu kommen und sah Lucilie fragend an.

»Kommen die Mannsbilder heut wieder?«, fragte sie schließlich, und Lucilie nickte.

Das Weib begann zu weinen. »Die stechen mich auf, das überleb ich nicht!«, sagte sie.

Sie musste noch vor ihrer Niederkunft etwas vom Gespräch der Studenten im vergangenen Monat mitgehört

haben. Tatsächlich hatten die jungen Burschen bei einer anderen Fiebernden in Erwägung gezogen, durch die Scheide in den Bauch der Frau zu stechen, um die schlechten Säfte abzulassen.
»So ein Schmarrn«, beruhigte Lucilie die Kranke sogleich und nahm ihre heiße Hand. »Das waren dumme Studenten, die von nichts eine Ahnung haben. Heut kommt der Professor Aigner, der versteht sich wirklich auf Krankheiten.« Dass auch Professor Aigner weder eine Erklärung für das Kindbettfieber hatte, noch eine wirkungsvolle Behandlung wusste, verschwieg Lucilie. Die Oberhebamme drückte die Hand der Kranken, lächelte ihr aufmunternd zu und schickte einen Stoßseufzer zum Himmel – möge der Herrgott ein Einsehen haben und dieses Frauenzimmer verschonen, es hatte elf Kinder daheim, und der Mann war in der Vorstadt Au von einem Flößer erschlagen worden.

Kalte, frische Luft erfüllte nun den ganzen Raum. Aus der hinteren Ecke schrien zwei Säuglinge mit einer noch dünnen Neugeborenenstimme, konnten jedoch schnell beruhigt werden. Lucilie überlegte, ob sie nicht Bitterklee und Brennnessel mischen und daraus einen Wickel machen sollte, obwohl auch dieser nicht wirklich etwas gegen das Kindbettfieber ausrichten konnte. Das Weib fiel wieder in einen unruhigen Schlaf, einen Moment war es im Saal richtig still. Lucilie hörte Wasser auf den Boden klatschen und ein Geräusch, als würde man den Holzboden bürsten. Sie drehte sich um und sah Eva tatsächlich kniend den Eichenboden schrubben.
»Was machst denn du da?«, empörte sich Lucilie.
Eva hob trotzig den Kopf. »Putzen. Sie selbst haben gesagt, ich soll mich nützlich machen, wenn nichts Dringendes zu tun ist.« Die Schülerin arbeitete weiter.

»Aber doch nicht ausgerechnet heut!« Lucilie schüttelte den Kopf. Eva legte die Bürste zur Seite und stand auf.
»Frau Oberhebamme, jetzt möchte ich einmal wissen, was Sie gegen mich haben!«
Lucilie gab ihr keine Antwort darauf und erklärte stattdessen, dass man gerade an solchen Dienstagen sehen sollte, welche Spuren ihre Arbeit hinterließ, wie fleißig sie hier arbeiteten. Das wiederum geschehe nicht aus Eitelkeit, sondern weil der Magistrat die Anstalt hier finanziere und die Ärzte, speziell Professor Aigner, ihr Tun beurteilten.
»Und warum müssen sich die Weiber dann hinlegen?« Eva schien wirklich alles genau wissen zu wollen.
»Weil das die angemessene Lage für Kranke ist«, entgegnete Lucilie und fügte hinzu, »glauben die Ärzte. Und so können sie auch besser operieren, wenn es sein muss.«
»Aber Kinderkriegen ist doch keine Krankheit. Das ist doch ganz normal«, widersprach Eva.
Was für kluge Worte aus dem Mund einer Schülerin, die erst eine Woche bei ihr lernte!
»Das hast schön gesagt«, meinte Lucilie anerkennend, und Eva errötete vor Freude über das erste Lob der Oberhebamme. Sie bückte sich wieder und putzte weiter, die vorige Mahnung Lucilies schien sie vergessen zu haben. Lucilie ließ sie gewähren, sah noch einmal zur Fiebernden und zwang sich dann dazu, das Anstaltsheft aufzuschlagen, um auf den ärztlichen Besuch vorbereitet zu sein.

In den vergangenen drei Monaten, so zählte Lucilie, waren mehr Frauen hier an Kindbettfieber erkrankt und gestorben als im ganzen Jahr zuvor. Lucilies Hände zitterten, als sie das Heft wieder schloss. Alles Mögliche kam ihr in den Kopf: Enthielt eine der getrockneten

Pflanzen, mit denen man hier Tees zubereitete, plötzlich giftige Substanzen? Hatte eins der Weiber, die ihren Körper verkauften, eine neue Krankheit eingeschleppt? Breiteten sich schlechte Säfte über die Luft aus? Lag es an den Vorhängen, die sie vor drei Monaten im Saal hatte anbringen lassen, damit die Frauenzimmer sich heimeliger fühlen konnten? Lucilie überprüfte ihre Aufzeichnungen: Die Toten hatten verschiedene Tees getrunken und verschiedene Salben bekommen; seit zwei Monaten war keine Unehrenhafte unter den Schwangeren; und an den Vorhängen konnte es auch nicht liegen, entbanden doch all die Weiber, die es sich leisten konnten, daheim auch mit Vorhängen. Gab es vielleicht doch schlechte Strömungen in der Luft, die das Wochenbettfieber hereintrugen? Sollten deshalb nicht die Fenster geschlossen bleiben, wie ihre Stellvertreterin stets forderte?

Lucilie stand bei der Kranken, die das Bewusstsein verloren hatte, als der dicke Doktor Rappenstein von hinten auf sie zutrat.
»Na, sind wir mit unserer Hebammen-Weisheit am Ende?!«, fragte Aigners Stellvertreter mit süffisantem Lächeln. Der Arzt mit dem Backenbart war bekannt für sein Vorgehen gegen Kurpfuscher, zu denen er bisweilen auch Bader, Wundärzte und Hebammen zählte.

»Ja«, gab Lucilie unumwunden zu und missachtete ihre Abneigung gegen den Doktor mit dem Stiernacken. »Schnell, schauen Sie!«
»Wenn es nicht schon zu spät ist«, entgegnete Rappenstein mit einem flüchtigen Blick auf die Sterbende. »Wenn Sie glauben, uns erst nicht rechtzeitig holen zu lassen, um hinterher unser Unvermögen demonstrieren zu können, dann wird das ein rechtliches Nachspiel haben!«

Lucilie blieb die Sprache ob dieser Unterstellung weg, ihr wurde schwindlig, und sie hielt sich am seitlichen Kasten fest. Rappenstein lachte laut dröhnend, als er sah, wie die Oberhebamme aus der Fassung geraten war. Sie solle doch nicht alles so bierernst nehmen, sagte er und klopfte Lucilie freundschaftlich auf die Schulter.

Umständlich erklärte Doktor Rappenstein daraufhin den Studenten den vom Menschen, also den Männern, abweichenden Körper der Frau. Die Mannsbilder studierten die Geschlechtsteile an der Sterbenden eingehend, bis Rappenstein das Weib zwar noch zur Ader ließ, aber dabei ausführte, dass dies wohl auch nicht mehr helfen würde. Man ließ einen Pfarrer holen, und der Arzt ging nach der Saaldurchsicht mit Lucilie zum Stehpult, um das Anstaltsbuch zu prüfen. Den dicken Mediziner schienen die zunehmenden Todesfälle nicht zu interessieren, er überprüfte lediglich die Herkunft der Frauen, denn nur Münchnerinnen, oder solche, die in München geschwängert worden waren, durften nach Anweisung des Magistrats kostenlos aufgenommen werden. Er hatte nichts zu beanstanden, obwohl Lucilie die Dienstbücher oder polizeilichen Scheine der Weiber nie kontrollierte und es so ein Leichtes war, einfach etwas zu behaupten. Ihre Stellvertreterin und die anderen Hebammen hatten sie schon zu mehr Sorgfalt gemahnt, doch Lucilie lehnte dies ab, sollte doch einmal genauer geprüft werden, würde sie sich einfach dumm stellen und die Aufnahmen alleine auf ihre Kappe nehmen.
Heiter berichtete Rappenstein Lucilie schließlich von seinem Besuch in der Oper und der Begegnung mit dem König. Der Arzt stöhnte, dass die Tage in München nun besonders anstrengend seien, weil Professor Aigner den Stundenplan umgestellt habe und er vor dem Besuch der

Gebäranstalt mit den Studenten jetzt in die Münchner Gerichtsmedizin ginge, wo er mit all den Neulingen die Leichen seziere, die der Amtsarzt nach seiner Beschau übrig ließ, denn in Landshut gab es zu wenige Tote für so viele Studenten. Mit der abschließenden Bemerkung, dass es in diesem Monat bei dem heutigen Besuch bliebe, weil man eine Exkursion nach Wien geplant habe, und dass es um Weiberleut, die sich zu etwas Besserem aufschwingen wollten, schlecht bestellt sei, verließ Rappenstein mit seinen Studenten die Gebäranstalt.

Abends trugen Eva und eine Magd die Tote hinaus. Lucilie fühlte sich ausgelaugt und leer. Achtundvierzig Stunden hatte sie – abgesehen von kleineren Schlafpausen – ihren Dienst versehen. Doch der wahre Grund der Erschöpfung, das wusste Lucilie, lag in ihrem Inneren. Sie spürte sich hilflos dem Tod, den Ärzten und einer Politik, von der sie nichts verstand, ausgeliefert. In Eva sah sie, welch einen Schwung jugendlicher Glaube zu geben vermochte. Lucilie dagegen hatte sich in ihrem Leben nie kraftloser und ängstlicher gefühlt. Sie würde noch die Zwillinge entbinden, morgen würde man sie nicht brauchen, da die Ärzte nicht kamen, es war an der Zeit, dass sie die ganze Gebäranstalt vergaß und heim zu ihrem Toni eilte.

6.

Denaro atmete schnell und stöhnte noch einmal auf, er empfand eine tiefe Befriedigung und drehte sich von dem Mädchen auf der Pritsche in der Jagdhütte herunter. Für einen Moment fiel ihm der Name des jungen Dings nicht mehr ein, dann erinnerte er sich, Marie hieß sie. Selten hatte er mit so einer Lust einen weiblichen Körper besessen. Marie war jung, dunkelhaarig, prall und »mit Eifer bei der Sache gewesen«, dachte Denaro. Sie war schon vor einer Woche hier aufgetaucht, sie hatte das Geräusch verursacht, das er für einen Wolf gehalten hatte. Dieses Mal war er so schnell zu ihr hingesprungen, dass sie nicht wieder davonlaufen konnte. Gewundert hatte er sich nur, dass sie so leicht, ganz ohne Worte, mit ihm in die Hütte ging und sich ausziehen ließ. Beschwor am Ende der Komet bei den Berglern einen Aberglauben, der es erlaubte, sich zwanzig Jahre älteren Männern hinzugeben?

Von den Bäumen bei der Hütte aus lieferten sich die verschiedenen Vogelmännchen ihren frühlingshaften Wettkampf um die Gunst der Weibchen mit aufdringlichem Gezwitscher. Wacholderdrosseln, Buchfinken, Mauerläufer, Amseln, Girlitze, Zeisige und Kleiber übertönten sich in ihrem Singsang. Und das alles nur der Paarung

wegen, dachte Denaro. Er setzte sich auf und zog sich die Hosen aus englischem Stoff an. Marie griff nach seiner Hand und blickte ihn fragend an. Denaro entzog seinen Arm, stand auf, zündete eine neue Kerze an und schenkte sich Wein nach.
»Magst auch ein Glas?«, fragte er, obwohl er im selben Moment bereute, das Mädchen damit noch zum Verweilen eingeladen zu haben.
Marie schüttelte den Kopf und zog die Decke über ihren Körper. Jetzt schien sie sich ihrer Nacktheit zu schämen und musterte dabei doch neugierig das prächtig bemalte Weingestell aus Eiche, die Kerzenhalter aus Silber und das Giraffenfell, das Denaro über eine Holzbank geworfen hatte.

Der Doktor hörte ein Pferd schnauben, Hufe auf dem Waldweg aufschlagen und ein »hü!«. Es klang nach dem Fürsten und seinem Araber. Auch Marie nahm die Ankunft eines Reiters wahr.
»Und jetzt?«, fragte das Mädchen.
»Jetzt gehst besser«, meinte Denaro und hoffte, es wäre wirklich sein Freund, der ihn aufsuchte.
Doch Marie blieb einfach liegen, der Fürst bückte sich vom Araber herab nach unten und sah fragend zum Fenster der Hütte herein, Denaro lächelte ihm durch die leicht beschlagenen Scheiben freudig zu und trat nach draußen.
»Störe ich?«, fragte der Fürst und wartete Denaros Kopfschütteln ab, ehe er vom Pferd stieg.
»Ein Freund stört nie. Magst auch ein Glas?« Denaro hob die Weinflasche, die er mit nach draußen genommen hatte. Er wusste, dass der Fürst am Etikett sofort den edlen Tropfen erkannte.
Der Doktor holte ein Glas und stellte es wie seins auf der

Bank vor der Hütte ab. Hinter dem Bergkamm zeigte sich das erste Morgenrot, der Komet war verschwunden.
»Sind das auch … anatomische Studien, die du da betreibst?« Der Fürst wollte scherzen, doch Denaro kannte ihn zu gut. Er sah die tiefe Melancholie in den Augen des Gegenübers. Der Doktor schenkte ein, man prostete sich zu, beide Männer tranken das Glas in einem Zug leer.
»Hübsches Ding«, meinte der Fürst anerkennend lächelnd. »Bist ein Held, Denaro. Nicht bloß auf dem Schlachtfeld, auch bei der Beschaffung von Weibern.«
Der Doktor zuckte mit den Schultern. »Man tut, was man kann.«
»Und nicht zu vergessen bei der Beschaffung von edlen Tropfen!«, fügte der Fürst hinzu und hob das Glas. Denaro schenkte nach. Der Fürst strich sich mit Daumen und Zeigefinger einer Hand über die Augenbrauen und versuchte zu lächeln, als er sich Denaros Blick gewahr wurde. Doch diese Geste hatte dem Doktor die tiefe Verzweiflung verraten. Denaro war beunruhigt, ließ es sich aber nicht anmerken.

Plötzlich stand Marie in der Tür. Sie hatte sich ein Hemd übergezogen. Unverwandt blickte sie zu den beiden Männern.
»Ist noch was?« Denaros Stimme klang hart.
Marie antwortete nicht, blieb stehen und starrte die beiden weiter an. Der Doktor sah den Jagdstutzen an der Eingangstür liegen, hob ihn auf und lud ihn. Er richtete das Gewehr auf Marie. Er zielte knapp über ihren Kopf und drückte ab. Marie schrie auf und rannte in die Hütte. Der Fürst nahm einen Schluck und schwieg.

Mit ihren Kleidern in der Hand kam Marie wieder zur Hütte heraus und eilte an der Bank vorbei, den Bergweg hinunter.
»Halt, da ist noch was!«, rief Denaro.
Marie blieb stehen und drehte sich um. Der Doktor warf ihr ein Goldstück vor die Füße. Ungläubig blickte sie auf das Geld, hob den Kopf, blickte stolz zu Denaro, spuckte auf die Münze, drehte sich um und eilte weiter ihren Weg nach unten. Anerkennend pfiff ihr der Doktor hinterher.
»Weiber und Hund' gehören schlecht behandelt, dann lieben sie dich«, kommentierte Denaro fast entschuldigend sein Verhalten.
Der Fürst lächelte kurz, doch auch dabei zeigte sich seine Schwermut. Beide Männer schwiegen und blickten zur Sonne, die sich über dem Kamm zeigte.
»Was für eine Kulisse!«, sagte der Fürst.
»Hast du den Kometen gesehen?«, fragte Denaro. Der Fürst wusste nicht, wovon sein Freund sprach, und der Doktor berichtete kurz von dem Ereignis.
»Das ist ein würdiges Zeichen für den Untergang«, sagte der Fürst düster. Denaro ahnte jetzt, was den Fürsten zu ihm trieb, und schenkte nach.

7.

Lucilie sah den Großen Kometen über den Türmen der Frauenkirche aufgehen, als sie in jener Dienstagnacht nach einer Zwillingsentbindung in der Gebäranstalt durch das nächtliche München nach Hause eilte. Wieder einmal wünschte sich die Hebamme, die Stadt möge eine Straßenbeleuchtung einführen, so wie sie es von Hamburg und Berlin gehört hatte. In der einen Hand trug sie den Hebammenkoffer, mit der anderen hielt sie die Öllampe vor sich, sie fror in dieser kühlen Aprilnacht und bereute, dass sie die Handschuhe nicht mitgenommen hatte. Seit kurzem musste sie bei ihren nächtlichen Wegen besonders aufpassen, denn quer durch München hatte man die gepflasterten Gassen aufgerissen, um einen Abwasserkanal zu verlegen und daher taten sich plötzlich überall tiefe Löcher auf. Mit neuem Eifer riss man außerdem wieder Teile der alten Stadtmauer ein, ein Botanischer Garten wurde beim Justizpalast errichtet, für ein neues Nationaltheater war der Grundstein gelegt worden und der alte Weg nach Freising sollte durch eine Prachtstraße mit einer vierreihigen Allee ersetzt werden. Vor den alten Toren und auch in der 50 000-Einwohner-Stadt wurde ständig gebaut, und Häuser schossen in den Vorstädten wie Pilze aus dem Boden, die die gewohnten Gassen versperrten, so dass sie neulich fast in eine Mörtelgrube gefallen wäre.

Außerdem waren immer wieder französische Soldaten einquartiert worden, die Lucilie wie alle Weiber scheuten. Und weil der Magistrat die Bettler vor die alten Stadtmauern verwiesen hatte, ließ sich auch der Nachtwächter kaum mehr blicken. Lucilie beschlich vor jeder Straßenecke eine gewisse Angst, die sie nicht näher benennen konnte, so wie sie in letzter Zeit auch immer schreckhafter geworden war. Aber das ziemte sich nicht für eine Hebamme, die zu jeder Tages- und Nachtzeit furchtlos zu einer Gebärenden zu eilen hatte!

Lucilie lief frierend und mit eingezogenem Kopf durch die menschenleere Sendlinger Gasse, am Rindermarkt vorbei zum Schrannenplatz, wo die Rathausuhr im Zwiebelturm zur halben Stunde schlug. Plötzlich sah sie den Stern mit seinem Schweif in voller Pracht. »Jessas«, entfuhr es Lucilie unwillkürlich, sie vergaß ihre Furcht und stellte den Hebammenkoffer und das Gaslicht ab, um sich diese einmalige Erscheinung länger anzuschauen. Wie schön war dieser Stern! Was für einen prächtigen Schweif hatte er! Wie weit mochte er wohl weg sein?

Lucilie wünschte sich, Anton wäre noch am Leben und könnte die Himmelserscheinung sehen. Ihr verstorbener Mann hatte sich gerne mit Astronomie beschäftigt und sogar ein kleines Teleskop angeschafft, mit dem er manchmal nachts vom vierten Stock ihrer Wohnung aus den Sternenhimmel beobachtete. Ruhig war Anton am Fenster gesessen, während sie in dieser Zeit an ihrem Buch gearbeitet hatte; still war er ihr nachgekommen, wenn sie endlich das Tintenfass schloss und sich ins Bett legte; und selten hatte er ihre eheliche Pflicht sanft gefordert, ja, er hatte ihre Verweigerung stillschweigend hingenommen. Dabei hatte sie selbst nicht gewusst, warum ihr nach zwei

Ehejahren die Berührungen ihres Mannes immer unangenehmer geworden waren.

Was für ein gutes Los hatte sie doch mit dem um fast zwanzig Jahre älteren Apotheker gezogen! In besonnener Stille mied er alle Laster, er bestärkte sie in ihrem Beruf. Und es war maßgeblich er gewesen, der sie dazu angehalten hatte, doch ein Buch zu schreiben, in dem sie all ihr enormes Wissen festhalten sollte. Wenn sie nachts alleine an ihrem Schreibtisch in der guten Stube nicht mehr weiterwusste mit den Worten, wenn sie sich nicht sicher war, ob sie die Heilpflanzen wirklich richtig beschrieb und klassifizierte oder vielleicht überkommenen medizinischen Vorstellungen anhing, hatte Anton seinem zurückhaltenden Wesen zum Trotz sogar zu Gesellschaften eingeladen, hatte Briefe geschrieben und die Haushälterin Rosa früh am Morgen losgeschickt, um sie feines Fleisch, frisches Gemüse, guten Wein, Kaffee und Schokolade besorgen zu lassen. Befreundete Ärzte, Apotheker und Privatgelehrte hatte er eingeladen, und nach einem gemeinsamen Abendessen wurde von Aderlässen über Salbeiblätterextrakten bis hin zu Zysten fast alles diskutiert, wobei es Anton geschickt verstanden hatte, das Thema auf für Lucilie aktuelle Fragen zu bringen.
Und dem Gerede der ungebildeten Leute einerseits und der feinen Akademiker andererseits über das Hässliche eines gelehrten Weibes hatte er zu entgegnen gewusst, dass ein Ausnahmetalent kein Geschlecht kenne und längst nicht bewiesen sei, ob ein kleineres Weiberhirn weniger Wissen fasse, ebenso wenig wie man einem kleineren Mannsbild unterstelle, es sei dümmer.
Der um fast zwei Köpfe größere Anton hatte sie in den Arm genommen, wenn sie an ihrem Beruf – den er Berufung nannte – zweifelte und laut die Frage stellte, ob es

nicht allen in Heilberufen Tätigen nur um die eigene Eitelkeit, die eigene Befriedigung beim Helfen ginge.

»Wenn nur alle so wenig geldgierig und uneigennützig wären wie du«, hatte er ihr darauf zu antworten gepflegt und gerne auf Doktor Hahnemann verwiesen, der bei ihnen in München einmal zu Besuch gewesen war. Die von ihm entwickelten neuen Medikamente, die Globuli hießen, hielt Anton für bare Scharlatanerie. Hatte der Meißener Arzt nicht schon früher ein »neues Laugensalz« angepriesen und verkauft, bis sich das »neue Heilmittel« als altbekanntes Borax entpuppte? Doktor Hahnemann hatte wirklich nicht den besten Eindruck bei ihnen hinterlassen, als er über Rosas Dampfnudeln lästerte und Professor Aigner vorwarf, die Ärzte würden mit ihren »kruden Mixturen« die Patienten umbringen. Er hatte verbissen jede Gegenrede unterbrochen, schließlich aufbrausend Hut und Mantel genommen und war gegangen, weil Lucilie die harntreibende Wirkung der Berberitzenwurzel bezweifelte.
Wie sehr hätte sich Lucilie jetzt so einen Austausch und so eine Gesellschaft gewünscht, doch seit Antons Tod mied man sie; erst unmerklich mit Ausreden, schließlich offen mit der Begründung, als Witwe stünden ihr solche Empfänge nicht an.

Das Zittern ihres Körpers riss Lucilie aus den Erinnerungen auf dem Schrannenplatz, sie wärmte sich reibend die Hände und blickte nochmals zu dem Kometen. Wie schön stand er da, weit über ihrem Dasein hier. Wie lange würde er wohl noch zu sehen sein? Sie müsste sofort heim, dachte Lucilie, und Toni dieses seltene Himmelsereignis zeigen. Doch ihr Blick konnte sich nicht lösen, sie blieb noch einen Moment stehen und plötzlich dachte sie: Ich habe ihn nie geliebt, ich habe Anton nie geliebt. Lucilie erschrak nicht über diese Wahrheit, die sich ihr so unverhofft wie der Komet gezeigt hatte. Sie wunderte sich nur, wie sie zuvor nie einen Zweifel an ihrer Zuneigung hatte hegen können. Vielleicht stand diese bittere Erkenntnis in Antons Blick, mit dem er sich von ihr auf dem Totenbett verabschiedet hatte, denn sie hatte ihn nie zu deuten gewusst. Vielleicht hatte ihr der Sterbende deshalb angeschafft, nicht ein ganzes Trauerjahr Schwarz zu tragen, den Gepflogenheiten zum Trotz.

Vom Tal her hörte Lucilie ein grölendes Mannsbild näher kommen und erkannte schnell den gutmütigen, aber stets betrunkenen Hufschmied. Lucilie griff zum Hebammenkoffer und zur Öllampe und machte sich auf den Weg nach Hause in die Schwabinger Gasse.

8.

Denaro und der Fürst legten sich mit den Jagdgewehren auf die Lauer. Der Doktor hatte nahe der Hütte einen Achtender gesehen und wollte es seinem Freund vergönnen, das Wild zu erlegen. Die beiden schlichen nur ein paar Meter bis zum Rand des Hügels, auf dem Denaros liebste Unterkunft stand, gingen auf dem kalten Boden liegend in Stellung und blickten in die Richtung, in der sich der Hirsch gezeigt hatte. Sie schwiegen und sahen sich nicht an, denn sie verstanden sich so sehr, dass sie sich wie auf ein unsichtbares Zeichen hin nur dann bewegten, wenn der andere es tat. So hatten sie schon in der Kindheit gelernt, unnötige Geräusche zu vermeiden. Unvermittelt und doch erwartet sah der Fürst Denaro an, den Stutzen weiter zielgerichtet in der Hand haltend. »Ich muss etwas tun, für Tirol. Es ist aus«, sagte er leise.

Der Doktor verstand. Diese dreckigen Bayern! Mit Napoleon hatten sie sich verbündet! So war ihr Kurfürst zu einem Königreich gekommen und er nahm sich von der neuen Hauptstadt München aus Land, das ihm nicht zustand, darunter Denaros geliebtes Tirol. Mit Hofer hatte sich der Fürst gewehrt, er hatte die Aufstände gefördert, die Bauern ermutigt und Siege errungen. Sogar Napoleon hatte ihnen für den Gebirgskrieg Respekt gezollt und

dem Fürsten geschrieben, dass es die Bayern gar nicht wert wären, so ein tapferes Volk wie die Tiroler zu regieren. Doch dann holten die Münchner erneut aus. Sie besiegten die Aufständischen, plünderten die Vorräte und verwüsteten ganze Dörfer. Schlimmer noch als die Niederlage brannte sich der Verrat in ihre Gemüter – der eigene Kaiser, der Bruder des Fürsten, brach sein Versprechen und schloss ein Abkommen, mit dem Tirol endgültig an die Bayern fiel. Mehr noch als man den österreichischen Kaiser dafür hasste, war man vom Fürsten enttäuscht, denn man hatte ihm vertraut und geglaubt. War der Kaiserbruder nicht in Hofers Wirtschaft gesessen und hatte die Bauern ermutigt? Hatte der Fürst nicht die frömmelnden Reaktionäre geduldet und den Pfaffen zu einem Einfluss verholfen, der sogar Wirtshausbesuche während der Messe verbot? Und wo war er jetzt?
Vor über einem Jahr schon hatte man Hofer erschossen und nun versuchten die Bayern das Bergvolk mit »sanftem Druck« gefügig zu machen. Denaro hatte die Gerüchte schon in Salzburg gehört und nicht glauben wollen. Ausgerechnet der Fürst sollte bayerischer Minister werden, um die Tiroler an die Besatzer zu binden. Mochte der Doktor noch so viel vom französischen Geist halten, der sich wie ein Wind in alle Ritzen Europas trug; mochte er auch der antiklerikalen Freiheit für die Wissenschaft und Kunst zujubeln – das waren die Kopfgelder, die dieser Geist forderte. Das würde Denaro den Franzosen und den Bayern nicht verzeihen.

»Ich geh nicht nach München«, sagte der Fürst und blickte den Doktor fest an. »Gib mir Gift.«
Denaros blaue Augen blitzten erstaunt auf. Damit hatte er nicht gerechnet, aber er würde einen Teufel tun und seinem Freund dieses Vorhaben ausreden. Der Doktor

vergaß den Achtender, stand auf, schüttelte den Kopf und blickte in die Ferne, zum Gebirgskamm.
»Das geht nicht. Und das weißt du auch«, sagte Denaro ruhig und wandte sich wieder dem Fürsten zu.
Der Fürst lächelte. »Ja, freilich. Ich habe gewusst, dass du das sagen wirst.«

Der Doktor und der Fürst kannten sich seit der Kindheit, seitdem der Fürstenvater den kleinen Denaro zufällig gesprochen und in dem pfiffigen Burschen den idealen Lernpartner seines Sohnes gesehen hatte. »Eine Sau allein wird nicht fett«, hatte der fürstliche Vater gesagt, »und einer allein lernt nicht gut.« Seinem begabtesten Sohn wollte er eine besondere Ausbildung zukommen lassen, und mit Denaro ging der Plan tatsächlich auf. Die Lehrer des Hofes brachten den Buben Latein, Griechisch, Geometrie und Algebra, Rhetorik, Philosophie und Geschichte bei, und die beiden wetteiferten bald darum, wer in den einzelnen Fächern mehr wusste. Zusammen konnten sie die Privatgelehrten aber auch hintergehen, und liefen im Sommer, statt in düsteren Räumen zu pauken, zum Schwimmen oder Reiten, und später zu Huren und Weinhändlern.

Mit dieser hervorragenden Ausbildung hatte Denaro ohne weitere Anstrengung ein Medizinstipendium an der bedeutendsten Fakultät Deutschlands, in Leipzig, bekommen. Als Bester seines Jahrgangs hatte er die ersten vier Semester dort studiert und war danach von einer Stiftung nach Paris geholt worden. Nach einem Jahr in der Hauptstadt übertraf er die französischen Kommilitonen, rebellierte aber offen gegen den »Schwachsinn« seines Professors, so dass er exmatrikuliert wurde und daraufhin in Wien sein Studium mit Bravour abschloss. In

Pavia schrieb er die Doktorarbeit mit »summa cum laude«, in Rom sollte er sich habilitieren, doch nach drei Monaten in der italienischen Hauptstadt beschloss Denaro, wieder nach Tirol zu gehen, denn der italienische Wein und die römischen Huren waren so ausgezeichnet, dass sie ihm früher oder später die Gesundheit ruiniert hätten.

Über all die Jahre hatte ihm der Hof Unterstützung angeboten, aber nie hatte sich Denaro vom Fürsten abhängig gefühlt, nie hatte man Dankbarkeit erwartet, im Gegenteil: Der Fürst hatte immer der freien Meinung des Freundes vertraut, in allen ernsten Lebenslagen war Denaro sein erster und bester Berater gewesen.

»Das ist das Einzige, was du nicht von mir verlangen kannst, Gift«, sagte der Doktor. »Du kennst meinen Eid. Ich muss Menschenleben achten und habe geschworen, niemandem auf sein Verlangen Gift zu geben.«
»Aber ist es nicht auch Achtung vor dem Menschenleben, wenn man gehen will?« Denaro verstand die Frage, wie sie gemeint war, nicht als Drängen, sondern als philosophische Betrachtung.
»Sag das mal den Pfaffen«, erwiderte der Doktor und legte sich wieder zum Freund in Lauerstellung, ohne dass beide wirklich aufmerksam bei der Jagd waren.
»Aber ich lass dich nicht im Stich.« Denaros blaue Augen blitzten auf, und er lächelte siegessicher. »Sagen wir, ich fordere dich. Wegen … genau, wegen des Mädchens gerade eben.«
Der Fürst schüttelte erstaunt den Kopf. »Du mit deinen Ideen! Aber das kann ich nicht annehmen. Die Bayern haben die Strafen für Duelle noch einmal drastisch angehoben.«

»Davon weiß ich nichts«, entgegnete Denaro und grinste. »Und hier in diesem Dorf weiß erst recht keiner davon. Ganz Tirol kennt sich nicht mehr aus mit den Gesetzen, die sich stündlich ändern.«

»Nein«, widersprach der Fürst ernst. »Das kann dich Kopf und Kragen kosten.«

»Mich?«, entgegnete Denaro verächtlich. »Ich weiß schon, was ich tue … Wann?«

Der Fürst blieb eine Antwort schuldig, denn die Männer hörten ein Rascheln im Unterholz und schwiegen wie auf Kommando. Der Doktor sah den Achtender zuerst. Er blickte zum Fürsten und überließ es ihm, das Tier zu erlegen.

Erstarrt wie ein Reh in Gefahr, lag Marie nur einen Steinwurf von ihnen entfernt im Gebüsch. Sie hatte alles belauscht. Leise schlich sich die barfüßige Frau davon, als die Männer zum toten Tier eilten. Ihr Gesicht verriet nicht, was sie empfand.

9.

Mama, Mama, er ist immer noch da! Mama!« Toni stand angezogen in kurzen Lederhosen vor Lucilie und rüttelte an ihrer Schulter. Es musste noch früh am Morgen sein, Buchfinken, Drosseln und Zeisige zwitscherten aufgeregt zur Frühjahrsbalz. Eine tief stehende Sonne drang durch das Fenster, Toni hatte die Vorhänge aufgezogen. Bleischwer spürte Lucilie ihren Körper im Federbett liegen, sie war wieder kaum zu Schlaf gekommen, bis drei Uhr morgens hatte sie mit Rosa und Toni den Kometen beobachtet.

»Die Rosa betet einen Rosenkranz nach dem anderen und drunten in der Gasse schreit einer herum, dass nun das Jüngste Gericht kommt!«

Der Sechsjährige stupste mit seiner Nase fast gegen ihre und betrachtete sie gespannt. Lucilie lächelte ihren munteren Sohn an, gab ihm ein Bussi und strich sich die losen Haarsträhnen aus dem Gesicht. Wie gerne hätte sie noch weitergeschlafen, aber Toni ließ ihr noch nicht einmal die Zeit, richtig aufzuwachen.

»Aber ich hab ihn als Erster gesehen! Noch vor dem Max und dem Luggi!«

»Ja«, sagte Lucilie und richtete sich in ihrem Nachthemd auf. »Aber du kannst doch nicht die kurze Hose anziehen, dafür ist es noch viel zu kalt!«

Toni schien ihre Mahnung nicht gehört zu haben. »Und außerdem haben die kein Teleskop. Darf ich es mitnehmen in den Hof?«

»Nein«, sagte Lucilie entschieden. »Das ist viel zu kostbar, damit darfst nicht spielen.«

»Ich spiel ja auch nicht damit, ich möchte bloß durchschauen. Mit dem Max und dem Luggi.« Toni legte sich angezogen zu ihr ins Bett und kuschelte sich an sie, so wie er sich nachts im Schlaf manchmal an sie drückte. Seit Antons Tod schlief er bei ihr im großen Bett, wenn sie nicht in der Gebäranstalt übernachtete. Lucilie streichelte ihrem Kind über den Kopf. Sie sog seinen Geruch ein und stupste zärtlich seine Nase an. Toni sprang wieder hoch, vergewisserte sich mit einem Blick durch das Fenster, dass der Komet noch da war, und kam wieder zu ihr zurück.

»Stimmt das jetzt mit dem Jüngsten Gericht?«, fragte er nach.

»Nein«, erwiderte Lucilie. »Jetzt werden allerhand Scharlatane ein Geschäft mit dem Aberglauben machen wollen. ... Draußen ist es viel zu kalt, zieh die lange Hose an!«

»Was ist ein Aberglaube? Und was ist Scharlatanerie?« Toni setzte sich zu ihr auf die Bettkante, wie er es von Anton gewohnt war. Er durfte so viele Fragen stellen, wie er wollte, sollte sich aber hinsetzen, wenn man ihm eine Erklärung gab.

Lucilie suchte nach Worten, Rosa trat durch die halb offene Tür.

»Soll ich der gnädigen Frau einen Kaffee machen? Eine dicke Suppe hab ich schon hergerichtet«, sagte die rundliche Haushälterin mit einem Unterton, der verriet, dass sie wegen der nächtlichen Ereignisse immer noch beleidigt war.

»Gerne, Rosa! Aber vorher verraten Sie mir noch, warum Sie dem Toni erlaubt haben, dass er mich weckt.«

»Na ja, ich hab mir gedacht, wo Sie doch sonst so fortschrittlich gesinnt sind, dass der Bub dann auch das darf«, erwiderte Rosa scheinbar beiläufig und kehrte in die Küche zurück. Das war also ihre kleine Rache für die Niederlage der Nacht, denn die Haushälterin hatte sich strikt dagegen verwehrt, Toni wegen einer Himmelserscheinung zu wecken, doch Lucilie hatte darauf bestanden. Rosa konnte nichts auf sich sitzen lassen, selbst wenn sie Lucilie innerlich mit den »neumodischen Erziehungsmethoden« recht geben musste.

Im Gegensatz zu all den anderen Kindern im Haus bekam Toni keine Prügelstrafe, er durfte in der Wohnstube spielen und sollte frei seine Meinung bilden und sie auch sagen. Ganz wie Pestalozzi in seinen Schriften forderte, wollte Lucilie den Sechsjährigen zu einem »ganzen Menschen« erziehen, sie wollte ihn lehren, sich selbst zu helfen. Und ganz besonders hatte es Rosa widersprochen, dass der Bub nie dafür geschimpft bekam, wenn er nachts noch ins Bett machte, in seinem Alter! Mürrisch hatte Rosa jeden Tag das Bettzeug gewaschen und sich von Lucilie anhören müssen, dass sich dies von alleine geben würde. Umgekehrt aber, wenn Lucilie nicht im Haus war, verzog Rosa den Buben, ließ sich von ihm wie eine Oma um den Finger wickeln und scherte sich nicht um die Anweisungen seiner Mutter zu gesunder Ernährung. Wenn Lucilie es nicht persönlich überwachte, aß der Bub keinen Salat, kein Gemüse und kein Obst. Er kam nicht pünktlich zum Mittagessen heim und rutschte das Treppengeländer herunter. Lucilie wusste das, aber sie ließ sie gewähren, denn durch Rosas mürrische Rechthaberei hindurch strahlte eine Herzenswärme, die die ganze

Wohnung durchdrang. Die zwei Schlafräume, die Wohnküche und die gute Stube waren stets sauber gehalten, rochen blumig frisch und Rosa achtete darauf, mit kleinem Zierrat die Wohnung gemütlich zu gestalten. Vor allem aber warf die Haushälterin selbst ihre christlichen Ansichten über Bord, wenn jemand über diesen Hausstand oder gar Toni lästerte; dann konnte sie richtig grob werden und schimpfen, dass die gescherten Weiber doch den Dreck vor ihrer eigenen Tür kehren sollten.
Lucilie wusste Toni bei ihr gut aufgehoben und dankte dies Rosa mit vielen freien Nachmittagen und extra Zuwendungen, denn eine kostenlose Unterrichtung in Lesen und Schreiben, wie Lucilie es ihr angeboten hatte, lehnte Rosa ab. Ein Weib, und noch dazu in ihrem Alter, so hatte die Fünfundfünfzigjährige geantwortet, brauche so was wirklich nicht, schon immer sei es anders gegangen, da solle die Lucilie schon lieber selbst gescheit daher schreiben.

»Mama!« Toni rief so laut, um endlich wieder die Aufmerksamkeit der Mutter zu bekommen. »Darf ich jetzt das Teleskop mitnehmen?«
»Nein.« Toni ließ ihr keine Zeit, ihren Gefühlen für Rosa oder den grüblerischen Gedanken über die Gebäranstalt nachzuhängen. »Dann hol halt den Max und den Luggi herauf, dann können sie von uns aus durchschauen, unter der Aufsicht von Rosa.«
Toni sprang auf und rannte los, an die kurzen Hosen dachte sie erst wieder, als der Bub schon im Treppenhaus war. Auch Lucilie stand jetzt auf, um sich anzukleiden, denn bald wären die Kinder in der Wohnung und Lucilie wollte verhindern, dass die Buben heimtrugen, sie wäre zum Frühstück noch im Nachtgewand. Rosa klapperte in der Küche mit dem Geschirr und sang ein Kirchenlied,

bis es heftig an der Tür schellte. Rosa öffnete, und Lucilie hörte die neue Hebammenschülerin Eva aufgeregt fordern, Frau Vinzenz solle schnell kommen, über Nacht seien drei Frauen am Kindbettfieber erkrankt. Rosa bestand darauf, dass Lucilie zuerst noch ein paar Löffel Hafersuppe zu sich nahm, ehe Lucilie und Eva zur Gebäranstalt eilten.

Auf den Gassen bildeten sich Menschengruppen und sahen in den Himmel, mehrmals hörten sie jemanden vom Jüngsten Gericht predigen, und vor dem Karlstor stolperte Lucilie über eine bettelnde Blinde, die aufschrie, als die Oberhebamme sie berührte, und ihr etwas von einem furchtbaren Schicksal zuraunte. Lucilie schüttelte den Kopf über den ganzen Aberglauben. Sie beschäftigte nicht ihre Zukunft, sondern die der kranken Wöchnerinnen in der Gebäranstalt.

10.

Auf seinem Araber Gallo ritt Denaro langsam in der Frühlingssonne von der Hütte zum Dorf. Er nahm den längeren, hügeligeren Weg am Bergsee vorbei, grüßte ein paar Hirten, Knechte und Mägde auf den Feldern und pflückte zwischendurch die Mohnkapseln, die er gestern angeritzt hatte.

Der Doktor mochte die Ursprünglichkeit des kleinen Dorfes Marienstein südwestlich von Salzburg, in dem er meist einmal in der Woche Sprechstunde hielt. Im Sommer wurde bis zum Sonnenuntergang gemäht, geschlachtet, geschoren, gewurstet und geräuchert. Mägde legten Gemüse ein, Knechte dichteten Vorratsschuppen neu ab, das Getreide wurde geerntet und gedroschen, Bäuerinnen holten Enziane und ließen sie für die neuen Kropfbänder zum Kirchweihfest trocknen. Zum Erntedank spendeten die Bauern Speck und Geld, das letzte Obst wurde von den Bäumen geholt, am ersten November begannen die Spinnräder in den geheizten Stuben zu surren, und an Martini wurden die Gänse geschlachtet. Wenn spätestens an Weihnachten die ganzen Häuser, Ställe und Stadel von Schnee überzogen waren, trafen sich die Männer im Wirtshaus zu Bier und Schnaps. An Mariä Lichtmess im Februar ließ sich das Gesinde ausbezahlen und wechselte die Stellung, Tagelöhner kamen und gingen, und neue

Liebschaften entspannen sich schnell. An Pfingsten trieb man unspektakulär das Vieh auf die Almen und verarbeitete ihre Milch zu einem kräftigen Käse, bis man die Kühe im September, geschmückt mit Glocken, Blumengebinden und Bändern, wieder von den Almen herunterholte und dazu gehörig feierte.
Denaro idealisierte nicht wie Rousseau die bäuerliche Kultur, dazu kannte er viel zu gut die Nöte der armen Häusler, Tagelöhner und Hirten. Aber im Gegensatz zu den Städtern verstanden die Menschen hier nicht nur hart zu arbeiten, sie wussten auch ihre Feste zu feiern, und selbst geizige Bauern dachten nicht daran, die Feiertage zu reduzieren, dabei machten sie ein Drittel aller Jahrestage aus. Die Bergler wurden von den Bayern und der Kirche geknechtet, aber sie klagten nicht über ihr Schicksal. Selbst als die Franzosen den Handel in Tirol zum Erliegen gebracht hatten, ertrugen sie, ohne zu jammern, den Hunger, während sich eine Salzburger Dame über die schlechte Versorgung ihres Schoßhündchens beschwerte.

Beim Bergsee angekommen, ließ Denaro Gallo im Gras weiden, er selbst zog sich aus und sprang in den eiskalten See. Mit schnellen und kräftigen Schwimmzügen kämpfte er gegen die Kälte an, aber mehr noch kämpfte er damit gegen den Schmerz, der ihm die Kehle zuschnürte. Der Fürst war nicht nur sein bester Freund, er war sein Anker in der Welt.

Als Denaro aus dem Wasser stieg, wieherte ihn Gallo an und fuhr mit dem Kopf nach hinten. Denaro streichelte ihm über die lange, braune Mähne, er wollte das Tier beruhigen. Doch Gallo schlug nun mit den Hufen auf, er schien Denaro nervös.
»Es ist nichts. Sch!« Denaro suchte einen beruhigenden

Tonfall. Gallo hielt für einen Moment still, dann warf er den Kopf wieder nach hinten.
»Hast recht, Gallo, es ist was«, sagte der Doktor und zog den Kopf des Hengstes an der Mähne etwas zu sich. Er sah seinem treuen Tier in die Augen. Es hatte erkannt, wie schwer ihm der Freundschaftsdienst am Fürsten fallen würde, wie alleingelassen er sich damit jetzt schon in der Welt fühlte. Denaro fielen die Worte des Freundes ein. Er sei der »am besten getarnte Romantiker«, hatte der Fürst gesagt, als Denaro wieder einmal einen Rückzieher machte und eine hübsche Gräfin nicht heiratete, obwohl diese sich auch noch in den Arzt verliebt hatte. Hatte er deshalb nie wirklich eine Frau haben wollen, weil ihm der Fürstenhof eine Familie ersetzte?
Gallo drückte seinen Kopf an die Schulter des Doktors, so als wolle er ihn trösten. Denaro ermahnte sich, alles mannhaft zu tragen, saß wieder auf und ritt ins Dorf. Die Mägde, Knechte und Bauern am Wegrand wunderten sich über seinen finsteren Blick.

11.

Lucilie riss im Saal der Gebäranstalt die Fenster auf, steckte die Wöchnerinnen unter dicke Decken und hieß die Hebammen in Jacken zu arbeiten; sie ließ an beiden Feuerstellen Tag und Nacht Essig verkochen; sie mischte in verschiedensten Zusammensetzungen Tees aus Hagebutte, Holunderblüte, Salbei, Eibischwurzel, Ringelblume, Tausendgüldenkraut und Rosskastanie und ließ die Schülerinnen sie den Kranken verabreichen; der Köchin trug sie auf, dreimal täglich eine milde Hafersuppe zu kochen, und rieb die fiebernden Wöchnerinnen mit Walnussblätterextrakten ab; sie ging zum kürzlich eröffneten Viktualienmarkt, fragte jeden Bauern nach Enzianen und kaufte dem jungen Kunstmaler, der sich die Bergblumen zum Zeichnen bestellt hatte, alle Enziane ab, um auch daraus einen Tee zu kochen. Als das Fieber der Wöchnerinnen daraufhin sogar noch stieg, gab sie der Stellvertreterin Agnes nach, ließ die Fenster wieder schließen und den Saal aufheizen; trotz ihrer Abneigung suchte sie Antons alten Konkurrenten und seine Apotheke in der Weinstraße auf, bestellte bei ihm Hahnemanns Globuli und verabreichte sie den kranken Weibern wie geheißen fünfmal täglich; sie ließ die Frauenzimmer erst dürsten, wie Hufeland empfahl, dann flößte sie den dreien nach Aigners Lehrmeinung so viel Flüssigkeit wie nur möglich ein.

Fünf Tage und Nächte nach Rappensteins Besuch ermatteten die Wöchnerinnen so sehr, dass Lucilie sich an die Verordnung zu halten hatte, wonach in einem solchen Zustand ein Arzt geholt werden musste. Noch schlimmer: Eine Niederbayerin begann plötzlich auch zu fiebern. Erschrocken legte Lucilie die Hand auf deren Stirn, schloss die Augen und betete zu einem Herrgott, an den sie nicht mehr wirklich glaubte. Sie rannte in die Dunkelheit hinaus und warf sich in der kleinen Kapelle auf dem Feld hinter der Gebäranstalt vor dem Altar auf den Boden, bat die Muttergottes um Beistand und um Verzeihung für ihre Ungläubigkeit.
Lucilie richtete sich wieder auf. Was tat sie hier? Im Saal der Gebäranstalt war ihr Platz und nicht im Gotteshaus!

Draußen leuchtete immer noch der Komet, es war wärmer geworden und die ersten Sträucher trieben Knospen, wie Lucilie auf dem Rückweg zum Saal roch. Drinnen putzte Eva wieder die Böden, Instrumente und Kommoden, nachdem sie schon alle Kittel gewaschen und gebügelt sowie die Paravents mit Kernseife abgerieben hatte. Eva packte klug mit an, befolgte die Anweisungen und verstand es, sich mit eigenen Überlegungen nützlich zu machen. Wenn »es sonst nichts mehr zu tun gab«, ging die Schülerin ihrem »reinlichen Bedürfnis« nach, wie sie sagte. Agnes runzelte die Stirn darüber, aber Lucilie bremste Evas Eifer nicht mehr. Sie sah es als Recht der Jugend an, eine Unbedingtheit zu fordern, die nicht zu erfüllen war. Außerdem beschäftigte die Oberhebamme das Wochenbettfieber mehr als alles andere.

Fast alle Weiber schliefen, die Fiebernden dämmerten vor sich hin, Agnes war nach Hause gegangen, und Lucilie setzte sich auf den Holzstuhl neben dem Stehpult und legte den Kopf in die Hände. Eva brachte ihr eine Tasse Tee.

»Frau Oberhebamme, bitte, der soll gut für die Nerven sein, haben Sie selbst gesagt!« Eva lächelte sie an, obwohl auch in ihrem Gesicht die Sorge um die Todkranken stand.

»Danke.« Lucilie nahm den Becher und roch Majoran. Sie musste ein wenig lächeln, denn auch Rosa mischte ständig Majoran ins Essen, seitdem Lucilie einmal beiläufig erwähnt hatte, dass dieses Kraut die Nerven stärke und den Appetit anrege. In Rosas Augen war Lucilie entschieden zu mager, die Nerven der gnädigen Frau interessierten sie weniger.

»Ist Ihnen bang, weil wir einen Doktor holen müssen, Frau Oberhebamme?«, fragte die Schülerin schüchtern.

Lucilie nickte. »Sag einfach Frau Vinzenz, und nicht immer Oberhebamme«, antwortete sie.

»Soll ich gehen?«, fragte Eva.

Das Mädchen war auch noch einfühlsam, es wollte ihr den schweren Gang abnehmen. Lucilie spürte in diesem Augenblick eine fast zärtliche Zuneigung zu ihm. So hatte sie sich immer ihre Tochter vorgestellt und gewünscht. Doch Lucilie verbot sich jeden weiteren Gedanken dieser Art.

»Ich scheu mich nicht bloß wegen den Vorschriften«, erklärte Lucilie der Schülerin ihr Zögern. »Ich hab ein ganz ungutes Gefühl, wenn die Doktoren die Weiber anlangen.«

»Eine jede schämt sich ja fast schon zu Tode.« Evas Miene verdüsterte sich. »Ich würde lieber in die Isar gehen, als so was über mich ergehen lassen.«

»Nein«, widersprach Lucilie. »Eins musst noch lernen. Wenn man ein Kind unterm Herzen trägt, dann spürt man eine Pflicht zu leben, da begeht man so eine Sünde nicht.«

»Und warum bringen dann so viele Weiber ihre Neugeborenen um?«

»Weil, weil …« Lucilie kam ins Stottern. »Die sehen keinen anderen Ausweg, die haben durch die Schwangerschaft ihre Stellung verloren. Und alle lassen sie fallen.« Lucilie wusste, dass diese Erklärung Eva nicht ausreichte. Sie stellte den Teebecher ab und überdachte alles noch einmal. »Ja, und das ist natürlich auch noch wichtig, wenn nicht das Wichtigste überhaupt: Wenn sie das Kind dann haben und mit ihm die Schande, dann müssen sie es in Kost geben, dahin, wo das Gericht es vorschreibt. Was meinst, wie viele da schon in den ersten Monaten verhungern?«

»Und warum redet da niemand darüber?« Eva wollte alles genau wissen.

»Weil das hängt doch keine an die große Glocke, und alle schämen sich selber. Ich glaub, die Weiber denken an sich, wenn sie ein Kind umbringen, aber auch an das Kind. Lieber ist es tot als in schlechten Händen.«

Bestürzt sah Eva sie an.

»Darum haben sie es ja unter Strafe gestellt, wenn man eine Schwangerschaft nicht meldet. Weil das dann heißt, glauben die Mannsbilder, dass man da den Kindsmord schon mitplant.«

Eva setzte sich auf den Hocker neben Lucilie. »So hab ich das noch gar nicht gesehen«, überlegte sie laut. »Ich hab gemeint, das ist zum Wohl der Frauen.«

»Und trotzdem macht es nicht eine jede, es heißt, dass die Hälfte der Münchner unehelich ist, ergänzte Lucilie. »Nicht eingerechnet die Kinder, die den Ehemännern untergejubelt werden«, fügte sie schelmisch lächelnd hinzu.

Eva grinste verlegen.

Lucilie trank den Tee aus und stand auf. »Ich geh jetzt

einen Doktor holen«, sagte sie, »und du machst noch mal die ganzen Wickel neu.«
Eva stand auch auf. »Darf ich noch eins fragen?« Lucilie nickte, während sie ihre Schuhe schnürte. »Und wenn die Weiber deshalb Kindbettfieber kriegen, weil sie sich so vor den Doktoren schämen?«
Genau dies hatte Lucilie auch schon öfter überlegt. Sie hatte sich die Frage damit beantwortet, dass man aus Scham nicht stirbt. Die Oberhebamme schaute ihre Schülerin nachdenklich an. Anstatt sich auf den Weg zu machen, schlug Lucilie das Anstaltsheft auf.
Eva hielt es für klüger, jetzt nichts mehr zu fragen, so konzentriert kontrollierte die Oberhebamme eine Seite nach der anderen.

Nachdem Lucilie das Heft des vergangenen Jahres durchgegangen war, holte sie die Bücher der Vorjahre heraus. In ihr keimte ein ungeheurer Verdacht, den sie nicht auszusprechen vermochte, und der sich doch in jedem Jahr aufs Neue bestätigte: In den Semesterferien, wenn weder Ärzte noch Studenten die Gebäranstalt besuchten, trat das Kindbettfieber fast nie auf.
»Entschuldigung, Frau Oberhebamme.« Eva trat zu ihr hin. »Die Rothaarige ist schon ziemlich schwach, ich glaub, es pressiert.«
Lucilie beschloss, ihren Verdacht für sich zu behalten, ging zu der Wöchnerin und ließ die Schülerin einen Doktor holen.

Der Arzt ließ die Rothaarige und die beiden anderen Fiebernden zur Ader. Der kranken Niederbayerin verordnete er heiße Umschläge, die offenbar halfen, denn sie überlebte, obwohl die Temperatur noch einmal gestiegen war.

Warum sollten die Studenten und Professoren den Tod bringen, ein einzelner Arzt aber das Leben einer Frau retten können? Irgend etwas an ihrem Verdacht konnte nicht stimmen, sagte sich Lucilie, während der Komet auch die nächsten Tage und Nächte noch am Himmel stand.

12.

Die Nacht mit seinem Kometen wich einem roten Himmel und gab den Blick frei auf die weiß-gelbe Blumenpracht der Bergwiese, einen Steinbock am Bergkamm und den Gletscher auf dem Alten Joch. Ein Adler erhob sich in die Lüfte, das Rauschen des kleinen Bachs in der Nähe der Jagdhütte war zu hören, ein Fuchs sprang in seinen Bau zurück, und Gallo weidete im saftigen Gras. Denaro wertete dies als zynischen Kommentar der Natur zu seinem Vorhaben und überprüfte die Pistole.

Fünf Gehminuten unterhalb der Hütte lag die kleine, ebene Lichtung. Die Sekundanten warteten schon. Denaro begrüßte per Handschlag den Fürsten, die Freunde wechselten mannhafte Blicke, man reichte den Helfern die Waffen und wartete ruhig auf die Anordnung des Unparteiischen.

Die Sekundanten übergaben die geprüften Waffen und zählten die Schritte ab. Der Fürst und Denaro bewegten sich mit dem Rücken zum anderen bis zur Zahl Zwanzig, drehten sich auf das Kommando des Unparteiischen hin um, und Denaro schoss schneller, als der Fürst erwartet hatte. Mit aufgerissenen Augen sank der Freund zu Boden, Denaro hatte in den Kopf getroffen, er ließ die

Waffe fallen und eilte den Weg nach oben zurück. Die Sekundanten sollten nicht sehen, wie sich seine Augen mit Tränen füllten und er – in der Jagdhütte angekommen – wie ein Weib flennte. Hämmernd schlug er mit der Faust gegen die Hüttenwand und schrie seinen Schmerz laut in den jungen Tag hinaus.

Die barfüßige Marie saß in einer Baumkrone und fror. Von ihrem Versteck aus hatte sie das Duell gut beobachten können.

13.

In den ersten Maitagen schmolz sofort der Schnee, der noch einmal auf die Münchner Dächer gefallen war, der Föhn gab in den oberen Stockwerken der Bürgerhäuser einen Blick auf die Alpen frei und im Englischen Garten, neben den Soldatengärten, wichen blaue Leberblümchen und gelbe Schlüsselblumen den weißen Frühlingsknotenblumen und Maiglöckchen. Franzosen wurden wieder in der Stadt einquartiert und Napoleon am Hof erwartet. Der König ließ wegen der Kontinentalsperre Zuckerrüben auf den Feldern Richtung Schwabing anbauen, und in der Stadt sprach man über den Tod des Tiroler Fürsten. Rosa schimpfte täglich lauter über das »Soldatengschwerrl«, das die Fleisch- und Gemüsepreise in die Höhe trieb; Toni schnitzte sich mit den anderen Buben aus Stecken Gewehre und spielte mit ihnen im Hof Krieg; Lucilie hatte sich eine Erkältung zugezogen und versuchte, sich mit Lindenblütentee zu kurieren. Über den Kometen, der immer noch am Himmel stand, verlor man kaum mehr ein Wort, man hatte sich an ihn gewöhnt.

Die verstopfte Nase weckte Lucilie im Morgengrauen. Sie suchte im Wäscheschrank frische Taschentücher, erneuerte dabei die Lavendelblüten und ging in die Küche, um den Ofen anzuschüren. Im Gang sah sie Tonis Jacke hängen, an der schon wieder ein Silberknopf fehlte, obwohl Rosa schon einmal heimlich einen ersetzt hatte. Zufällig hatte sie die Haushälterin mit dem Buben schimpfen gehört, um ihm danach verschwörerisch zu versichern, dass sie der Mutter nichts verraten und das teure Stück aus ihrer eigenen Tasche ersetzen würde. Wie viel bekam sie von ihrem Buben eigentlich nicht mit, weil sie andauernd in der Gebäranstalt war? Lucilie fächerte Luft in den Ofen, die Glut breitete sich aus, sie schloss die Herdtür und setzte den Wasserkessel auf.

In der guten Stube hatte Rosa die Vitrine und die Kommode abgestaubt, das Kanapee abgewaschen und die Deckchen frisch gestärkt. Nur Lucilies kleinen Schreibtisch, der in einer Ecke unter dem Ölgemälde stand, rührte Rosa trotzig nicht an, so dass die rund hundert Manuskriptseiten verstaubten, das Tintenfass schon fast eingetrocknet war und Lucilie schon gar nicht mehr wusste, wo die Feder lag. Lucilie blickte sich kurz um, die Feder war hinter den Tisch gerollt, sie hob sie auf, legte sie zu den Seiten, schneuzte sich und ging wieder in die Küche, um nach dem Teewasser zu sehen. Das Buch, so seufzte sie innerlich, das wird nichts mehr. Wo sollte sie die Zeit dafür hernehmen? Und wozu sollte sie ihr Wissen über Pflanzen festhalten, ein Wissen, das viele hatten und doch keinem Weib mit Kindbettfieber half! Lucilie setzte sich an den Küchentisch und stützte den Kopf in die Hände. Sonnenstrahlen fielen so flach herein, dass sie Brotkrümel auf dem Holzmöbel bemerkte. Lucilie stand auf und wischte sie mit einem Lappen weg. Das Wasser kochte immer noch nicht.
Heute, so sagte sich Lucilie, sollte sie keinem dieser schweren Gedanken nachhängen, heute sollte sie einfach

ihre Erkältung auskurieren und sich ins Bett legen. Heute müsste sie nicht darüber nachdenken, was sie tun sollte, wenn die Studenten wieder kämen. Was mischte sie sich als alleinstehende Frau überhaupt in medizinische Belange ein, die ihr nicht zustanden? Sie sollte sich ihr Leben leichter machen und die Dinge so hinnehmen, wie sie nun einmal waren. Sie sollte sich um Toni kümmern, der ihr die letzten Tage so verändert schien. Lucilie gab sich den Befehl, gar nichts mehr zu denken, vielleicht würde sie dann wieder zu ihrer alten Kraft finden. Vielleicht würde sie so ihrem Dasein wieder einen tieferen Sinn abgewinnen können, denn jetzt, so gestand sich die Oberhebamme ein, bestanden ihre Tage und Nächte nur aus einem Abwarten in der Hoffnung, es möge nichts passieren, worum sie sich kümmern müsse. Lucilie fragte sich, wie es so weit mit ihr hatte kommen können, fand darauf keine Antwort und verbot sich auch diese Gedanken und Fragen.

Lucilie musste heftig niesen, im Sonnenschein sah sie feine Tröpfchen aus ihrer Nase auf dem Küchentisch landen. Schon im nächsten Augenblick waren die Tröpfchen verschwunden. Lucilie starrte weiter auf das Möbelstück und fragte sich, ob die Tröpfchen tatsächlich verschwunden waren oder bloß nicht mehr sichtbar. So wie die Brotkrümel erst bei flachem Sonnenschein ins Auge fielen, so könnte es doch auch sein, dass die Tröpfchen nur unter bestimmten Umständen zu sehen waren. Und wenn in diesen winzigen Feuchtigkeitsteilen kleine Tierchen wären, viel kleiner noch als Ameisen und deshalb unsichtbar, könnten nicht diese kleinen Tierchen dann zum nächsten Menschen eilen und ihn anstecken mit der Erkältung?

Das Teewasser kochte, Lucilie goss es auf die Lindenblüten und erinnerte sich an einen Reisebericht, den sie vor vielen Jahren gelesen hatte. Demnach war es bei den Chinesen Sitte, Käfer, Schlangen und andere lebende Tiere ins kochende Wasser zu werfen und sie dadurch zu töten, bevor man sie aß. Würde man mit dem heißen Wasser auch die kleinen Tierchen töten können? Aber wie wäre zu überprüfen, ob es sie wirklich gab?

»So ein Schmarrn!«, hielt sich Lucilie vor, während sie Honig in die Tasse rührte, mit dieser Idee würde man sie für verrückt erklären. Trotzdem ließ sie die Vorstellung von den kleinen Tierchen nicht mehr los. Sie würde diese Theorie wohl nicht beweisen können, aber sie könnte – ohne jemandem davon zu erzählen – einfach ausprobieren, ob sich die unsichtbaren Krankheitskäfer nicht in heißem Wasser töten ließen. Lucilie musste schneuzen und griff zum Taschentuch. Vielleicht krabbelten diese Tierchen auch auf die Kleidung? Könnte man sie dort unschädlich machen, indem man alles heiß bügelte? Für einen Moment spürte Lucilie wieder ihre alte Kraft in sich aufsteigen.

Jäh unterbrach Rosa den freudigen Moment. Die Haushälterin stand im Nachtgewand in der Tür.
»Will die gnädige Frau Pfannkuchen zum Frühstück?«, fragte sie und ging, ohne eine Antwort abzuwarten, zum Mehlsack.
Lucilie protestierte, sie hätte gar keinen Hunger, da sie erkältet sei, doch Rosa ließ das nicht gelten.
»Wenn Sie so weitermachen, dann können wir sie bald zum gnädigen Herrn hinaustragen. Und dann hat der Toni auch keine Mutter mehr«, schimpfte Rosa, während sie Eier in die Schüssel mit Mehl schlug.

»Rosa, ich bin erkältet, da hat man keinen Appetit, der Körper sagt einem schon, was gut ist!« Lucilie nahm einen Schluck Tee.
»Und sagt Ihnen Ihr Körper auch, dass Sie vor lauter Schwermut bald verhungern? Ist das auch richtig?!« Rosa sah sie streng an und holte Milch aus der Speisekammer. »Das kann man ja nicht mehr mit anschauen! Dass Sie so um den gnädigen Herrn trauern, das hätte ich nicht geglaubt«, fuhr die Haushälterin fort.
Wenn Rosa schon die schweren Gedanken der Hebamme mitbekommen hatte, so war Lucilie froh, dass sie diese auf den Tod Antons schob.
»Ich geh noch mal ins Bett, Rosa!«
»Aber erst, wenn Sie was gegessen haben, mir ist das jetzt ernst. Ich schlag die teuren Eier nicht umsonst auf.«
»Also gut, Rosa! Ich werde mehr essen, aber erst, wenn ich wieder gesund bin!« Lucilie trank einen weiteren Schluck Tee, musste wieder niesen, stand auf und verließ die Wohnküche.
»Heilige Maria Mutter Gottes«, hörte sie Rosa murmeln, als sie die Tür zur Schlafkammer öffnete. Toni schlief noch, Lucilie wollte schon zu ihm ins Bett, da dachte sie wieder an die Tierchen. Würden die auch zu Toni krabbeln? Lucilie kehrte wieder um und erklärte Rosa, dass sie sich auf das Kanapee legen würde. Die Haushälterin zuckte mit den Schultern und schüttelte den Kopf. Wenn der gnädigen Frau sonst nichts einfalle.

Lucilie sank in einen unruhigen Schlaf und wurde von einem klirrenden Geräusch geweckt. Danach war es plötzlich ganz still in der Wohnung. In der Küche bemühte sich Toni, die Scherben eines Tellers aufzukehren. Als er Lucilie sah, brach er in Tränen aus.
»Mama, es tut mir leid. Ich … ich weiß auch nicht.«

Lucilie nahm ihren Sohn in den Arm und schimpfte nur halbherzig. »Pass halt das nächste Mal besser auf! ... Wo ist denn Rosa? Und warum spielst du nicht draußen?«
»Die Rosa ist in der Messe«, antwortete Toni und wischte sich mit dem Ärmel die Tränen ab. Zusammen schoben Mutter und Kind die Scherben auf eine Kehrschaufel.
»Wolltest was essen?«, fragte Lucilie und Toni nickte.
Die Hebamme schmierte ihm und sich ein Butterbrot und kochte für beide Tee. Ungewohnt ruhig wartete Toni auf einem Stuhl, bis auch Lucilie fertig gegessen hatte. Ihren fragenden Blicken wich er aus, sie nahm seinen Kopf in ihre Hände.
»Ist was?«, fragte sie, Toni schüttelte den Kopf.
Lucilie überlegte, ob sie ihr Kind nicht mehr richtig kannte und beschloss, heute weder in die Gebäranstalt zu gehen, noch im Bett liegen zu bleiben.
Toni zog unaufgefordert die langen Hosen an, Lucilie schlüpfte in einen frischen Unterrock und trug über ihrem schwarzen Kleid eine Wolljacke. Sie ging mit Toni zum Viktualienmarkt und kaufte einem italienischen Händler Blumenzwiebeln ab. Niesend und schneuzend machte sie sich mit dem Buben danach auf den Weg zum neuen Gottesacker westlich des Angertors. Bei einem Goldschmied und einem Schuster blieb sie mit Toni stehen und kommentierte deren Arbeit. Vor den alten Mauern kamen sie an neu angelegten Gemüsegärten mit frisch gepflanzten Obstbäumen vorbei, und Lucilie nahm einen kleinen Umweg über die Westermühle, um Toni auch den Beruf des Müllers anschaulich erklären zu können.

Am Grab half Toni ihr beim Unkrautjäten, und sie ließ ihn die neuen Knollen einpflanzen. Er sollte erraten, welche Pflanzen aus ihnen einmal herauswachsen würden,

doch selbst Rätselspiele schienen ihm heute keinen Spaß zu machen.
»Geht er dir recht ab, der Papa?«, fragte Lucilie, nachdem das Grab wieder ordentlich hergerichtet war und man einen Vaterunser gebetet hatte.
Toni nickte. Hatte der Bub jetzt erst, nach knapp einem Jahr, begriffen, dass sein Vater für immer abwesend sein würde? Lucilie überlegte, was sie mit sechs Jahren verstanden hatte, aber es fiel ihr nicht mehr ein. Wenigstens wusste sie nun, warum der sonst so lebhafte Bub so bedrückt wirkte. Sie ging in die Hocke und strich ihm übers Haar.
»Von oben, da schaut er zu uns runter und passt auf dich auf!«, sagte Lucilie und Toni nickte.
»Passt er auch auf dich auf?«, fragte der Bub, und Lucilie nickte ihrem Sohn lächelnd zu.
Dies schien Toni zu trösten, seine Gesichtszüge hellten sich wieder auf, und auf dem Heimweg hüpfte er schon wieder an ihrer Hand.
Was den Buben aber wirklich plagte, erfuhr sie erst einen Tag später. Ihre Idee mit den kleinen Tierchen vergaß Lucilie darüber.

14.

Denaro band Gallo im Abendlicht vor seiner Praxis in der Dorfmitte fest und holte die Mohnkapseln aus den Satteltaschen. Er hatte das kleine, halb verfallene Häuschen in dem Dorf Marienstein zusammen mit der Jagdhütte erworben. Den Steinbau hatte er renovieren lassen, ein Behandlungszimmer eingerichtet und die Holzhütte selbst in Schuss gebracht. Der Dorfpfarrer hatte ihn seinerzeit gebeten, wenn er schon öfter in der abgeschiedenen Gegend weilte, doch hier ab und zu nach den Leuten zu sehen. Denaro gefiel seine kleine Praxis, die direkt an dem kreisrunden Dorfplatz lag, wie die Kirche, ein Wirtshaus, zwei Höfe, eine Schmiede, eine Wagnerei und das Geschäft des Stellmachers.

Zu den Dörflern hatte er nach und nach eine eigenwillige Zuneigung entwickelt, und mit dem aufbrausenden Pfarrer verband ihn bald eine innige Feindschaft – ein jeder der beiden Männer versuchte, sein Weltbild hier zu beweisen und die Knechte, Mägde, Bauern, Handwerker und Hirten von seinem Standpunkt zu überzeugen. Doch während Denaro genau wusste, dass nicht in diesem 500-Einwohner-Dorf eine ideologische Schlacht gewonnen werden konnte und er sein Vergnügen dabei fand, nahm der ältere Pfarrer seine Mission sehr ernst und nutzte die

Kanzel zu ausgefeilten sonntäglichen Predigten über das Übel der Aufklärerei, so dass viele Dörfler erst auf diesem Weg erfuhren, was es damit auf sich hatte. Mit protestantischem Eifer verdammte der Geistliche die Freiheit, Gleichheit und Brüderlichkeit; er schimpfte den Bayern Montgelas einen Satan, der die Klöster ausraubte, um damit seine Reformen zu finanzieren; er erklärte die Wissenschaft zu »Teufelswerk«, das die gottgegebene Ordnung aus den Angeln heben wollte. Am Tag des Herrn strömten deshalb nun auch gerne die Leute aus den Nachbargemeinden in sein Gotteshaus, was der Pfarrer wiederum auf seine sorgfältig ausgearbeiteten Reden zurückführte und deshalb seine sonntäglichen Erfolge mit einem Rinderbraten und Bier im Wirtshaus feierte.

Vroni, deren kleiner Hof gegenüber Denaros Praxis lag, kümmerte sich in dessen Abwesenheit nicht nur um das Häuschen des Doktors, sie kochte auch für ihn, wenn er zugegen war, und berichtete dem Arzt stets von den sonntäglichen Predigten und anderen Neuigkeiten aus dem Dorf. Ihre Küche war darüber hinaus ein Grund, sich auf die Mariensteiner Praxistage zu freuen. Außer Mehlspeisen bereitete sie auch alle Fleischspeisen so hervorragend zu, wie Denaro es nur aus seiner Zeit am Fürstenhof kannte.

»Guten Abend, Herr Doktor.« Vroni hatte ihn kommen sehen und übernahm Gallos Zügel, der freudig wieherte, als er sie erblickte und ihr gerne zu seinem Stallplatz folgte.

»Gibt's was Neues?«, fragte Denaro.

»Der Adam hat wieder sein Weib grün und blau geschlagen und der Lederbauer wieder zwei Felder gekauft. Sonst nichts.« Vroni wirkte bedrückt.

»Und bei euch, alles wohlauf?«, fragte Denaro.
Vroni ging mit Gallo an der Leine ein paar Schritte, drehte sich dann doch noch einmal um.
»Dem Papa geht's nicht gut, aber nicht, dass Sie glauben, er würde Sie jetzt kommen lassen wollen.« Vroni klang besorgt.
Denaro hatte bereits angeboten, ihn umsonst zu behandeln, doch der Alte war stur, wie Vroni sagte.
»Immer noch der Husten?«, fragte Denaro.
»Ja, und er wird immer schwächer. Er sagt, er will in Ruhe sterben. Und dazu braucht er keinen Doktor.«
Denaro erwiderte nichts darauf, vielleicht hatte der Alte einfach recht.
»Ich hab meiner Schwester nach München geschrieben. Die kennt sich gut aus mit Pflanzen, die ist Oberhebamme dort, vielleicht kommt sie ja doch«, erklärte Vroni.
Schuster, bleib bei deinen Leisten, dachte Denaro. Eine Hebamme sollte keine Lungenkrankheit behandeln.
»Warum soll sie nicht kommen?«, fragte Denaro, ohne viel zu überlegen.
»Weil sie und der Papa … das ist eine alte, böse Geschichte, die reden seit Jahr und Tag nicht mehr miteinander. Sind beide so stur.« Vroni zuckte hilflos mit den Schultern. »Ich hab ihr schon öfter geschrieben, aber sie hat nie geantwortet.«
»Vielleicht hat sie es ja doch getan, und ihre Schreiben sind bloß im falschen Marienstein angekommen«, überlegte Denaro laut.
Irgendwo in Tirol gab es noch ein anderes Marienstein, und manchmal landete die Post versehentlich dort, wurde oft erst Monate später umständlich weitergeleitet oder ging ganz verloren.
Vronis Gesicht hellte sich auf. »Ja, das könnte natürlich auch sein.«

Gallo zog an der Leine, Vroni gab dem Pferd nach und fragte noch, ob Denaro morgen lieber einen Apfelstrudel, Dampfnudeln oder Kaiserschmarrn möchte. Denaro lächelte charmant: Ob sie ihm einen Topfenstrudel zubereiten könne?

Erst am nächsten Morgen erfuhr der Doktor, dass der Pfarrer unter Verstopfung litt, so dass die letzte Predigt nur kurz und allgemein ausgefallen war. Zugleich kam an diesem Tag in der Früh ein Bote und überbrachte Denaro ein amtliches Schreiben. Nach den ersten Zeilen blickte der Doktor auf und lächelte. Er las auch das restliche Dekret mit aufrichtiger Freude, denn er war sich sicher, dass damit ein medizinischer Meilenstein gesetzt werden würde. Der Pfarrer, den er damit furchtbar provozieren könnte, tat ihm schon fast leid, aber der Arzt stürzte sich auch deshalb gerne in diese neue Runde des geistigen Ringkampfes mit dem Geistlichen, um sich von der Trauer um seinen Freund abzulenken.

15.

Lucilies Erkältung hatte sich über Nacht gebessert, zusammen mit Toni und Rosa frühstückte sie Pfannkuchen, und die Haushälterin stellte erfreut fest, dass wieder etwas Farbe in das Gesicht der gnädigen Frau zurückgekehrt war. Trotzdem inhalierte Lucilie am Küchentisch einen Sud aus Lindenblüten, während Rosa für das Mittagessen ein Huhn rupfte und Toni mit dem Kreisel auf dem Boden spielte. Das Holzspielzeug rollte immer wieder gegen den Küchentisch, traf Rosas Beine und rutschte schließlich unter den Ofen. Toni robbte am Bauch liegend dem Kreisel so lange hinterher, bis Rosa der Geduldsfaden riss.

»Kannst jetzt nicht endlich rausgehen zum Spielen?«, hörte Lucilie sie sagen. Die Hebamme sah nichts, denn mit einem Handtuch hatte sie sich über die Schüssel mit den heißen Dämpfen gebeugt. Toni antwortete nicht auf Rosas Frage, Lucilie atmete weiter die heiße Luft ein, und der Schleim löste sich dabei aus der Nase. Morgen würde sie wieder in der Gebäranstalt ihren Dienst verrichten können, heute wollte sie sich noch schonen.

Doch als Lucilie mit der kleinen Kur fertig war, kam ein Diener, um sie an den königlichen Hof zu holen und schwieg sich zunächst wichtigtuerisch darüber aus, um

was es sich handle. Lucilie verwies auf Agnes, die heute Dienst hatte, doch der Bursche in seiner vornehmen Dienstkleidung ließ nicht locker. Man schickte nach ihr, der Münchner Oberhebamme Lucilie Vinzenz persönlich, und auf diesen Ruf sollte sie sich etwas einbilden, anstatt ihn abzulehnen. Nur so viel wollte er verraten, es handle sich um eine Dame, denn der König werde ja wohl kaum ihre Dienste benötigen.
Toni bestaunte die blaue Uniform des Dieners mit seinen goldenen Knöpfen, Lucilie zog sich eine Jacke über, holte ihren Hebammenkoffer und dachte an eine entfernte Base des Königs, der sie schon drei Kinder komplikationslos entbunden hatte. Für ihre Dienste war Lucilie großzügig mit Geld, Kaffee und Schokolade entlohnt worden.

Toni hüpfte Lucilie und dem Diener auf der Treppe hinterher.
»Ich möchte mitkommen, Mama!«, rief er, was dem ernsten Uniformierten ein Lächeln entlockte.
»Das ist kein Beruf, den du kennenlernen sollst«, erklärte Lucilie, strich ihm übers Haar und gab ihm ein Abschiedsbussi auf die Stirn. Sie waren am Hauseingang angekommen, Toni blieb stehen. Traurig blickte er zu seiner Mutter.
»Warum gehst denn nicht endlich spielen?«, fragte Lucilie, der Diener trommelte ungeduldig auf seine goldenen Knöpfe.
»Du bist aber schön«, antwortete Toni unvermittelt und gab seiner Mama auch einen Kuss. Lucilie lächelte. »Danke für das Kompliment«, freute sie sich.
»Und du ziehst auch keine Hosen an?«, fragte Toni.
»Nein«, wunderte sich Lucilie. »Wie kommst denn auf so was?« Tonis Miene verdüsterte sich wieder.

»Der Luggi hat gesagt, dass es nichts Hässlicheres gibt als wie ein gelehrtes Weib. Und der Max hat gesagt, dass du bald noch Hosen anziehst und dann wie ein Mannsbild ausschaust. Und dann hab ich keine Mama mehr.« Endlich hatte sich Toni getraut, von seinem Kummer, den er schon seit Tagen mit sich herumtrug, zu berichten.
Lucilies Herz klopfte, sie rang nach Luft und versuchte, ruhig durchzuatmen.
»Wer sagt denn so was?«, fragte sie nach, obwohl Toni deutlich erklärt hatte, von wem diese Aussagen stammten.
»Der Max und der Luggi schießen jetzt immer auf mich, ich muss immer den Franzosen spielen, weil so eine wie du braucht kein Kind, haben sie gesagt.« Tonis Augen füllten sich mit Tränen.
»Jetzt gehst rauf zur Rosa«, befahl ihm Lucilie, »das kommt alles von der Mama vom Max, mit der werd ich reden, wenn ich zurückkomm!« Lucilie konnte ihre Erregung kaum verbergen, Toni nickte, gehorchte und rannte die Treppen hinauf. Die Oberhebamme spürte, wie ihre Hände vor Wut zitterten. So wurde also über sie geredet! Nur gut, dass der einige Meter entfernte Diener das nicht gehört hatte.

Lucilie eilte dem Burschen nach und hoffte, auf dem Weg keinem der ratschenden Weiber zu begegnen, sie stellte sich vor, wie sie ihnen an die Gurgel springen oder ihnen die Augen auskratzen würde. Freilich hatte Lucilie vermutet, dass man sich das Maul über sie zerriss – aber sie hatte nicht damit gerechnet, dass man dies Toni zutrug.
Lucilie atmete vor der angewiesenen Tür der königlichen Gemächer noch ein paarmal tief durch, bevor sie eintrat. Jetzt musste sie sich auf die Arbeit konzentrieren.

Auguste Amalia, die Tochter des Königs, stand vor ihr, als sie den prunkvollen Raum betrat. Sie war noch schöner, als es geheißen hatte, und bot Lucilie freundlich einen Platz auf einem mit rotem Samt gepolsterten Sessel an. Die Oberhebamme vergaß vor Überraschung, einen Knicks zu machen und setzte sich.

Von Politik verstand Lucilie nichts, aber so viel wusste sogar sie, dass durch die Heirat der Prinzessin mit Napoleons Stiefsohn Bayern zum Königreich erhoben worden war. Auguste Amalia war eigentlich bereits mit einem anderen verlobt gewesen, hatte Rotz und Wasser geheult, als ihr Bruder Ludwig ihr den Befehl des französischen Kaisers überbracht hatte, und ihr Vater hatte Napoleon eine Tasse aus Nymphenburger Porzellan mit ihrem Bild als Einverständniserklärung geschickt. Obwohl die Ehe als höchste Staatsangelegenheit arrangiert worden war, hatten sich die Brautleute auf Anhieb ineinander verliebt und die Ehe sollte äußerst glücklich verlaufen.

»Ich brauche einen Rat«, sagte Napoleons Schwiegertochter.

»Wenn ich ihn geben kann«, erwiderte Lucilie, bescheiden mit den Schultern zuckend.

Verschämt blickte jetzt Auguste Amalia zu Boden. »Ich liebe meinen Mann, und ich liebe meine Kinder. Aber ich wünschte mir eine längere Pause zwischen den Schwangerschaften. Weiß sie da ein Mittel? Die Hütchen haben nichts bewirkt.«

Auguste Amalia meinte vermutlich die ledernen Kondome, denen schon unzählige andere Münchner Kinder ihr Leben verdankten.

Lucilie schüttelte stumm den Kopf.

»Sie muss keine Angst haben, das wird niemand erfahren«, sagte Auguste Amalie und zupfte verlegen an ihrem goldenen Ohrring.

Lucilie bekam wieder einen klaren Kopf. »Oder doch, vielleicht weiß ich doch einen Rat, auch wenn die Methode nicht ganz sicher ist.«
Die Hebamme erklärte, dass sich meist keine neuen Schwangerschaften einstellten, wenn man stillte. Kein Wunder, dass die Prinzessin so schnell nacheinander drei Kinder bekommen hatte, sicherlich hatte man die königlichen Säuglinge einer Amme übergeben.
»Ja!« Auguste Amalia nickte freudig. »Warum hat mir das keiner gesagt?«
»Früher haben das die Weiber noch gewusst«, entgegnete Lucilie. »Jetzt heißt es immer, das Stillen schade dem Säftegemisch im Körper. Ich glaube das nicht, das hat doch die Natur so eingerichtet.«
Auguste Amalia erhob sich. »Und wenn ich doch wieder einmal in anderen Umständen bin, dann möchte ich nach München, und zu ihr kommen, zum Entbinden. Ich weiß, wem ich vertrauen kann und wem nicht. Das lernt man am Hof. Und sie hat dafür noch etwas gut bei mir.«
Lucilie stand ebenfalls auf und verabschiedete sich mit einem Knicks, die Prinzessin gab dem Diener, der vor der Tür gewartet hatte, ein Zeichen und der Bursche führte die Hebamme in ein anderes königliches Zimmer.
Dort übergab er ihr einen abgedeckten Korb, der mehrere Goldstücke, Schokolade und Kaffee enthielt.

Kaum hatte Lucilie die Residenz verlassen, verflog die Freude über die königliche Begegnung, die wütende Aufregung über das Gerede stieg wieder in ihr hoch. Zu allem Überfluss kam ihr auch noch Doktor Rappenstein mit seiner Gemahlin entgegen.
Unter dem Deckmäntelchen der Fürsorge erkundigte sich Frau Doktor Rappenstein nach Lucilies Gesundheit, denn sie sehe schon recht mitgenommen aus. Doktor

Rappenstein scherzte, dass sich Lucilie gerne zu ihm in Behandlung begeben könnte und Lucilie fiel gerade noch als Antwort ein, dass gegen eine Erkältung kein Kraut gewachsen sei. Rappenstein berichtete seiner Gemahlin, dass Lucilie nicht nur die Oberhebamme Münchens sei, sondern auch an einem Buch schreibe. Lucilie spielte ihre Arbeit herunter und erwiderte wahrheitsgemäß, dass sie seit Antons Tod nicht mehr daran gearbeitet hätte. Frau Doktor Rappenstein drehte ihren Sonnenschirm in eine angemessenere Position und pflichtete Lucilie bei, dass man sich besser nicht in die Gebiete der männlichen Gelehrsamkeit vorwagen solle, noch dazu, wenn man Kinder habe, und Lucilie sei doch Mutter, oder nicht? Lucilie nickte, Rappenstein stupste seine Frau etwas an und wollte damit wohl andeuten, dass Lucilie im Gegensatz zur siebenfachen Mutter Frau Doktor Rappenstein nur ein Kind geboren hatte. Die vollbusige Gemahlin des Arztes lud die Hebamme zu einem Nachmittagstee ein, gerne würde sie die Frau des verstorbenen Apothekers Vinzenz näher kennenlernen. Doch da fiel ihr ein, dass Lucilie ja in der Gebäranstalt arbeitete und nachmittags bestimmt keine Zeit hätte. Freilich sei das für eine Mutter widernatürlich, zu arbeiten, aber was sollte denn die Münchner Oberhebamme auch anderes machen, wenn sie Witwe geworden und kein Vermögen vorhanden war? Mitleidig und süßsauer lächelnd verabschiedeten sich die Eheleute schließlich von Lucilie, sie hätten es etwas eilig, da man sie nach einem Spaziergang im Englischen Garten beim Stadtphysikus erwartete.

Lucilie zwang sich, ruhig zu atmen, und dachte an Rosas strikte Ablehnung der neuen Mode des Spaziergangs im Englischen Garten, da dies, so die Haushälterin, nur dem Müßiggang Vorschub leiste. Die Hebamme ging langsam

den kurzen Weg von der Residenz bis zu ihrer Wohnung in der Schwabinger Gasse.
Als ob sich die Stadt wie auf ein Zeichen hin gegen sie verschworen hätte, zog ein Kutscher so dicht an ihr vorbei, dass Lucilie fast an eine Hauswand gedrückt wurde, über einen herumliegenden Pflasterstein wäre sie fast gestolpert, und die Nase lief wieder ohne Unterlass. Warum ließ man sie nicht einfach nur in Ruhe?
Lucilie stellte ihren Hebammenkoffer ab, schneuzte sich und blickte zum Kometen, den keiner mehr beachtete. Sie wünschte sich, auch sie würde man einfach so ignorieren, oder, wenn es für alle schon so außergewöhnlich schien, dass sie sich über den Hebammenberuf hinaus auch mit Heilkunde beschäftigte, man möchte sie so respektieren wie die Prinzessin. Aber sie konnte nicht erwarten, dass ihr heutiger Erfolg auch herumgeratscht würde. Auguste Amalia würde sich hüten, von der Unterredung ein Sterbenswörtchen zu erzählen, erwartete man doch von ihr, möglichst viele Buben zu gebären.
Wenn es nur das übliche Geratsche der bösen Weiber gewesen wäre – aber sie hatte einen guten Ruf in der Stadt und damit ihre Verdienstmöglichkeit zu verlieren. Doch am meisten sorgte sie, dass man sie sogar vor Toni schlechtmachte. Lucilie wünschte sich in ihr Bett, in einen langen Schlaf mit schönen Träumen. Aber dem Toni war sie es schuldig, ihre Kraft zusammenzunehmen und zumindest die Mütter seiner Kameraden zur Rede zu stellen, damit man ihn nicht mehr vom Spiel ausschloss.
Mit dem Hebammenkoffer in der Hand stieg Lucilie die Treppen des Nachbarhauses hinauf und klopfte.

Tatsächlich entschuldigte sich Maxls Mutter nicht für ihre Worte. Schlimmer noch, Frau Wimmer behauptete, nur die Wahrheit offen auszusprechen. Die ganze Stadt würde sich doch über Lucilies Gelehrsamkeit das Maul zerreißen und es sei ein offenes Geheimnis, dass sie sich einbilden würde, etwas Besseres zu sein. Für ein Weib zieme sich das nicht und erst recht nicht für eine Mutter, die solle sich lieber anständig um ihr Kind kümmern, wo sie doch sowieso nur eins hätte! Aber das verziehe sie einfach zu sehr. Lucilie schluckte und konnte nichts darauf erwidern. Die Wimmerin wertete dies als Einsicht oder Scham und bot ihr eine Tasse Tee an.

Lucilie glaubte, gar nichts mehr zu fühlen, sie war nur furchtbar müde, lehnte dankend den Tee ab und verließ schnell dieses Haus. Im Hinterhof sah sie Toni mit Max und Luggi Soldat spielen, Toni hatte sich offenbar zu deren Kommandanten aufgeschwungen und ließ die anderen Buben strammstehen. Das gemeinsame Spiel freute Lucilie, doch sie machte sich Vorwürfe, ob sie sich nicht zu früh in das Kindergeplänkel eingemischt hätte und damit dem bösen Gerede erst recht Vorschub leistete.

In der Wohnung wartete Rosa mit einem gekochten Huhn auf sie, drängte sie aber – nach einem Blick in das Gesicht der gnädigen Frau – heute nicht, etwas zu essen. Die Haushälterin schlug ihr das Bett auf und bevor Lucilie in einen tiefen Schlaf fiel, setzte sich Rosa zum ersten Mal zu ihr ans Bett und bat sie um etwas.
»Wenn die Leute schon immer böser werden und sich so das Maul zerreißen, bloß weil der gnädige Herr nicht mehr da ist, dann hab ich mir gedacht, dann sollten sie richtig was zum Lästern haben.«
Lucilie hatte keine Ahnung, was die erregte Rosa meinte. Toni musste der Haushälterin von den Hänseleien erzählt haben. Rosa, die sonst um kein Wort verlegen war, suchte nach einem passenden Ausdruck.

»Also, ich mein, Sie haben mir das ja schon mal angeboten … Ich wollt fragen, ob Sie mir das Lesen und Schreiben beibringen können? Dann haben sie es nämlich mit zwei gelehrten Weibern zu tun, diese Biester!«
Lucilie nickte und lächelte ihre Haushälterin dankbar an. Die Hebamme war sich sicher, dass Rosa nie im Leben ernsthaft daran dachte, sich mit Buchstaben abzumühen. Aber Lucilie rechnete es ihr hoch an, sich auf diese Art und Weise hinter sie zu stellen. Außerdem las Rosa – ohne dass Lucilie sogleich davon erfuhr – den Müttern von Luggi und Max dermaßen die Leviten, dass keine der beiden sich mehr traute, vor Toni ein schlechtes Wort über Lucilie zu verlieren.

16.

Denaro konnte sich nicht erinnern, dass sich vor seiner Praxis schon einmal eine so lange Schlange gebildet hatte. Alte und Kinder, Bauern und Gesinde, Mariensteiner und Nachbardörfler, Reiche im Wams und Arme ohne Schuhe versammelten sich auf dem Dorfplatz und warteten an diesem strahlenden Maimorgen vor seinem Haus. Nur Pfarrer Hinterrainer und seinen hageren Bruder, den Gendarm, entdeckte der Doktor bei seinem kurzen Blick aus dem Schlafkammerfenster im ersten Stock nicht. Vor Vronis Haus sah er Marie neben Vater Grießer sitzen, Marie schnitzte und unterhielt sich mit dem Alten, Vronis Vater, dem es also wieder besserzugehen schien. Stolz warf Marie den Kopf mit dem lockigen, schwarzen Haar nach hinten. Die Magd erinnerte ihn an die letzte Jagd mit dem Freund und seine Miene verdüsterte sich. Er starrte kurz ins Leere und ging nach unten. Aus dem Behandlungszimmer holte er sein Skalpell, steckte das amtliche Schreiben ein und nahm das Gefäß, in das er Sekrete von Kuhpocken abgestrichen hatte.

Die Menge hatte die Gelegenheit zum Ratschen genutzt und verstummte, als der Arzt vor die Tür trat. Denaro stellte sich auf die Bank vor der Praxis, zog das königlichliche Dekret heraus und verkündete, was alle interessierte: Auf Geheiß des bayerischen Königs hatte sich jeder gegen Pocken impfen zu lassen. Ein englischer Arzt, so erläuterte Denaro, hatte endlich dieses Mittel gegen die entstellende und tödliche Krankheit entdeckt. Es sei denkbar einfach, jeder bekäme ein klein wenig Kuhpocken eingeritzt, man könnte ein paar Tage schwächeln, danach sei eine Ansteckung mit Menschenpocken ausgeschlossen, ja, man könne sich nach der Impfung gefahrlos unter die Kranken mischen. Ein Knecht fragte scherzend, wo denn dann die Kranken seien, wenn alle geimpft würden, Denaro lachte mit den Umherstehenden und demonstrierte an sich selbst zuerst die Methode. Er zog sein Hemd aus, strich eine kleine Menge vom Kuhpockensekret auf das Skalpell und ritzte sich den linken Oberarm auf. Die Leute kamen näher, und so wie keiner zuvor der Erste hatte sein wollen, so wollte nun jeder bald an der Reihe sein.

Denaro winkte Vroni zu sich, sie sollte die Namen der Leute notieren, denn die Vierzigjährige war das einzige Mariensteiner Weib, das lesen und schreiben konnte. Ihre Mutter, so hatte Denaro einmal erfahren, hatte es nicht nur ihren Söhnen, sondern auch ihren Töchtern beigebracht. Da in Tirol vor drei Jahren die allgemeine Schulpflicht eingeführt worden war, sich aber kein Lehrer für das abgelegene Dorf gefunden hatte, unterrichtete Vroni bisweilen die Kinder, denen die Bauern erlaubten, diese grundlegende »Zivilisationstechnik«, wie Denaro es nannte, zu lernen.

Nach einer Handvoll Patienten ritzte Denaro so routiniert die Oberarme auf, dass Vroni nicht mehr so schnell mitschreiben konnte. Denaro verlangsamte sein Tempo,

und die Leute nutzten die Gelegenheit, den Arzt wegen bestehender Krankheiten zu konsultieren. Bauernschlau, dachte Denaro, denn die Impfung kostete sie keinen Heller und im Zweifel gingen sie davon aus, dass der Doktor den Mehraufwand einfach mit »den Oberen« abrechnen würde.
Mit dieser Reform konnte der bayerische Minister Montgelas, dem nicht nur die Abschaffung der Folter und die Einführung der Pressefreiheit zu verdanken war, sondern auch die gesundheitliche Armenfürsorge, sogar bei den Tirolern punkten. Denaro gefiel es dabei, einmal alle Dörfler in Augenschein zu nehmen und so einen Überblick über ihre Beschwerden zu bekommen. Dass er aber kostenlos beriet und untersuchte, musste er den Mariensteinern unter die Nase reiben, denn für alles andere hätte man ihn verachtet. Und ebenso musste er den Dörflern erklären, dass sie dies nun der »Aufklärerei« zu verdanken hatten.

Nach rund hundert Schnitten war der Pfarrer immer noch nicht aufgetaucht, und Denaro fragte, wo der Geistliche blieb. Man berichtete dem Doktor, dass der Pfarrer kürzlich noch im Klohäuschen hinter der Kirche gehockt sei, ungeduldig würde vor dieser Örtlichkeit der Gendarm auf seinen Bruder warten und auf und ab gehen. Der gut genährte Leib Hochwürdens litt also wieder unter Obstipation, vulgo Verstopfung. Und während der Arzt dem herrischen Bauern Adam, der sein Weib, die Kinder und das Gesinde im Suff grün und blau schlug, gegen sein Kreuzweh strikte Alkoholabstinenz empfahl, hatte er eine Idee zur Behandlung von Obstipation bei Geistlichen.

Im schwarzen Überrock kam der Pfarrer über den Dorfplatz zur Praxis geeilt. Die Zornesröte stieg in sein Gesicht bis über den Haaransatz hinaus, als er Denaro sah.
»Halt«, rief der Pfarrer, »aufhören, sofort!« Die Leute traten einen Schritt zurück und ließen ihn durch. Denaro grinste den Geistlichen siegessicher an, was diesen noch mehr empörte. Pfarrer Hinterrainer zog einen Knecht, der das Hemd schon ausgezogen hatte, zu sich und stellte sich zwischen ihn und Denaro.
»Sie gottloser Mensch«, schimpfte der Geistliche. »Was mischen Sie sich schon wieder in die Schöpfung ein?« Er drehte sich zu seinem uniformierten Bruder um. »Ich erstatte förmlich Anzeige!«
»Warten Sie lieber, Hochwürden, nicht dass Sie das am End noch bereuen und sich Sünden fürchten müssen!«, entgegnete Denaro und hielt dem Pfarrer das Skalpell vor die Augen. »Das hier, das ist die neue Zeit! Der Sieg der Wissenschaft über den Aberglauben.«
Pfarrer Hinterrainer holte tief Luft. Dieser Teufel von Doktor verhöhnte auch noch den wahren Glauben! »Festnehmen!«, befahl er seinem Bruder. »Der darf sein Schindluder nicht mehr weitertreiben!«
Gendarm Hinterrainer bemühte sich um einen seiner Uniform angemessenen Tonfall. »Haben Sie eine Legitimation zu dem, was Sie da tun?«, fragte er förmlich.
»Selbstverständlich«, antwortete Denaro und gab dem Gendarm das Schreiben aus München.
Entsetzt starrte der Pfarrer auf das Papier, das der Gendarm aufschlug und las. Der Pfarrer blickte mit dem um einen Kopf größeren und wesentlich dünneren Bruder in das Schreiben. Der Knecht, der an der Reihe war, trat wieder zum Doktor, und einige in der Menge grinsten – hatten sie diesmal doch einen Wissensvorsprung vor Hochwürden, der noch am Sonntag vor einer Woche von

der Kanzel aus gerufen hatte, dass kein Kardinal, kein Bischof, kein Papst und seine Wenigkeit natürlich auch nicht, es zulassen würden, dass man sich in Gottes Vorsehung einmische. Krankhciten seien eine gerechte Strafe des Herrn! Der Allmächtige lasse es zwar zu, dass der Mensch die Beschwerden lindere, aber einen vorauseilenden Eingriff in seinen Schöpfungsplan verdamme der Herr! In der Hölle hätten alle Menschen zu schmoren, wenn es nach den Plänen der gottlosen Wissenschaftler ginge! Aber der Allmächtige würde schon dafür sorgen, dass sich diese Teufelei nicht durchsetze.

»Alles rechtens«, kommentierte der Gendarm das Schreiben und gab es Denaro zurück. Der Pfarrer bebte vor Zorn.

»Rechtens, rechtens! Die Gesetze ändern sich doch von einem Tag auf den anderen. Einmal sind wir bayerisch, dann wieder österreichisch, da kennt sich doch keiner mehr aus!«

»Das ist eindeutig. Und bayerisch sind wir nun schon länger«, entgegnete sein Bruder.

»Rechtens ist es vielleicht weltlich, vielleicht!« Ihm fielen keine Worte mehr ein, die ungehorsamen Dörfler erbosten ihn zudem.

»Regen Sie sich nicht so auf, Hochwürden!«, rief eine alte Magd ohne Zähne. »Sie kennen doch den Doktor.«

»Eben!« Pfarrer Hinterrainer wusste nicht, ob er eingreifen oder weglaufen sollte. Beides schien ihm für sein würdevolles Amt nicht angemessen. Aber diesen Frevel konnte er doch nicht ungehindert zulassen! Der Herrgott hatte ein Einsehen mit ihm, er schickte ihm eine Eingebung.

»Mariensteiner!«, hob er mit seiner Predigerstimme an. »Meine lieben Mariensteiner! Wir sind Tiroler! Unseren

Hofer haben sie hingerichtet, aber alles können die Bayern nicht mit uns machen! Wehrt euch gegen diese Sünde!«
Einen Moment wirkte die Menge unschlüssig. Denaro gratulierte seinem Gegner innerlich zu dieser rhetorischen Wende, auf diesem Niveau wäre auch er mehr gefordert. Trotzdem war Denaro verblüfft – bis gestern hatte der Pfarrer noch die Leute aufgefordert, dem bayerischen König gute Untertanen zu sein.
»Solang wir nicht in den Krieg für ihn ziehen müssen und wieder unser Essen haben, wehr ich mich gegen nichts mehr«, sagte schließlich der geschäftstüchtige Lederbauer, der in Marienstein den größten Hof besaß. Die Leute rückten in der Schlange nach.
»Sehen Sie, Hochwürden«, bemerkte Denaro, »wenn der Papst doch dem auch zugestimmt hat, dann wird der Herrgott die Impfung schon so wollen, glauben Sie nicht?«
»Sag er mir nicht, was der Herrgott will, das ist Gotteslästerung!« Der Pfarrer wurde blass.
»Dann müssen wir uns jetzt auch anstellen!«, mahnte der Gendarm seinen Bruder.
»Das können wir auch noch in ein paar Tagen machen«, antwortete der Doktor mild. »Wo Hochwürden doch heut eh so einen schweren Tag hat.« Das offensichtlich geheuchelte Mitleid Denaros erzürnte den Geistlichen erst recht. Dem Doktor fiel noch etwas ein: »Aber ich weiß was anderes, Herr Pfarrer, ein Mittel gegen Ihre Obstipation! Kommen Sie morgen zum Steg! Oder nein, besser übermorgen, bis ich alles zusammen hab! Ich verlang keinen Heller!«
Dem Geistlichen schien die Kraft zum Misstrauen zu fehlen. »Und wo ist da der Haken?«, fragte er, dankbar für ein neues Thema, denn er hätte nicht gewusst, wie er

sich erhobenen Hauptes aus dieser Niederlage vor allen Leuten hätte zurückziehen können.

»Keiner, das werden Sie schon sehen! Das mach ich aus reiner Menschenliebe!« Denaro ritzte den nächsten Oberarm auf.

Der Pfarrer traute dem Doktor zwar nicht, aber Schlimmeres als eben konnte kaum passieren. Der Geistliche kam sich geschlagen wie ein Hund vor und ging betend über den Dorfplatz zur Kirche zurück. Der Gendarm reihte sich in die Schlange ein, und Marie warf den Kopf in den Nacken und sah dem Doktor stolz in die Augen, als er das Skalpell bei ihr ansetzte.

17.

Lucilie war heiß und matt. Ihr Hals war rauh wie ein Reibeisen, ihr Magen schien sich auf Erbsengröße zusammenzuziehen, und bei jeder Bewegung hämmerte der Kopf. Sonnenstrahlen schienen ihr auf der Haut zu brennen, weshalb sie Rosa gebeten hatte, die Vorhänge in der Schlafkammer zuzuziehen. Aus dem Schnupfen war eine fiebrige Erkältung geworden, und mühsam trichterte sich die Oberhebamme Lindenblütentee ein. Rosa ließ frische Luft in die Kammer, wenn Lucilie gerade schlief und füllte leise ihre Tasse am Nachtkästchen nach. Zuerst hatte sie noch geschimpft, weil die gnädige Frau einfach immer zu früh aufstand und sich nie richtig kurierte, jetzt sparte sich sogar die resolute Haushälterin die Worte. Toni spielte wieder den ganzen Tag draußen, und Lucilie träumte von den Farben und Gerüchen auf dem Viktualienmarkt, wo es schier alles Erdenkliche zu kaufen gab. Wenn sie wieder auf den Beinen wäre, würde sie für Toni bei einem Bauern aus Oberammergau geschnitztes Holzspielzeug bestellen und für Rosa bei einem Schwabinger Landwirt englischen Stoff ordern. Denn auf dem neuen Markt gab es nicht nur Obst, Gemüse, Fleisch, Wurst, Fisch und andere Lebensmittel zu kaufen. Viele Bauern aus der näheren und ferneren Umgebung pflegten auch den Handel mit Waren aus ihrer

Heimat, oder nutzten, wie im Fall des Schwabinger Landwirts, verwandtschaftliche Beziehungen bis ins Ausland.

Der König hatte erst kürzlich den Markt in die südliche Stadt verlegen lassen, denn der Schrannenplatz vor dem Rathaus bot für die zahlreichen Händler und Käufer nicht mehr genügend Platz. Jetzt schossen am Rande des Viktualienmarktes Geschäfte wie Pilze aus dem Boden. Zwei Goldschmiede, mehrere Schneider, Schuster und Geschirrmacher hatten sich dort angesiedelt, so dass auch an diesem Standort schon wieder ein buntes Gedränge herrschte. München wuchs täglich, man zählte schon über fünfzigtausend Einwohner und ein Ende des Zulaufs war nicht abzusehen.

Mit dem Geld von der Prinzessin, so überlegte Lucilie, während sie sich im Bett aufrichtete und einen Schluck Tee nahm, würde sie zum Markt gehen und dort den jungen Kunstmaler suchen. Der kräftige Bursche aus dem Oberland hatte nicht nur das Ölgemälde von Anton und ihr gefertigt, in seinem Atelier war auch die Idee geboren worden, dass der Künstler ihr bei Bedarf entlegene Pflanzen besorgte. Er kannte zwar nicht alle Namen der Kräuter, Blumen und Wurzeln, studierte sie aber genau und hatte nach Lucilies Beschreibungen und Skizzen bisher stets die richtigen Pflanzen gebracht. So hatte sie bei Bedarf nicht nur die entsprechenden Heilmittel in der Gebäranstalt parat, beim Schreiben am Buch lag auch stets die jeweilige Pflanze vor ihr, so dass mit dem Geruch in der Nase, dem Berühren der Blätter, Stengel und Wurzeln und der Farbe eine sinnliche Wahrnehmung entstand, die ihr Irrtümer hoffentlich ersparte. Ob Eibischwurzel, Waldmeister oder Huflattich – es war ihr zur

Angewohnheit geworden, kein Heilmittel zu beschreiben, das nicht direkt vor ihr lag.

Eifersüchtig war Anton auf den charmanten jungen Mann gewesen, der offen von Lucilies lockigem, schwarzem Haar, ihren feinen Gesichtszügen, den vollen Lippen und den »sinnlichen Wangenknochen« – so der Bursche wörtlich – schwärmte. Kaum hatten die Eheleute das Atelier betreten, um ihm Modell zu sitzen, verfinsterten sich Antons Gesichtszüge. Lucilie legte wie zur Versicherung ihrer Treue die Hand auf den Arm ihres Gatten. Insgeheim hatte sie die begehrlichen Blicke jedoch genossen und daraufhin festgestellt, dass auch andere Männer ihr bisweilen noch interessiert nachschauten. Dabei wäre sie Anton unter allen Umständen treu geblieben, nicht nur wegen des Eheversprechens, sondern auch weil sie sich ihrem Mann in Dankbarkeit verpflichtet fühlte. Sie hatte gerade die Ernennung zur Oberhebamme erhalten, als sie Anton im weißen Sonntagskleid im Hofgarten zum ersten Mal begegnet war.

Anton hatte sie nicht angesprochen, er war ihr nur still gefolgt, immer wieder war er ihr in den folgenden Monaten nachgegangen, bis sie ihn schließlich fragte, wer er sei und was er von ihr wolle, der feine Herr. Zu nichts hatte Anton sie gedrängt, im Gegenteil, seine Zurückhaltung hatte sie eines Tages dazu bewogen, mit ihm auszugehen und eines Abends dazu, in den Heiratsantrag einzuwilligen. Fünfunddreißig Jahre war sie bereits alt gewesen und hatte fast zwei Jahrzehnte zuvor kein Mannsbild mehr an sich herankommen lassen. Ohne Leidenschaft, mit der klaren Vernunft, nur so war es für sie denkbar gewesen, doch noch in den Ehestand zu treten, und mit Anton hatte sie diesen Schritt vollziehen können. Dass sie damit zu einer angesehenen Bürgersfrau wurde, hatte sie gar nicht bedacht, obwohl man ihr das als vorrangige Absicht unterstellt hatte. Der Apotheker war zwar nicht vermögend, weil ihm schlicht das Verkaufstalent fehlte, aber er stammte aus einer alten Münchner Familie, die ihre ausländische Tiroler Herkunft vergessen ließ.

Der Maler hatte wirklich Talent, denn die Umstände der Entstehung sah man dem Bild, das über dem Schreibtisch in der Wohnstube hing, noch heute an. Während Anton zurückhaltend und streng blickte, glänzten Lucilies Augen und die Hand ihres Gatten schien sie zurückhalten zu wollen. Es war das einzige Gemälde, das es von Anton gab, und Lucilie war froh darum, denn würde eines Tages Tonis Erinnerung an ihn verblassen, so hätte er stets noch dieses Abbild des Vaters.

Jetzt hatte sie wieder Geld, um den Maler mit entlegenen Gewächsen zu beauftragen. Würde sie so endlich mit dem Buch weiterkommen? Lucilie rief sich zur Ordnung, die erste Verpflichtung in ihrem Leben war nicht die Heilkunde, sondern Toni, ihr Kind, das einzige Kind, das ihr geblieben war. Sie durfte sich nicht mehr ins Gerede bringen, und in der Gebäranstalt müsste man eben die Dinge so hinnehmen, wie sie waren. Und dazu gehörten nun einmal die ärztlichen Visiten.

Lucilie zog die Bettdecke höher, schloss die Augen und hielt den schmerzenden Kopf ruhig. Eine gute Mutter sollte sie sein und gegen nichts mehr aufbegehren. Hatte sie nicht schon einmal in ihrer Jugend bitter für ihre mangelnde Demut bezahlt? Lucilie dachte auch an die Augsburger Hebamme, der man die Lizenz entzogen hatte, weil sie es einem Arzt verweigert hatte, den Bauch einer

Kreißenden aufzuschneiden. Anton war tot, Professor Aigner in Landshut, und alle anderen Männer, die Einfluss auf den Stadtphysikus hatten, hielten sie auf Abstand. Wenn sie es sich genau überlegte, durfte sie sich nicht den kleinsten Fehler zuschulden kommen lassen. Ohne Lizenz würde sie betteln gehen müssen, wenn man sie nicht gar aus der Stadt jagen würde. Sie war keinen Deut zu Besserem berufen als andere. Sie musste endlich lernen, alles so hinzunehmen, wie es war. »Schlaf jetzt«, befahl sich Lucilie und fiel schließlich in unruhige Fieberträume.

Als Lucilie am Nachmittag aufwachte, löste sich der Schleim und sie konnte ihn aushusten. Ihr war nicht mehr so heiß, der Hals kratzte nicht mehr so schlimm, und der Kopf und die Glieder ließen sich wieder schmerzfrei bewegen. Sie strich ihr ungekämmtes Haar zurück, stand auf, legte sich ein Wolltuch über, zog die Vorhänge auf und öffnete das Fenster.
Von der Straße drang der übliche Lärm fahrender Wagen, ratschender Weiber und französischsprechender Soldaten herauf. Aus der Wohnstube hörte Lucilie eine gedämpfte Männerstimme mit Toni reden, in der Küche quietschte das Ofentürchen.

Professor Aigner hatte sie überraschend besucht, Lucilie sah ihn mit Toni scherzen und ihm erklären, wo sich Schienbein, Elle, Speiche und der Hüftknochen befinden. Noch vornehmer als sonst war der Professor in einen feinen Anzug gekleidet, die ergrauten Haare waren weniger geworden und der Bart, der nur die Wangen frei ließ, gestutzter, aber er trug immer noch seine silberne Brille. In ihrem Zustand und Krankengewand genierte sich Lucilie, den Professor zu begrüßen, doch Aigner nahm ihre

Hand und bemerkte, dass Krankheiten schließlich sein Geschäft seien. Toni hüpfte auf sie zu und erzählte, was noch alles passiert war, während die Mama krank im Bett gelegen hatte: Rosa hatte Milch verschüttet, der Postbote hatte einen Brief von Tante Vroni gebracht, die neue, blonde Hebammenschülerin Eva hatte geschellt und sich nach ihr erkundigt, und Luggis Mutter hatte ihm ein Bonbon zugesteckt. Und jetzt hatte Professor Aigner ihm versprochen, ihm ein Kinderbuch zu schicken!

»Dafür musst aber erst einmal lesen lernen«, sagte Lucilie und stupste auf Tonis Nase.

»Ein schlaues Bürscherl!« Aigner lächelte ihr väterlich zu und strich Toni über den Kopf. Die Hebamme schickte ihren Buben zum Spielen hinaus, Toni gehorchte beleidigt, Lucilie kleidete sich schnell um, während Rosa den Kaffee der Prinzessin kochte und ihn zusammen mit den besten Keksen des Hauses servierte.

»Meine liebe Lucilie!« Väterlich nahm Aigner ihre Hand in die seine. »Es tut mir leid, dass ich so lang nichts von mir habe hören lassen. Und zum Briefschreiben bin ich auch nicht gekommen!«

»Macht nichts, Herr Professor«, erklärte Lucilie ihrer Enttäuschung zum Trotz und senkte den Blick. Sie konnte von Antons altem Freund nichts fordern und freute sich ungemein, dass er sie nicht vergessen hatte. Endlich erfuhr sie wieder aus erster Hand, was die medizinische Welt gerade bewegte: Alle sprachen noch vom Pariser Kongress; der König plante ein Gesetz, das ein Universitätsstudium für jeden Arzt zwingend vorschrieb und heuer noch erlassen werden sollte; und Aigner arbeitete darauf hin, dass die Universität mit der medizinischen Fakultät von Landshut nach München, in die Hauptstadt, verlegt würde.

Der Professor erkundigte sich auch nach ihrem Befinden, nach der Gebäranstalt und nach ihrem Buch. Lucilie gab zu, daran nicht mehr weiter zu schreiben. Aigner bedauerte dies, hätte sie doch ein unvergleichliches Hebammenwissen, das sie der Nachwelt unbedingt erhalten müsse. Der Professor empfahl ihr, gut auf Tonis Ausbildung zu achten, der Bub sei äußerst klug, er sollte einmal Medizin studieren. Und, so Aigner, der wieder ihre Hand nahm, um die finanzielle Seite von Tonis Erziehung müsse sich Lucilie keine Sorgen machen, er habe verfügt, dass der schlaue Bub ab seiner Schulzeit monatlich eine bestimmte Summe aus seinem Vermögen erhalte, übrigens über seinen eigenen Tod hinaus.
Lucilie sprang auf.
»Das kann ich nicht annehmen, Professor!«
»Doch«, sagte Aigner, nickte mehrmals mit dem Kopf und zog sie mit der Hand wieder auf den Sessel zurück. »Das bin ich dem Anton schuldig!«
Lucilie küsste die Hand des Professors, obwohl dieser es nicht zulassen wollte. Er hatte es eilig, zum Stadtphysikus zu kommen, seine Zeit war begrenzt, dennoch ermunterte er sie, während Rosa ihm in den Mantel half.
»Und wenn es Schwierigkeiten in der Gebäranstalt gibt, dann melden Sie sich, Lucilie! Sie wissen, was ich von Ihnen, im Gegensatz zu manchen meiner Kollegen, halte!«

Lucilie strahlte. Auch wenn die feinen Herren der Stadt und deren Weiber sie ausgerichtet hatten, ein viel höherer Herr, Professor Aigner, stellte sich hinter sie. Rosa vermutete scherzend »bestimmte Absichten« hinter dem Verhalten des alten Junggesellen und auch Toni fragte später, ob der Professor jetzt sein neuer Papa würde. Lucilie musste lachen – nein, ganz bestimmt nicht! Nachts gestand sie sich ein, nie wieder eine Vernunftehe führen zu wollen.

Am nächsten Morgen ging Lucilie mit Toni auf den Markt, bestellte bei einem Miesbacher Bauern einen Schulranzen und bei dem Schwabinger Landwirt englischen Stoff. Sie suchte den Kunstmaler, der bisweilen still seine Bilder inmitten all der Marktschreier zwischen Gemüseständen und Geflügelwagen feilbot. Lucilie wollte ein Bild von Toni in Auftrag geben und bei der Gelegenheit einen Enzian bestellen. Andere Pflanzen würde sie jetzt nicht brauchen, erklärte sie, ihr rebellischer Geist müsse endlich Frieden mit der Welt schließen. Der Maler strich mit einem Finger überlegend über die Lippe und fragte, wo er sich denn ihren rebellischen Geist vorzustellen habe, er habe ihn noch nicht bemerkt.

Toni hörte seine Mutter nun öfter sagen, man solle das Schicksal nicht durch Übermut herausfordern.

18.

Ein schmaler Rehweg führte von Marienstein zu einer fast ebenen Bergwiese, auf der besonders saftiges Gras und seltene Pflanzen wuchsen. Ein paar Obstbäume am Rande spendeten im Sommer Schatten und trugen große Früchte. So manches Paar hatte sich unter ihnen schon geliebt, denn von der Wiese weg führte nicht nur ein Steg, der Marienstein und das Nachbardorf über einen viel kürzeren Weg als durch das Tal verband, und so in der Mitte der Strecke eines Stelldicheins lag; Burschen und Mädchen verabredeten sich seit jeher gerne bei der Lederbauernwiese, weil man auch von der anderen Dorfseite Mariensteins hinaufgehen konnte. Liebende verließen in getrennten Richtungen das Dorf und trafen oben wieder zusammen. Hecken am Rand erschwerten neugierige Blicke, und ein nicht mehr genutzter Stadel mit von innen verriegelbarer Tür stand in der Nähe.

Denaro hatte erst kürzlich von diesem »unsittlichen Treffpunkt« erfahren, den Steg kannte er freilich. Der Doktor mochte die Holzbrücke über dem reißenden Gebirgswasser. Auf ihr stehend, hörte man nur das Donnern und Dröhnen des kleinen Flusses und staunte über die Kraft, mit der das Wasser den Berg durchschnitten hatte. Von Vroni hatte Denaro erfahren, dass es ein paar morsche Stellen am Holzsteg gab und sich keiner aus dem Dorf so recht traute, sie auszubessern, hieß es doch, die Saligen würden dort noch ihr Unwesen treiben. Wenn Denaro hier im Dorf schon dem Glauben die Stirn bot, so konnte er erst recht dem Aberglauben trotzen, und so hatte er beschlossen, sich den Steg genauer anzusehen. Vronis Gatte, der Zimmermann, sägte mit ihm die morschen Teile heraus, und man wollte sie bald erneuern. Der Doktor lernte dabei, wie man sich mit Seilen – über die Obstbäume geleitet – sicherte und so am Felsrand hinuntersteigen konnte und auf die Unterseite des Stegs gelangte.

Der Pfarrer kam am Freitag mit ein paar Mannsbildern und Weibern, die wissen wollten, wie Denaro hier die Verstopfung kurieren würde. Der Geistliche schien verunsichert und misstrauisch. Wenn es nun schon eine flächendeckende Pockenimpfung gab, was konnte da noch alles passieren? Er grüßte Denaro und schickte die Leute weg. Die Mariensteiner entfernten sich jedoch nur bis zu den Obstbäumen und setzten sich in deren Schatten. Neugierig blickten sie zum Doktor und hofften auf eine interessante Vorführung.

»Jetzt möchte ich nur wissen, was Sie dafür wollen«, sagte der Pfarrer, während Denaro ein Seil am Obstbaum festband.

»Gar nichts, Herr Pfarrer, das hab ich doch schon gesagt!«, erwiderte der Doktor.

»Ich trau Ihnen nicht«, zweifelte der Geistliche.

»Nach dieser Demütigung neulich haben Sie doch was gut bei mir!« Denaro konnte die Bedenken des Pfarrers zwar nicht ganz zerstreuen, aber für eine Linderung der Leibschmerzen nahm der Geistliche jetzt auch seine Zweifel an den hehren Absichten des Doktors in Kauf.

Verwundert ließ sich der Pfarrer einen Gürtel anlegen und anseilen. Er gehorchte dem Arzt, der ihn hieß, über den Steg zu gehen. Vor dem ersten Schritt auf die Holzbrücke drehte sich der Pfarrer noch einmal um.
»Und das hilft dann auch?«, fragte er. Denaro nickte ihm ruhig zu.

Der Doktor zählte die Schritte des Geistlichen. Wie berechnet brachen die angesägten Latten beim siebten Auftritt ein. Der Pfarrer schrie auf und fiel an die fünf Meter nach unten, bis ihn der Gürtel und das Seil auffingen. Die Mannsbilder und Weiber kamen erschrocken angerannt und halfen dem am Felsrand stehenden Denaro, den zappelnden Geistlichen nach oben zu ziehen.
»Es passiert Ihnen nichts!«, rief Denaro dem Pfarrer ein paarmal laut zu, obwohl dieser ihn bei dem lauten Wasserdonnern sicherlich nicht verstand.

Pfarrer Hinterrainer zitterten die Knie, als er am Felsen wieder zu stehen kam. Denaro zog ihn mit sich ein Stück zur Wiese, weg vom gefährlichen Steg, und begann mit einem schelmischen Blick das Seil und den Gürtel zu lösen. Am Hinterteil Hochwürdens roch Denaro demonstrativ, verzog übertrieben die Nase und die Leute lachten.
»Das stinkt aber, das muss vorher wirklich eine schlimme Verstopfung gewesen sein!«, kommentierte der Doktor die vollen Hosen den Geistlichen. »Und jetzt haben Sie eine Zeitlang eine Ruhe von mir«, ergänzte er. »Ich muss nämlich nach Salzburg und vielleicht schau ich mich auch sonst ein wenig um.«

Denaro gab Vronis Mann ein Goldstück für die Reparatur und stieg auf Gallo. Der bis dahin fassungslose Pfarrer ging auf ihn zu.

»Dafür wird Sie der Herrgott strafen!«, drohte Hinterrainer.
»Ach so, Herr Pfarrer, ich hab ja ganz vergessen, dass man sich bei Krankheiten nicht in Gottes Schöpfungsplan einmischen soll!«, erwiderte der Doktor spöttisch und gab Gallo die Sporen. Noch einmal drehte er sich um. »Vielleicht hilft es auch, wenn Sie einfach der Völlerei ein wenig mehr absagen?«

Vor ein paar Jahren oder Wochen noch hätte Denaro seine Überlegenheit bei diesem öffentlichen Schauspiel genossen. Jetzt aber fühlte er sich wie einst als Schulbub am Fürstenhof, wo er mit seinem Freund den Lehrern noch Streiche spielte, obwohl sie dem Lausbubenalter längst entwachsen waren. Hinterrainer war noch nie ein wirklicher Gegner gewesen, aber die personifizierte Kirche zu provozieren, hatte Denaro Spaß gemacht, vor allem zu der Zeit der Aufstände, als der fromme Hofer den reaktionären Pfaffen zu einem gewaltigen Einfluss verhalf. Hinterrainer hätte den »Doktor mit seiner Aufklärerei« ans Messer geliefert, wäre Denaro damals nicht beim Sandnerwirt ein und aus gegangen und hätte er nicht die Leiber der verwundeten Rebellen noch auf dem Schlachtfeld zusammengeflickt.

Mit der Schutzimpfung aber hatte die Wissenschaft nun einen Sieg über den Klerus eingeleitet, der wirklich bedeutend sein würde. Was sollte er da noch einem alten Dorfpfarrer, der seine Macht verlor, das Leben schwermachen? Denaro befahl Gallo Galopp, um so schnell wie möglich nach Salzburg zu kommen.

II.

1.

In diesem Frühjahr war das Spazierengehen im Englischen Garten immer populärer geworden, Musiker spielten neuerdings am Sonntagmorgen dort auf, und im Biergarten am Chinesischen Turm trotzte man der Julihitze bei einem kühlen Getränk. Napoleon, so wurde gemunkelt, bereitete alles für einen Krieg gegen Russland vor und würde die Bayern dabei in ihre Verbündetenpflicht nehmen. Der Bau des neuen Nationaltheaters war bis zu mannshohen Mauern vorangeschritten, und Frau Doktor Rappenstein war nach einem Biss ihres Schoßhündchens so unglücklich auf das Pflaster gefallen, dass sie sich die vorderen Zähne ausgeschlagen hatte.

Nach etlichem Hin und Her, weil die Lehrerzulassung und die Höhe des Schulgeldes umstritten waren, wurde der Schuljahresbeginn auf Juli verlegt, und seit zwei Wochen besuchte Toni nun die Lehranstalt. Rosa trug eine neue Jacke aus englischem Stoff, obwohl es dafür viel zu warm war, und Lucilie las in freien Stunden Goethes neues Buch, die Farbenlehre. Eva hatte sich in den drei Monaten Lehrzeit in der Gebäranstalt schon so viel theoretisches Wissen und praktische Kenntnisse angeeignet, dass sie sich ohne Vorbereitung hätte examinieren können, hätte Lucilie selbst nicht vor ein paar Jahren auf eine

Vorschrift gedrängt, die erst nach einer fünfmonatigen Lehrzeit eine Prüfung zuließ.

In der Gebäranstalt hatte Lucilie immer öfter Streit mit ihrer Stellvertreterin.

»Die spinnt doch!«, empörte sich Agnes, nachdem Eva wieder einmal alles geputzt und gewaschen hatte und – wie Lucilie später erfuhr – die Stellvertreterin schief angeschaut hatte, weil die zweite Oberhebamme keinen frischen Kittel trug.

»Wenn alle so harmlos spinnen würden«, entgegnete Lucilie, die seit drei Monaten kein Sterbekreuzchen mehr in das Anstaltsbuch hatte notieren müssen und Agnes eigentlich an diesem Sommertag einen veränderten Speiseplan mit leichterer Suppe vorschlagen wollte.

»Ich versteh nicht, was Sie an der immer verteidigen!«, fauchte Agnes. »Die tut gerade so, als wie wenn sie ihre Stellvertreterin wäre und nicht ich!« Ein paar Frauenzimmer drehten sich neugierig von ihrem Lager zu den Hebammen um.

Lucilie funkelte Agnes an – es galt als ungeschriebenes Gesetz, nicht vor den Frauen in einen persönlichen Zwist zu geraten.

»Wir gehen gleich raus!«, bremste Lucilie sie, mischte einen Verdauungstee aus Schlehdorn fertig und fuhr Agnes mit einem »pscht« über den Mund, als diese weiterschimpfen wollte.

In der Gebäranstalt roch es blumig und frisch, seitdem Eva alles so sauber hielt, Lucilie Lavendel im Saal aufhing und jede Hebamme vor Arbeitsbeginn einen frisch gewaschenen und gebügelten Kittel anziehen musste. Wenn es draußen heiß war, ließ Lucilie alle Fenster öffnen und scherte sich nicht mehr um die elenden Schreie der Kreißenden, die zur Straße drangen. Die Oberhebamme hatte einen großen Wasserkessel in der Mitte des Saals aufstellen lassen, und alle Geburtshelferinnen waren streng angewiesen, sich vor jeder Patientenberührung darin die Hände zu waschen.

Keine der Hebammen konnte sich erklären, warum Lucilie diesen Unfug der jungen Schülerin förderte, und Agnes war jetzt der Kragen geplatzt, nachdem sie wegen ihres schmutzigen Kittels von Eva, einem Lehrmädchen, schief angesehen worden war.

»Ich bin froh, wenn die Doktoren wiederkommen, dann ist endlich eine Ruhe mit dem Schmarrn!«, brach es aus Agnes heraus, als sie mit Lucilie den Hintereingang verließ und die Oberhebamme sie vor dem freien Feld zur Rede stellte. Professor Aigner hatte für dieses Semester den Stundenplan noch einmal umgestellt und statt des Besuches der Gebäranstalt und der Münchner Gerichtsmedizin eine Vorlesung über Geisteskrankheiten angesetzt.

»Das geht jetzt aber zu weit«, erwiderte Lucilie. »Die Doktoren brauchen wir uns deshalb wirklich nicht zurückwünschen.« Ein Bauer erntete in ihrer Nähe Heu, seine wie nach der Orgelpfeife gewachsenen Kinder halfen mit kleinen Heugabeln mit, und seine Frau schnitt mit der Sichel übriges Gras am Rand der Wiese ab. Die Kinder waren über und über voll Dreck, und Lucilie dachte an Tonis Schullehrer, der von allen Eltern verlangte, dass sie die Kinder regelmäßig am Samstag badeten. Trotzdem hatte Toni schon nach zwei Schultagen Läuse mit nach Hause gebracht.

»Ich versteh einfach nicht, Frau Vinzenz, was sie an der für einen Narren gefressen haben!« Agnes rieb sich erregt die Hände und suchte Lucilies Blick. Ein Bub auf dem Feld schrie auf, er war barfüßig in eine Sichelspitze getreten. Die Bäuerin setzte ihn auf den Wagen und legte Erdreich auf die Wunde, die so schlimm nicht sein konnte, denn der Bub grinste schon wieder, wenn Vater und Mutter nicht zu ihm hinschauten.

Sollte Lucilie Agnes die Wahrheit über den Grund der Reinlichkeit in der Gebäranstalt sagen? Die Oberhebamme spürte ein lange vergessenes Gefühl, ein kurzes Unbehagen in der Magengrube. In der Klosterzeit hatte sie gelernt, darauf zu hören, es nicht einfach zur Seite zu schieben. So hatte sie einen sicheren Instinkt für verräterische Weiber entwickelt, obwohl sie nicht wusste, woher diese Witterung kam, ob es an einem zu kurzen Blick, einer fahrigen Bewegung oder an einem falschen Lächeln lag. Lucilie roch plötzlich wieder den Schweiß der Schwester, die ihren ersten Fluchtversuch der Oberin verraten hatte, sie spürte die Hand, die sich ihr von hinten schwer auf die Schultern legte, als sie über die Mauer steigen wollte, sie spürte wieder die Peitsche, die ihr den Rücken aufriss und sie hörte sich – von der Priorin dazu genötigt – das Ave Maria zu den Schlägen beten.

Nein, Agnes vertraute sie nicht, ihre Stellvertreterin wäre zu einem Judaslohn bereit, und so suchte Lucilie nach einer Erklärung, die Agnes zufriedenstellte.

»Ich probier gerade aus, ob die ganze Medizin besser wirkt, wenn alles sauber ist«, sagte Lucilie. »Das muss aber unter uns bleiben, die Doktoren probieren doch auch dauernd herum!«

»Und Sie glauben, uns steht das auch zu?«, fragte Agnes erstaunt.

Lucilie hatte damit von Eva abgelenkt, und es entsprach der Wahrheit, denn sie hatte die Schülerin zur Reinlichkeit ermuntert, ja, es ihr sogar angeschafft, nachdem Evas erster Eifer etwas nachgelassen hatte.

»Vielleicht steht es uns auch nicht zu, aber jetzt lassen wir es mal so, bis auf weiteres«, befahl Lucilie.
Agnes beruhigte sich, die Anwandlungen der Oberhebamme würden schon wieder vergehen, so wie sie auch ihre Experimente mit verschiedenen Tees eines Tages eingestellt hatte. Das Gesicht der Stellvertreterin verriet Lucilie, dass Agnes sich vor allem um ihren Rang sorgte.
»Sie sind meine Stellvertreterin und keine andere«, meinte die Oberhebamme beruhigend.
»Dann geh ich jetzt wieder an die Arbeit«, sagte Agnes und öffnete die Hintertür.
»Ja, ich komm auch gleich!« Lucilie beobachtete noch die dreckigen Bauernkinder. Hielten sich in der Erde noch mehr kleine Tierchen auf als in der Luft? Und was war mit dem Wasser? Bewegten sie sich darin auch? Aber warum konnte man sie wegwaschen?
Kein Wunder, dachte Lucilie, dass sie Agnes nichts von ihrer Vorstellung erzählt hatte. Es klang einfach zu verrückt und wäre für ein eher phantasieloses Gemüt wie das ihrige geradezu eine Provokation zur Ratscherei gewesen.

Lucilie sah in Richtung Westen und ein anderes Unbehagen beschlich sie – sie dachte an das Pferderennen, das im vergangenen Jahr genau in ihrer Blickrichtung, auf einer Wiese veranstaltet worden war, anlässlich der Hochzeit von Kronprinz Ludwig. Den Münchnern hatte das Pferderennen so gut gefallen, dass der Magistrat es heuer wiederholen und sogar um ein Landwirtschaftsfest erweitern wollte, obwohl keine Hochzeit mehr einen Anlass dazu gab. Lucilie erinnerte sich an ihr Scheitern an diesem Tag im vergangenen Oktober.
Anton hatte Toni zu dem Ereignis mitgenommen, während sie noch am Buch geschrieben hatte, obwohl sie

seinerzeit schon so stark an dem Unterfangen gezweifelt hatte, dass sie nichts zu Papier bringen konnte. Als Anton und Toni am Abend heimgekommen waren, war ihr ganz schlecht geworden bei dem Gedanken, Mann und Kind alleingelassen zu haben, während sie selbst einer Beschäftigung nachgegangen war, die zu nichts geführt hatte. Für dieses Versagen hatte sie sich so geschämt, dass sie Anton gegenüber behauptete, ein gutes Stück vorwärtsgekommen zu sein mit dieser Arbeit, die er als so wertvoll erachtete.

Während andere Ehefrauen und Mütter froh gewesen wären, wenn ihr Mann sie mit zu dem Spektakel genommen hätte, hatte sie sich herausgenommen, die Zeit für ihr Buch zu nutzen und noch schlimmer: Sie hatte sich herausgenommen, ihre Arbeit nicht zu erledigen und sich stattdessen grüblerischen Gedanken hingegeben. Wie sollte sie die Wirkung von Pflanzen klassifizieren, wenn doch jedes Kraut bei jedem Menschen anders wirkte und sie nicht behaupten konnte, dass Majoran den Appetit wirklich anregte und die Nerven beruhigte? Bei der einen half es, bei der anderen nicht. Lucilie musste die Weiber sehen, ihnen in die Augen blicken und ihre Statur einschätzen; sie musste ihren Körpergeruch einatmen, sie musste sie ertasten können und spüren, wie sie zur Welt standen. All diese Kategorien konnte sie nicht klassifizieren, wie sollte man eine Frau, einen Menschen, auch in feste Bereiche einteilen können? Und ein Gefühl für einen Menschen war nicht mit Buchstaben festzuhalten. Wenn sie aber diese Empfindungen nicht in eine vernünftige Ordnung bringen konnte, dann konnte sie die von Anton und der neuen Wissenschaft geforderten objektiven Kriterien nicht erfüllen. Sie konnte kein Mittel losgelöst von der Person in seiner Wirkung beschreiben –

und dabei war genau dies gefordert! Damals war sie mit dem Buch endgültig ins Stocken geraten.

Nicht noch einmal würde sie den Fehler begehen, alle Kraft auf eine Sache zu verwenden, die zu keinem Ergebnis kam. Andererseits, so dachte Lucilie und bemerkte, dass der Wagen des Bauern schon fast mit Heu beladen war, vielleicht würde sie eines Tages doch noch eine Lösung für die Schwierigkeiten mit dem Buch finden können?

Plötzlich hörte Lucilie ein ungewohntes Geschrei, ein Poltern und Klirren aus dem Saal. Agnes riss die Tür auf und schrie: »Schnell, Frau Oberhebamme, schnell!«
Mitten im Saal standen zwei Gendarmen, Instrumente waren auf den Boden geworfen. Der größere Gendarm holte mit dem Schlagstock aus und zielte damit auf Eva, die versuchte, das Mannsbild zur Tür zu drängen. Der Kleinere lud sein Gewehr, die Weiber schrien laut durcheinander.

2.

Marie saß in einer Baumkrone bei der Jagdhütte und wartete auf Denaro, als ein Gewitter aufzog. Seit Wochen schon hatte sich der Doktor nicht mehr in Marienstein blicken lassen. Die Magd ließ ihre barfüßigen Beine baumeln und sang leise einen Reim: »Heile, heile Segen, drei Tage Regen, drei Tage Schnee. Tut schon nimmer weh.« Die Kinder des Dorfes wurden von ihren Müttern mit diesem Lied getröstet, wenn sie sich wehgetan hatten.

Ohne dass vorher ein Tropfen Regen gefallen war, schlug der Blitz in eine nahe Fichte ein und spaltete den wuchtigen Baum von oben bis unten. Marie blieb sitzen. Es donnerte erneut und es begann wie aus Kübeln zu schütten. Maries dunkle Locken wurden nass, ihr Kleid durchtränkt und über ihre Wangen lief Wasser wie dicke Tränen. Sie stieg nicht vom Baum. Ihr Gesicht verriet nicht, was sie empfand.

3.

Mit einer Stärke, die sie sich selbst nicht mehr zugetraut hatte, war Lucilie den Gendarmen in der Gebäranstalt entgegengetreten und hatte ihnen Einhalt geboten.

Mit einem scharfen »Ich bin die Oberhebamme Lucilie Vinzenz und jetzt möchte ich erst einmal wissen, was Mannsbilder hier verloren haben!« hatte sie sich den um zwei Kopf größeren Uniformierten in den Weg gestellt und vor jeder weiteren Handlung einen amtlichen Befehl gefordert. Noch während der ältere Gendarm nach dem Schreiben suchte, zog Lucilie den jüngeren mit sich zu einer Kreißenden in Presswehen und befahl dem Mann, einen Blick auf »dieses Geschäft« zu werfen. Ob er sich hier einmischen wolle? Mehr oder weniger habe man auch ihn so auf die Welt gebracht und wenn er ihre Arbeit behindern wolle, dann solle er jetzt auf der Stelle der Gebärenden beistehen. Der Kindskopf zeigte sich mit jeder Wehe bereits durch die Scheide, der Damm riss, Blut und Schleim spritzten und das Weib schrie wie am Spieß. Das junge Mannsbild drehte sich entsetzt weg.

Wieder beim älteren Gendarm, bezweifelte Lucilie die Gültigkeit des Schreibens, da müsse sich ein Beamter aber sauber getäuscht haben, es könne nicht sein, dass Hebammen keine Instrumente mehr verwenden dürften, was glaube er eigentlich, wie seine Frau ihre Kinder bekommen habe? Hätten sie im Bauch drinbleiben sollen? Die Kreißende schrie und röhrte und brüllte so laut, dass die Antwort des älteren Gendarmen nicht zu verstehen war, er schüttelte eingeschüchtert den Kopf und presste in der Stille einer Wehenpause heraus, dass man alles noch einmal prüfen würde. Die Uniformierten gaben sich ein Zeichen und leerten die mitgebrachten Säcke wieder aus. Die Zangen, Scheren und Werkzeuge für die Embryotomie fielen klirrend auf Evas frisch gebohnerten Boden. Mit einem flüchtigen Gruß eilten sie zum Haupteingang hinaus, und kaum war die Tür ins Schloss gefallen, tat das Neugeborene seinen ersten Schrei.

Agnes kümmerte sich um die frischgebackene Mutter und ihr Kind, Lucilie sah nach dem Anstaltsbuch, das nicht angerührt worden war, die Hebammen, Schülerinnen und Weiber umringten die Oberhebamme, noch ganz starr vor Schreck. Lucilie kam ihren Fragen zuvor – nein, sie konnte sich auch nicht erklären, was den Stadtphysikus zu so einer Anweisung bewogen hatte, am Siegel hatte sie aber die Echtheit des amtlichen Schreibens erkannt, sie würde der Angelegenheit selbstverständlich nachgehen, jetzt hatten sie nur erst einmal Zeit gewinnen müssen. Agnes und Eva vermuteten sogleich, dass Doktor Rappenstein hinter dieser Verordnung steckte, schließlich war er mit dem Stadtphysikus eng befreundet, wie er bei jedem zweiten Besuch betonte. Lucilie schüttelte den Kopf – ein Rappenstein allein konnte so einen weitreichenden Eingriff in ihre Arbeit nicht erwirken. Jeglicher Gebrauch von Instrumenten, mit denen man in das Innere der Weiber drang, sollte ihnen künftig untersagt bleiben.

»Die wollen unseren Berufsstand ruinieren!«, empörte

sich Agnes. Eva wurde ganz bleich im Gesicht und setzte sich auf den Boden.

Lucilie durchsuchte das Anstaltsbuch nach Embryotomien. Nur Agnes hatte eine vorgenommen, aber schon vor zwei Monaten, und die Stellvertreterin hatte ordnungsgemäß zwei Weiber bezeugen lassen, dass aus der Scheide des Frauenzimmers schon ein Verwesungsgeruch geströmt war. Agnes hatte sogar einen Pfarrer geholt und selbst keine Nottaufe vorgenommen, bevor sie sich an das grausame Handwerk gemacht hatte. Lucilie befragte Eva, die jede Nacht in der Gebäranstalt schlief, ob ihr etwas aufgefallen war, das zu so einer Verordnung Anlass geben konnte, die Schülerin schüttelte den Kopf. Lucilie wies die Hebammen an, ordentlich ihren Dienst weiter zu verrichten, griff zur Jacke und machte sich auf den Weg zum Rathaus. Ganz egal, wer oder was hinter dieser Sache steckte, sie musste dem sofort nachgehen.

Im Rathaus hieß es, der Stadtphysikus sei im Krankenhaus, im Krankenhaus bestellte man ihr, er entziehe gerade einem Bader am Carolinenplatz die Lizenz, dort wiederum wurde sie auf seine Wohnung in der Weinstraße verwiesen, er sei zum Mittagessen nach Hause gegangen. Die Gattin des höchsten Beamten im Gesundheitswesen schickte Lucilie in die Gerichtsmedizin, die ihr Mann gerade inspiziere.

An der Pforte des gerichtsmedizinischen Instituts wies man Lucilie an, hier auf den Herrn Stadtphysikus zu warten, ja, er begutachte die Räumlichkeiten genau, denn alles deute darauf hin, dass der König endlich dazu bereit wäre, die medizinische Fakultät, wenn nicht gar die ganze Universität, von Landshut nach München zu verlegen, vielleicht sogar noch ehe ein neuer Bau für die akademische Lehranstalt errichtet sei. Denn heuer noch, so der beflissene Pförtner, der Lucilie einen Stuhl brachte, werde ein Medizinstudium für Ärzte in ganz Bayern eingeführt, nur wer künftig eine akademische Ausbildung genossen habe, erhalte eine Zulassung und dürfe sich »Arzt schimpfen«, fügte der Pförtner augenzwinkernd hinzu. Aus erster Hand habe er dies heute erfahren und München hätte damit einen Grund zum Feiern. Denn so wie der König in die Hauptstadt gehöre, so gehöre auch die Universität dorthin.

Lucilie wurde heiß, während sie auf dem Stuhl saß und wartete. Gab es einen Zusammenhang zwischen der Verlagerung der Universität und diesem unsäglichen Verbot, dass Hebammen keine Instrumente mehr gebrauchen dürften? Lucilie bemerkte, dass sie nervös die Finger gegeneinander rieb, sie befahl sich innere Ruhe und richtete ihren Schopf ordentlich zurecht, denn so schnell war sie durch die Straßen und Gassen gelaufen, dass sich viele lockige Strähnen daraus gelöst hatten. Die Oberhebamme bat den Pförtner um ein Glas Wasser, seine Schritte dröhnten auf dem steinernen Boden in der menschenleeren Empfangshalle des Instituts, zwischen dessen marmorierten Säulen sich Lucilie ganz klein vorkam.

Die Oberhebamme versuchte, ihre Gedanken zu sortieren. Peinlich genau hatte sie stets darauf geachtet, die Vorschriften für die Embryotomie einzuhalten, denn eine Zerstückelung des Ungeborenen im Mutterleib war das schlimmste und gefährlichste Geschäft in ihrem Beruf. Jeden Befund hatten sie und die Hebammen bezeugen lassen und korrekt notiert, sei es ein Verwesungsgeruch aus der Scheide oder eine Ermangelung an Kindsbewegungen über längere Zeit hinweg. Nie hatte man vergessen, das tote Kind im Bauch der Mutter zu taufen, vorsichtshalber meist sogar einen Pfarrer geholt, bevor man sich an das grausame Handwerk machte, das noch für jede Schülerin die Feuertaufe war und die meisten an die Ohnmachtsgrenze brachte. Eva hatte sich vor der Tür übergeben, nachdem sie bei der ersten Embryotomie zugeschaut hatte, und Lucilie hatte ihr erst am nächsten Tag erklärt, warum das Zerstückeln für jede Hebamme noch dazu so gefährlich war – Ärzte, Pfarrer und einfache Ehegatten konnten die Notwendigkeit stets bezweifeln und die Absicht einer Kindstötung unterstellen.

Aber was hatte der Stadtphysikus beziehungsweise der hinter ihm stehende Magistrat oder vielleicht sogar der wiederum dahinter stehende König gegen den Einsatz von Geburtszangen einzuwenden? Auch diese Instrumente sollten ihnen abgenommen werden. Dabei dienten sie doch einzig und allein dem Zweck einer schnelleren Entbindung und Lucilie setzte sie ohnehin nur selten ein. Viel effektiver wirkten ihre sanften Massagen und ihre Salben zur Dehnung der Scheide. Und wie oft versuchte sie vielmehr – wenn es sich nicht gerade um Erstgebärende handelte –, die Entbindung zu verlangsamen, damit der Damm des Weibes nicht einriss. Auf die richtige Geschwindigkeit, mit der man ein Kind holen musste, verstand sich kein ihr bekannter Arzt und sogar die gelehrige Eva hatte damit noch ihre liebe Not.

Die Ärzte benutzten hingegen gerne Zangen, mit denen sie die Säuglinge zu jedem Preis schnell aus dem Mutterleib zogen. Die Kinder bezahlten dies oft mit Deformationen, die Mütter mit dem Einreißen des Gewebes zwischen Scheide und After. Doch immer vehementer begründeten die Akademiker den Einsatz dieser Instrumente mit einer möglichen Schädigung des Kindes, sollte es noch weiter im Leib der Mutter bleiben. Nein, wenn sich Lucilie einer Sache wirklich sicher war, so war es der sparsame Gebrauch der Zangen. Darauf konnte die Verordnung nicht fußen, tausend Gründe hätte Lucilie dagegen vorbringen können.

Aber was gab es denn noch, woraus man ihr und ihrem Berufsstand einen Strick drehen wollte? Hatte am Ende das Gerede um ihre Gelehrsamkeit dazu geführt? »Professor Aigner« schoss ihr plötzlich in den Kopf, der würde etwas wissen oder in Erfahrung bringen können, den müsste sie sprechen, an den könnte sie sich wenden, wenn sich nicht alles doch noch als ein großes Missverständnis herausstellen sollte.

Als der Stadtphysikus in seinem feinen Frack und mit Hut schließlich die Treppen herunterkam, hatte er es »mehr als eilig« zu seiner nächsten Verpflichtung zu kommen, Lucilie sollte sich für die nächsten Tage einen Termin im Rathaus geben lassen, wo käme er hin, die Leute einfach so zwischendurch zu empfangen? Jeder Bader, eine Oberhebamme und sogar Ärzte hätten sich an gewisse Modalitäten zu halten. So sicher wie sich Lucilie den Gendarmen in den Weg hatte stellen können, so leicht ließ sie sich von dem höchsten Beamten im Gesundheitswesen zur Seite drängen. Er schritt nach dieser Bemerkung an ihr vorbei, und Lucilie sah sich außerstande, ihm noch einen Schritt nachzusetzen und auf die Dringlichkeit der Angelegenheit zu verweisen. Zurechtgewiesen wie ein kleines Schulmädchen wartete sie, bis der Stadtphysikus außer Sichtweite war, verabschiedete sich höflich vom Pförtner und machte sich zurück auf den Weg zur Gebäranstalt.

Unter einem Baum der neuen Allee an der Sonnenstraße blieb Lucilie stehen. Was sollte sie nun den Hebammen und den Schülerinnen sagen? Wie sollte sie den Weibern erklären, was da vor sich ging? Und vor allem welchen Reim sollte sie sich selbst auf das Geschehen machen? Ihr würde nichts anderes übrig bleiben, als morgen die Postkutsche nach Landshut zu nehmen und Professor Aigner aufzusuchen. Dabei wurde Lucilie unwohl, denn sie verließ die Stadt, die ihr auch ohne Mauern immer einen Schutz zu bieten schien, nicht gern. Reisen erinnerten sie nach wie vor an ihre Flucht, auch wenn diese schon ein halbes Menschenleben zurücklag.

4.

Denaro war des Weins, der Dirnen und der Leichen überdrüssig, als er eines sonnigen Frühsommertages Gallo sattelte und zu einer Reise nach Pavia, Bologna und Rom aufbrach.

Er hatte sich Wein aus Frankreich und Spanien in seine kleine Salzburger Wohnung liefern lassen, alle Huren der Stadt gevögelt, in den besten Wirtshäusern gespeist und sich bisweilen sogar mit Männern, die die Debilitätsgrenze unterschritten, wegen beleidigender Äußerungen geprügelt. Er hatte Beine amputiert und Finger angenäht, Krebspatienten Geschwüre herausgeschnitten und Oberschenkelknochen geschient. Er hatte in der Anatomie Männer, Frauen und Kinder seziert. Zur Jagd und ins Dorf Marienstein war er nicht mehr geritten, die ländliche Idylle erinnerte ihn zu sehr an den Verlust seines Freundes.

Noch etwas hatte Denaro in diesem Frühsommer beschäftigt: Schon vor ein paar Jahren hatte er die Kapseln des Schlafmohns angeritzt, die ausgetretene Milch isoliert, dem Stoff Fermente zugesetzt, ihn geröstet und noch einmal mit verschiedenen Mitteln aus der Apotheke kombiniert. Dieses Opium, das er in Salzburg aufbewahrt hatte, hatte er jetzt für seine Patienten zu einer Tinktur

versetzt und ihnen bei Bedarf gespritzt. Er selbst hatte das Präparat, das weitaus euphorisierender wirkte als die handelsüblichen Pulver, zunehmend geraucht, bis er eines Morgens aufwachte, nach dem Stoff suchte und keinen mehr fand. Unruhig war er zur nächsten Apotheke geeilt, hatte sich normales Opium gekauft, eine Einladung der Fürstin ausgeschlagen, einen Patienten weggeschickt und Gallo einem schäbigen Knecht überlassen. Erst als er wieder und wieder im Kaffeehaus das weiße Pulver geraucht hatte, war er ruhiger geworden, sah die Farben wieder kräftiger und hörte entspannter einem Musikanten mit seiner Geige zu.
Draußen bettelte ihn eine Blinde an, Denaro spuckte vor ihr aus, und die Alte rächte sich mit einem Fluch, den er nicht verstand. Daheim legte sich der Doktor aufs Bett, die Blinde ging ihm nicht mehr aus dem Kopf, er sah sie ihn plötzlich verhexen, er spürte, wie sie ihm das Blut aussaugte, er roch ihren Schweiß, und plötzlich ekelte sich der Arzt vor sich selbst. Er musste wieder nach Marienstein, er musste wieder dieses andere Opium herstellen, nur das machte ihm die Tage lebenswert!
Denaro erschrak darüber – sollte er seinen Willen wie der trunksüchtige Hofer einer bestimmten Substanz unterordnen und damit seine Freiheit verlieren? Er beschloss, diesen Stoff fortan zu meiden, sperrte sich in seine Wohnung ein und kettete sich ans Bett. Zwei Tage und Nächte schwitzte und zitterte und winselte er wie ein räudiger Hund. Am dritten Tag schwächte sich das Verlangen nach dem süßen Rausch ab, und bald darauf kehrte sein alter Appetit wieder zurück und mit der neuen Lebenskraft auch sein alter Forscherdrang.

Solange er denken konnte, hatte Denaro von einem Mittel geträumt, das Patienten so sehr betäubte, dass sie keine

Schmerzen mehr beim Operieren verspürten. Als Kind schon hatte er dem Fürsten von dieser Vision erzählt, während des Studiums alle erdenklichen Bücher daraufhin durchgewälzt, als junger Arzt mit Bilsenkraut und Tollkirschen experimentiert – und schließlich hatte sich der Traum verflüchtigt, war ihm einfach abhandengekommen, so wie er eines Tages auch nicht mehr an die Liebe glaubte. Denaro hätte nicht sagen können, wann dies geschah, es ging über die Jahre einfach verloren, wie sein zerschlissenes Fürstentaschentuch, dessen Verschwinden er zunächst gar nicht bemerkt hatte.
Sollte er auch endgültig scheitern – diese Suche war es einerseits wert, seine Kraft in ihren Dienst zu stellen, und andererseits konnte sie ihn retten. Noch waren sein Körper und sein Geist dafür jung und rege genug. Hier in Salzburg aber würde er sich nur im Kreis des akademischen Miefs drehen, er musste die Luft freier Geister atmen, und deshalb brach er zu den italienischen Städten auf.

An der Salzburger Torwache lieferte man ihm zudem einen Grund, der Sache noch einmal nachzugehen. Quacksalber, gerissene Bader, Scharlatane, geschäftstüchtige Hebammen und Wunderheiler begehrten Einlass – denen und ihrer Beutelschneiderei durfte man das Feld nicht überlassen! Zwar war der Doktor weit davon entfernt, seiner Zunft nur redliche Motive zu unterstellen, »aber man richtete wenigstens nicht so einen großen Schaden an«, dachte Denaro und korrigierte sich sogleich selbst. Verwendeten die werten Kollegen nicht gerne Medikamente, die sie selbst herstellen ließen, die oft mehr schadeten als nutzten, und die Leute bezahlten teuer dafür? Erklärte man nicht, nur ein Arzt dürfe teure Instrumente und Bestecke führen, weil man den niederen Heilberufen damit das Geschäft versaute?

Kaum war Denaro auf der Straße vor der Stadt, kaum sah er Bäume, Hecken und Felder, begegnete fahrenden Händlern, Handwerkern auf der Walz und Reisenden in der Kutsche, kaum spürte er den Wind auf dem Rücken seines Pferdes – kaum ließ er diese seltsamen Wochen der Trauer in Salzburg hinter sich, spürte er wieder einen frischen Geist in seinem Kopf wehen. Warum sollte er sich bei seiner Suche nach einem Operationsmittel eigentlich nicht mit den Heilmethoden derer beschäftigen, zu denen das Volk strömte?

Denaro ritt jeweils eine Dreiviertelstunde, ging eine Viertelstunde neben Gallo her und machte alle drei Stunden eine längere Rast. Er aß bei einem Einödbauern und kaufte ihm Wurst und Brot für sich und Heu für Gallo ab. Zufrieden mit der Strecke der ersten Tagesreise schlug er am Abend sein Lager unter einem Felsvorsprung auf und ließ Gallo in einer Lichtung daneben weiden. Der Araber fraß nicht nur das Gras, sondern auch alle sommerlichen Bergblumen, und der Arzt musste ihn zurückpfeifen, damit das Tier keiner Magenruptur erlag. Wie oft hatte Denaro das schon gesehen und sich nicht darüber gewundert? Er ging zu seinem Pferd, holte es zurück und pflückte gedankenlos einen gelben Großblütigen Fingerhut, ein violettes Tausendgüldenkraut und riss eine weiße Küchenschelle mitsamt ihrer Wurzel aus.
Warum aber fraßen die Kühe alle diese Blumen nicht? Waren sie klüger als Pferde oder weniger von der Zivilisation degeneriert? Mied das Rindvieh instinktiv die bunten Blüten, weil manche Gifte enthielten? Und könnte man nicht unter einer dieser schier unendlichen Menge an Blumen eine Art finden, aus der sich eine Substanz herstellen ließ, die das Schmerzempfinden auszuschalten vermochte?

Denaro zerrieb die Blüten zwischen seinen Fingern, er roch an den Pflanzenteilen und nahm die Blätter in den Mund. So aussichtslos dieses Unterfangen war, er wollte trotzdem jedes Kraut und jede Blume genau betrachten, wann immer sich ihm die Gelegenheit dazu bot. Er musste wieder ein Kind werden, das seine Umwelt erforschte, bevor alles zur Selbstverständlichkeit verkam.

Der Doktor wickelte sich in das Bärenfell, das der Freund ihm zur bestandenen Dissertation geschenkt hatte und sah beim Einschlafen in einen Sternenhimmel, an dem immer noch der Komet stand. Wie die Magd Marie, die Jagdhütte und Marienstein erinnerte ihn der Himmelskörper an den Fürsten. Doch die Trauer schnitt ihm jetzt nicht mehr ins Fleisch – sie glich mehr dem juckenden Schmerz einer heilenden Wunde. Zum ersten Mal war es ihm nicht mehr egal, ob die Bayern weiter nach dem Duellpartner suchten, und ihn das viele Jahre Kerker kosten könnte. Aber nein, dachte Denaro, er brauchte sich nicht zu sorgen, der Freund hatte seinen letzten Kampf klug eingefädelt: Man hatte seine Leiche in der Nähe von München gefunden, die Sekundanten hatten ihn dorthin gebracht und keine Spuren hinterlassen, die weitere Rückschlüsse zuließen, und wer wäre schon auf die Idee gekommen, dass ausgerechnet er sich mit seinem alten Freund duelliert hatte? Selbst die Fürstin hielt dies für ausgeschlossen – wie wenig kannten Weiber schon die Männer!

Über alte Römerstraßen und neu angelegte Wege trieb Denaro Gallo an, als es ebener und wärmer wurde. Sein Nachtlager schlug er gerne an Seen und Flüssen auf, um seinen Körper durch Schwimmen zu stählen. Er sprach zum Abendessen mit Händlern, Bauern, Hirten, Handwerkern und Mägden. Er beobachtete auf dem Rücken seines Arabers Menschen, Pflanzen und Häuser genau, bis hin zu einer Fliege, die Gallo umschwirrte. Die Sprache seiner Vorfahren stimmte ihn milde, und dic geschäftige Betriebsamkeit der Italiener am Abend regte seinen Geist an. Denaro aß leicht, trank wenig Wein und schlief gern im Freien. Dabei forderte er sich und dem Araber täglich mehr Kraft ab, nicht nur weil er die Geschwindigkeit liebte, sondern auch weil er sich durch Training stärken wollte. Nach zehn Tagen hatte er sein erstes Ziel erreicht.

In Pavia wohnte er bei einem ehemaligen Kommilitonen und dessen Familie. Er diskutierte bis tief in die Nacht mit dem Arzt, erkundete tagsüber die Stadt, mischte sich in den Cafés unter die Leute und versank in der Bibliothek in eine einsame Wissenswelt. In Bologna bezog er an der Piazza Maggiore – mit Blick auf die Basilika – Quartier, bewunderte die Gemälde in den Uffizien und debattierte mit erfahrenen Wundärzten, hochrangigen Medizinprofessoren und versierten Apothekern unter den zahlreichen Arkaden. Im heißen und staubigen Rom setzte er sich in die Ruinen des Kolosseums und stellte sich die antiken Spiele dort vor; er mietete eine schlichte Unterkunft an der Piazza Navona und mischte sich nach der Mittagsruhe unter die Händler und Marktweiber, die an den vier Brunnen des Platzes lautstark und heftig gestikulierend Gott und die Welt besprachen; er bestaunte die Malereien in der Sixtinischen Kapelle, hörte die Uraufführung einer Oper eines unbekannten venezianischen Komponisten, er aß Saltimbocca und Eis, schwamm in Ostia im Meer, hörte wieder die Zirpen und roch Rosen, deren Duft die ganze Luft erfüllte.
Vor allem aber traf Denaro in allen Orten auf ganz unter-

schiedliche Heiler verschiedenster Herkunft. Er nahm sie genau unter die Lupe.

Schon in Pavia berichtete man ihm von einem vollbärtigen Alten, der mit Edelsteinen behandelte. Denaro gab vor, an Rückenschmerzen zu leiden, der Heiler hieß ihn, sich nackt auszuziehen, auf den Bauch auf den Lehmboden zu legen und die Arme weit von sich zu strecken. Er befragte ihn nach seinem Sternzeichen und Vorerkrankungen, entzündete Weihrauch in der kleinen, dunklen Kammer und legte ihm schließlich die passenden Jade- und Fluoritsteine auf den Rücken. In dieser Position hatte Denaro eine Stunde zu liegen, bis der Alte Denaros Energien wieder »richtig« fließen sah. Der Doktor stand auf, bezahlte, und spürte tatsächlich Entspannung und Leichtigkeit. Kaum war er bei seinem Freund, bat er dessen Frau, ihm Kieselsteine auf den Rücken zu legen, denn er würde sich mit dem Bauch auf den Steinboden legen und etwas ausprobieren. Nach einer Stunde lachte Denaro laut auf – auch ohne den Heiler und ohne nach Sternzeichen ausgesuchten Steinen fühlte er sich leicht und entspannt.

In Rom ließ er sich von einem weitgereisten Bader Nadeln in den Rücken stechen, nachdem er fast fünf Stunden auf eine Behandlung gewartet hatte, denn die Leute machten sich bis von Sizilien her auf den Weg zu dem Heiler, der sich ganz in Rot kleidete. Dieses Mal legte Denaro sich auf ein rotes Tuch, das auf eine Strohmatte geschlagen war. Nach zwanzig Minuten entfernte eine junge Frau die Nadeln und kassierte für ein Öl, mit dem er sich nun ein paar Tage lang den Rücken einreiben sollte, die Summe, die der Schmied nebenan im Monat verdiente. Denaro ließ sich von der alten Wirtin später

Nähnadeln in den Rücken stechen – und rieb keine der Stellen mit dem Öl ein, denn es stand fest, dass sich die punktierten Stellen entzünden würden. Der Heiler hatte behauptet, damit schlechte Säfte aus dem Körper zu entfernen. Denaro vermutete, damit würden sie erst erzeugt.

Der Doktor traf auf ein hübsches, vollbusiges Weib, das ihren Patienten tief in die Augen blickte, sie zu allem in ihrem Leben befragte und schließlich aus den Augen die Grunderkrankung herauslas; Denaro erzählte die gleiche Geschichte einem Fischerweib in Ostia, sie zog daraus denselben Schluss wie die Vollbusige, nämlich dass sein Lebenswandel zu ausschweifend sei. Der Doktor ritt in ein kleines Dorf an der Küste, ließ sich in einem Hafenstädtchen nach Farben behandeln und bezahlte – wieder in Rom – für die Kraft des Gebets und heilenden Handauflegens. Er ging zu einem Wünschelrutengänger, dessen Holz an seinem Körper dort ausschlug, wo sich der »Krankheitskern zusammenbraute«; er trank in einem hohen Zelt unter Aufsicht seinen Urin in kleinen Schlucken und ließ sich mit Büffelfett einreiben. Ein hexenartiges Weib massierte ihm in einer verräucherten Kammer auf einem Diwan die Füße gegen die Rückenschmerzen und riet ihm dazu, seine Manneskraft auszuleben – zu Denaros Verblüffung entdeckte sie dabei eine kleine Warze an der Ferse und ließ eine Schnecke über die Stelle laufen. Als man dem Doktor schließlich für den mehr als fünfzigfachen Bezugspreis die Globuli des Hahnemann verkaufen wollte, konnte Denaro nicht mehr an sich halten und referierte vor den versammelten Wartenden über die Herstellung und Wirkung dieser Medikamente: Wie sollten Zuckerkügelchen, die mit vielfach verdünnten Tränen einer Jungfrau, gehäckselten Hoden eines jungen

Stiers oder dem Schleim einer Kröte bespritzt waren, wirklich Krankheiten heilen?

Die angesehendsten Professoren schüttelten sich vor Lachen über Denaros Berichte. Man aß spätabends auf der Terrasse eines noblen Restaurants auf einem der Hügel Roms und bestellte sich lang gelagerte Weine. Man überblickte die geschäftige Stadt mit ihren Lichtern und hörte dort oben die Grillen zirpen. Nie schmeckten Denaro Melonen besser als in diesem Sommer, und der Professor aus dem Vatikan riss schmutzige Witze. Doch unter den Akademikern beschlich Denaro auch ein Unbehagen – was bewirkten schon ihre Aderlässe, das Schröpfen und Blutegelansetzen? Etwa mehr als Steine, Nadeln, Fußmassagen oder Wünschelruten? Und einer Substanz, mit der man schmerzfrei operieren konnte, war er nicht im Geringsten auf die Spur gekommen.
Trotzdem verbrachte Denaro noch heitere Tage südlich der Alpen und ging dort – in Maßen – wieder alten und neuen Vergnügungen nach, bis er sich auf den Heimweg machte und sich dabei noch mehr Kraft abverlangte als bei der Anreise.

5.

Ich will aber mitkommen!« Toni zog an ihrem Rock.
»Nein! Und jetzt lass mich endlich los!« Lucilie packte ein Nachthemd, frische Unterwäsche und das Sonntagskleid in eine Reisetasche.
»Ich will aber auch nach Landshut!« Toni zog weiter an ihrem Rock, Lucilie drehte sich um und sah ihn streng an.
»Das geht nicht, du musst in die Schule!« Lucilie nahm seine Hand und entfernte sie vom Stoff.
»Der Max und der Luggi gehen auch nicht jeden Tag in die Schule.« Toni zog erneut an ihrem Rock.
Lucilie hob die Hand und gab dem Buben eine Watsche. Toni schossen Tränen in die Augen, er rannte davon, und Lucilie bereute im gleichen Moment ihre Unbeherrschtheit.
»Das hat jetzt mal gar nichts geschadet«, kommentierte Rosa den Vorfall, den sie von der Küche aus mitverfolgt hatte. Toni lief zur Wohnung hinaus und die Treppe hinunter. »Manchmal fehlt ihm schon eine starke Hand«, ergänzte Rosa, nahm Tonis Schulranzen und trug ihn dem Buben nach.

So ging Lucilie schließlich zur Poststation, ohne sich richtig von Toni verabschiedet zu haben, und dachte in der ersten Stunde in der ruckelnden Kutsche nur an ihren

Buben. Seitdem das Kind auf der Welt war, hatte sie keine Nacht getrennt von ihm in einer anderen Stadt verbracht. Als Anton einmal darauf bestanden hatte, Toni zu einem befreundeten Apotheker nach Ingolstadt mitzunehmen, war sie sogar mitgefahren, nur um in der Nähe ihres Kindes zu sein. Aber jetzt, in Landshut, konnte sie ihn wirklich nicht brauchen, die Angelegenheit war zu heikel. Außerdem würde ihn Rosa hüten wie ihren Augapfel, dachte Lucilie und sah die sommerliche bayerische Landschaft von der Kutsche aus an sich vorbeiziehen, nein, Sorgen musste sie sich nicht um Toni machen, sondern um alle Hebammen Bayerns. Nahm man ihr in der Gebäranstalt die Instrumente weg, so war damit zu rechnen, dass sie allen Geburtshelferinnen im ganzen Land verboten würden. Das wäre der Niedergang ihres Berufs.

Kleine Wälder säumten die fast ebene Wegstrecke, die meist an der Isar entlangführte. Bauern und Gesinde ernteten in Reihen Weizen, Hafer, Roggen und Gerste, viele Felder waren mit den Sensen bereits stoppelig gemäht. Die zwei Herren und die Dame, die in der Kutsche mitreisten, sprachen selten und leise miteinander, und der Kutscher lenkte ruhig die Pferde, die an der Poststation ausgewechselt wurden. Auf halber Strecke machte man Mittagspause in einem Wirtshaus, Lucilie aß für wenig Geld einen guten Fleischeintopf. Seit Antons Tod war sie in keiner Gaststätte mehr gewesen, als alleinstehendes Weib hätte ihr das – außer auf Reisen – auch nicht angestanden und sicherlich auch kein Vergnügen bereitet, denn die Mannsbilder tranken in München und auch hier in dem Wirtshaus stets zu viel Bier. Lucilie wunderte sich für einen Moment, dass so viele Frauen schwanger wurden und nicht angesichts der nach Alkohol stinkenden Männer ihre eheliche Pflicht verweigerten. Aber nein, es gab auch andere Männer wie Anton oder die mitreisenden Herren, die sich mit einem kleinen Krug zum Essen begnügten.

Die Hebamme schaute auf die vorbeiziehenden Wiesen, Wälder und Felder und staunte, wie schnell die vierspännige Kutsche ihr Ziel erreichte, obwohl Doktor Rappenstein stets davon gesprochen hatte, dass beide Isarstädte nur ein »Nickerchen« voneinander entfernt lägen. Am späten Nachmittag passierte man das Landshuter Stadttor, und Lucilie bezog auf einen Rat der mitreisenden Dame hin ein ordentliches Zimmer im Hotel zur Post, das direkt am Marktplatz lag. Sie machte sich am Waschtisch frisch, polierte ihre Schuhe, zog ihr grünes Sonntagskleid an und überprüfte ihre Frisur und Erscheinung in einem Spiegel, denn die Bürger Landshuts schienen ihr vornehmer gekleidet als die Münchner. Vielleicht wäre Professor Aigner noch in der Universität zu finden, hoffentlich weilte er überhaupt in der Stadt und war nicht kurzfristig verreist.

Herren im Frack, Damen in feiner Bürgerkleidung, Gesinde aus den umliegenden Dörfern, herausgeputzte Kaufleute und Bauern in bester Tracht drängten auf den Marktplatz und strömten in die Gassen und vor dem Universitätsgebäude. Ein Gaukler posierte auf einem Brunnen und verriet Lucilie den Grund der Menschenansammlung. Er pries das »lustigste und wundersamste Volksfest« des Jahrhunderts an, in Verzücken und Erstaunen würde man die Besucher heute Abend versetzen, unzählige Überraschungen würden sich dem Publikum bieten, sollte es den Mut finden, diesem Spektakel beizuwohnen.

Lucilie musste nicht lange suchen, von der Universität aus schickte man sie zum Krankenhaus in die Ländgasse, dort würde Professor Aigner jetzt die Studenten an Patienten unterrichten.

»Einen Moment, die Herren!«, unterbrach der Professor seinen Unterricht, als er Lucilie auf dem Gang des Krankenhauses entdeckte. Er ließ die Studenten stehen und begrüßte sie freudig. Was für eine Überraschung! Er küsste ihre Hand, die Studenten wechselten vielsagende Blicke und Lucilie errötete. Ob sie ihn nachher kurz sprechen könne? Nein, Professor Aigner wollte nicht nur kurz mit ihr reden, wenn sie schon extra nach Landshut gereist war, musste sie mit ihm zu Abend essen, er würde sie abholen, gleich nachdem er sein Seminar beendet hätte.
Der Professor verschwand mit den Studenten in einem Patientenzimmer, gleich daneben musste gerade operiert werden, die qualvollen Schreie schienen mit einem Tuch erstickt zu werden, und ein Bediensteter rannte mit einer Schnapsflasche in das Zimmer hinein. Lucilie machte sich langsam auf den Weg zurück und ihr wurde leichter – in Professor Aigner würde sie einen Beschützer in ihrer und der Sache aller bayerischen Hebammen haben!

Jetzt hatte Lucilie sogar einen Blick für die stattlichen Palais der Universitätsstadt, sie betrachtete die bunten Giebelhäuser, den hohen Backsteinkirchturm von Sankt Martin und die fein gearbeiteten Fresken an den Wänden des Hotels zur Post. Lucilie sah noch eine Weile den Isar-Flößern bei ihrer Arbeit zu, etwas, was sie in München nie getan hätte, dafür war es zu selbstverständlich. Am Stadtbrunnen wartete sie auf Professor Aigner.

Der Professor führte sie in ein Gasthaus, in dem weder trinkende Studenten noch auftriebige Stadtbesucher und Gaukler verkehrten, da es schlichtweg zu teuer war, als dass diese sich einen Besuch dort hätten leisten können. Galant half Aigner ihr aus der Jacke, ließ sie den Platz an den üppig mit weißer Wäsche und Blumen geschmückten Tischen wählen und bestellte zu dem Menü französischen Wein.
Noch auf dem Weg zum Restaurant, bei dem ihr der Professor den Arm anbot, entschuldigte er sich dafür, noch kein Geld für Toni geschickt zu haben, denn die Universitätsgeschäfte seien turbulent wie selten und würden ihn sehr in Beschlag nehmen.

Lucilie wartete bis nach der Suppe mit ihrem Anliegen. Derweil sprach man über Goethes Farbenlehre, die Hebamme bezweifelte schüchtern die »sinnlich-sittliche Wirkung« des Kampfes zwischen Hell und Dunkel und der Erhebung des Purpurs zur edelsten Farbe. Aigner korrigierte Lucilies Ansichten und wies sie auf ein wichtiges Detail hin, das sie seiner Meinung nach übersehen hatte: Es gäbe nur zwei, und nicht drei reine Farben, nämlich Gelb und Blau.
Eine Bedienung fragte mehrmals nach, ob man noch etwas wünsche, Professor Aigner gab schließlich ein Zeichen, dass man nicht andauernd gestört werden möchte, und auch der Kellner quittierte dies, wie die Studenten schon, mit einem vielsagenden Lächeln und Blicken, die Aigner eine eindeutige Absicht bei ihr unterstellten.
Lucilie trank ein Glas Wein und fasste den Mut, den Professor auf ihre Schwierigkeiten in der Gebäranstalt anzusprechen.
»Und jetzt verraten Sie mir, was Sie bewogen hat, extra nach Landshut zu reisen!«, forderte er sie auf. »Sie werden

den Weg ja nicht auf sich genommen haben, um mit mir über die Farbenlehre zu diskutieren.«
Der gute Professor! So war es ihr leichter, den Gendarmenbesuch und das vergebliche Bemühen um ein Gespräch mit dem Stadtphysikus zu schildern.
»Sie haben gesagt, ich dürfe mich in solchen Fällen immer an Sie wenden«, schloss Lucilie ihre Erzählung.
»Aber natürlich! Das ist mehr als Ihr gutes Recht!« Professor Aigner legte väterlich seine Hand auf die ihre.
»Es ist geplant, einen neuen Lehrstuhl einzurichten«, sagte Aigner und schien einen Moment nach weiteren Worten zu suchen. »Ein ganz neuer Lehrstuhl, einer für Chirurgie und Frauenheilkunde.«
»Frauenheilkunde?«, fragte Lucilie ungläubig. »Was soll das heißen?«
»Dass die Ärzte alles genau studieren, was mit Weibern zu tun hat, Entzündungen der inneren Organe, Menstruationsbeschwerden, Entbindungen und so etwas.«
»Aber das ist doch unser Beruf!« Lucilie sprang erregt auf.
Der Professor warf einen Blick zu den anderen Tischen und zog sie sanft am Arm zum Stuhl zurück. Ein Kellner brachte die bestellten Sauerbraten.
Lucilie setzte sich und schüttelte ungläubig den Kopf.
»Aber die Weiber, da will sich doch keins von einem Mannsbild untersuchen oder entbinden lassen!«
Aigner nickte verständnisvoll. »Das ist auch meine Meinung, aber die Kollegen sehen das anders.«
»Doktor Rappenstein?«, fragte Lucilie.
»Der auch, aber nicht nur der«, entgegnete Aigner. »Aber jetzt essen Sie doch, Lucilie, sonst wird der gute Braten noch kalt. Es wird sich schon eine Lösung finden!«
Lucilie nahm das Besteck und schnitt ein Stück von dem Fleisch ab. Sie zerteilte die Knödel, aber es schnürte ihr

die Kehle zu. Es war gar nicht daran zu denken, einen Bissen hinunterzukriegen.

»Dem König ist sehr daran gelegen, alles auf eine wissenschaftliche Basis zu stellen und das Universitätsgeschehen neu zu regeln. Das wissen Sie ja. Im Zuge dessen wird über einen Umzug nach München nachgedacht und etliches mehr«, sagte Aigner und biss in ein knuspriges Endstück vom Fleisch. »Und wenn es der Heilkunst dient, dann ist das auch gar nicht verkehrt. Die ganzen Scharlatane und Kurpfuscher haben schon so viele Menschen auf dem Gewissen.«

»Aber doch nicht examinierte Hebammen!« Lucilie verstand immer noch nicht, was sie eben vernommen hatte. Ihr Geist weigerte sich, es zu glauben; sie fühlte sich, als hätte man sie kräftig abgewatscht. Ihr fiel die versuchte Beschlagnahme der Instrumente wieder ein. »Will man uns jetzt die Lizenz nehmen? Die Gebäranstalt zusperren?«

Aigner bemerkte, dass sie den Braten nicht anrührte. Er schob ihren Teller dezent zur Seite, gab dem Kellner ein Zeichen, dass er Rotwein nachschenken solle und nahm wieder ihre Hand.

»Nein, Lucilie, das ist geplant, aber so leicht geht das alles nicht. Und erst recht nicht, wenn Sie sich wehren.«

Lucilie glaubte zu zittern, doch sie nahm das Weinglas ruhig in die Hand.

»Aber was soll ich denn tun? Was kann ich als Weib gegen die Akademiker ausrichten?«, fragte sie.

»Vergessen Sie nicht, Sie haben mich an Ihrer Seite.« Der Professor lächelte sie beruhigend an. »Wir wollen mit einer gründlichen Ausbildung auch den schwarzen Schafen der eigenen Zunft das Handwerk legen.«

Lucilie schluckte. »Aber was ist mit unserem Beruf? Was machen die examinierten Hebammen?«

»Ruhig, Lucilie, ruhig. Offenbar hat man in München erste Schritte eingeleitet, um sie zu verdrängen. Aber die Würfel sind noch lange nicht gefallen.« Aigner schien mit sich zu hadern, er zögerte.
»Sind Sie bereit, für Ihre Sache zu kämpfen?«, fragte er schließlich.
»Ja, natürlich!« Lucilie wäre am liebsten wieder aufgestanden, beherrschte sich jedoch.
»Ich habe eine Idee dazu!« Aigner lächelte verschwörerisch. »Sie werden die Kollegen mit Ihrem Wissen schlagen!«

Der Professor lehnte die Nachspeise – vermutlich aus Höflichkeit ihr gegenüber – ebenfalls ab, lobte beim Kellner das feine Essen und entschuldigte die unberührten Teller mit »Indisponiertheit«. Lucilie spürte eine Hitze im Gesicht aufsteigen und wusste nicht, ob sie vom Wein oder der inneren Aufwallung herrührte. Sie überlegte, ob sie sich in einem Traum befand. Wie schön wäre es jetzt, einfach neben Toni aufzuwachen, Rosa mit dem Geschirr in der Küche klappern zu hören und dummerweise zu einer Entbindung eilen zu müssen.
»Wollen Sie jetzt meinen Vorschlag doch nicht hören?« Professor Aigner stand in Frack und Zylinder neben ihr und hielt ihr die Jacke hin. Lucilie hatte gar nicht bemerkt, dass der Professor aufgestanden war.
»Natürlich.« Lucilie nickte und ließ sich in die Jacke helfen.
»Ich schlage vor, wir machen jetzt einen kleinen Spaziergang an der Isar entlang, und danach gehen wir zum Volksfest. Das bringt Sie auf andere Gedanken!«
Lucilie kicherte unwillkürlich. Ihr Beruf, ihre ganze Existenz stand auf dem Spiel und sie sollte sich auf einem Jahrmarkt vergnügen?

Professor Aigner schien ihre Gedanken zu erraten. »Jetzt kommen Sie, Lucilie! Haben Sie keine Angst!«

Der Marktplatz war menschenleer, freudiges und ängstliches Geschrei drang vom Volksfest in die Landshuter Gassen und Straßen, durch die Lucilie mit Aigner ging. Väterlich legte Antons alter Freund den Arm um ihre Schultern, als sie zu einem dunklen Weg am Fluss kamen. Ein paar rollige Katzen jammerten, und der Komet hatte sich neben einem vollen Mond eingerichtet.

»Sie halten eine Vorlesung an der Universität«, sagte Aigner und erklärte ihr seinen Plan. »Ihr enormes Wissen wird alle beeindrucken, und ich kann danach auch besser argumentieren, dass man deshalb ihren Berufsstand nicht so beschneiden kann.«
Lucilie musste wieder kichern. Sie, eine ordinäre Hebamme sollte eine Vorlesung halten?
»Herr Professor, Sie meinen es gut, aber das geht nicht!«
»Warum nicht?« Aigner blieb stehen, er nahm seinen schweren Arm von ihr.
Trotz der Dunkelheit konnte sie seine besorgten Gesichtszüge erkennen.
»Das steht mir nicht zu … das ist … ich bin doch bloß eine ordinäre Hebamme! … Ganz München redet doch schon über mich als gelehrtes Weib!«
»Und von dem Gerede der Leute lassen Sie sich beeindrucken?« Aigner schüttelte den Kopf. »Sie müssen in die Offensive gehen und Ihr Wissen öffentlich bekanntmachen«, forderte Aigner und fügte nach einer kurzen Pause hinzu: »Wenn Sie schon das Buch nicht mehr schreiben wollen!«
Woher wusste der Professor, dass sie es aufgegeben hatte?

»Aber ich weiß doch gar nicht, was eine Vorlesung ist!«, wehrte sich Lucilie.
»Lesen Sie einfach Auszüge aus Ihrem Buch!«, schlug er vor. »Die Teile, die ich kenne, sind hervorragend geschrieben!«
Wie sollte sie Professor Aigner jetzt ihre grundlegenden Zweifel an dem Vorhaben erklären? Andererseits: Zögerte sie vielleicht nur aus Eitelkeit, nur weil sie befürchtete, nicht gut genug zu sein? Hatte sie nicht eine Pflicht für so viele Hebammen und durfte auf ihre persönliche Empfindsamkeit keine Rücksicht nehmen?
»Ich werde es mir überlegen«, antwortete sie und setzte den Spaziergang eigenmächtig fort. Nach drei Schritten hatte der Professor sie eingeholt und berührte ihren Jackenärmel.
»Nein, Lucilie! Sagen Sie mir jetzt zu!«, forderte er. »Ich muss das in die Wege leiten, und wenn Sie sich jetzt nicht dazu durchringen, dann laufen Sie letztlich davor davon.«
Lucilie blieb stehen, genau das hatte sie überlegt. Sie wollte Aufschub, um sich der Vorlesung nicht stellen zu müssen, falls sie sich diese Unerhörtheit doch nicht zutraute.
»Alles ist im Umbruch, die ganze Welt dreht sich neu. Die Ärzte beschreiten neue Wege, und Sie dürfen auch nicht davor zurückschrecken, wenn Sie weiterkommen wollen, und vor allem nichts verlieren wollen!«
Ja, die Welt dreht sich neu, dachte Lucilie. Der Professor hatte recht. Wissenschaftlichkeit war plötzlich als Grundlage aller Arbeit gefordert, man trieb den alten Aberglauben aus, und Geister wie Kant und Goethe – auch wenn sie deren Schriften nur teilweise kannte – lieferten gute Gründe, auch am Papst zu zweifeln, etwas, das Lucilie längst in ihrem Inneren tat und damit auch die Funda-

mente der weltlichen Ordnung in Frage stellte. Heimlich hatte Lucilie diesen Geistern zugestimmt, ja, sie hatten sie erleichtert mit ihren grüblerischen Fragen, sie hatte darin ihren Trost gefunden.
Aber jetzt sollte sie sich womöglich öffentlich dazu bekennen?

»Ja, ich mache es.« Lucilie war, als hätte jemand anderes zugesagt. Professor Aigner bot ihr wieder den Arm, Lucilie nahm ihn.
»Vielleicht könnte ich sogar eine Beobachtung darlegen, die von größerer Bedeutung ist«, sagte Lucilie. Die Stimmen vom Volksfest her wurden lauter.
Lucilie berichtete dem Professor von den Hygienemaßnahmen in der Gebäranstalt und ihrer Idee mit den kleinen Tierchen.
»Interessant«, murmelte Aigner, ohne dass sie seinen Gesichtsausdruck dazu sehen konnte. »Stellen Sie es vor, Lucilie! Scheuen Sie sich vor nichts! Die Wissenschaft braucht frische Geister!«
Etwas an der Stimme Aigners passte nicht zu seinen ermunternden Worten. Lucilie zögerte deshalb, ihm von ihrem Verdacht zu erzählen, dass Ärzte diese Tierchen übertrugen, vielleicht weil sie von anderen Kranken zu ihnen gekrabbelt waren. Dann fasste sie sich doch ein Herz.
»Großartig!«, rief Aigner aus. »Das ist eine großartige Theorie!«
»Glauben Sie wirklich?«, fragte Lucilie. Auch diese überschwengliche Freude passte nicht zu dem sonst so besonnenen Professor.
»Aber natürlich!«, antwortete Aigner. »Bloß weil die Hieroglyphen nicht entschlüsselt sind, heißt das ja auch nicht, dass die Ägypter nur Unsinn geschrieben haben!«,

fügte Aigner hinzu. »Und jetzt gehen wir zu den Gauklern! Etwas Vergnügen schadet uns beiden nicht.«
Gut, dass der Professor seinerseits ihr Gesicht in der Dunkelheit nicht genau sehen konnte, denn sie errötete schon wieder.

6.

Gab es ein Ende der Welt? Und wenn ja, wo lag es? Am Ende des Universums oder am Ende der eigenen Existenz? Warum lebte ein Gallo einfach seinen Tag, er aber dachte an den nächsten und gestrigen? Wie konnte sich ein Mensch verdammt noch mal mit der Sinnlosigkeit dieses Daseins abfinden, ohne den jenseitigen Versprechungen der Pfaffen anheimzufallen? Warum war der Mensch damit geschlagen, die eigene Nichtigkeit zu begreifen? Aber stellte er nicht die völlig falschen Fragen? Unzählige Philosophen plagten sich mit diesem Problem, was sollte er eine Antwort finden? Er kam ja noch nicht einmal der Lösung seines medizinischen Problems näher – es schien aussichtslos, eine Substanz zu finden, mit der man schmerzfrei operieren konnte.

Kaum war Denaro in Salzburg angekommen, überfielen ihn solche Gedanken und Fragen. Er ging durch die vertrauten Gassen, grüßte alte Bekannte, trank wieder Marillenschnaps und mied Opium. Die Festung Hohensalzberg und der Mönchsberg ragten erhaben wie eh und je in den Himmel, und es war an der Zeit, so dachte der Doktor, sich seine eigene Kleinheit einzugestehen. Er sollte nach Marienstein reiten, überlegte er, dieser Blick von der Jagdhütte auf die majestätischen Berge würde ihn trösten, und es war an der Zeit, sich dort der Erinnerung an seinen Freund zu stellen.

Ein Weib, an das er sich nicht mehr erinnern konnte, warf sich vor ihm mit Tränen in den Augen auf den Boden. Er hatte vor seiner Italienreise noch das Fieber ihrer Kinder senken können und die unbekannte Krankheit besiegt. Alle Kinder hatten überlebt! Ein unbekanntes Gefühl menschlicher Wärme beschlich Denaro – die dankbaren Tränen beschämten ihn.

Am Tag bevor er nach Marienstein aufbrechen wollte, erreichte ihn ein Schreiben seines ehemaligen Professors, bei dem er ein Semester in Wien studiert hatte. Aigner bat ihn in dem Brief um eine baldige Unterredung. Nur durch Autopsien, die nicht der Bestätigung einer vorher gestellten Diagnose dienten, sondern die Todesursachen suchten, konnte man dem Kern der Krankheiten auf die Spur kommen – das war Aigners Credo, und Denaro fand den Ansatz gar nicht so übel. Statt reinen Spekulationen und verstiegenen Theorien, mit denen sich die meisten Kollegen beschäftigten, suchte auch Aigner lieber nach einem vergrößerten Herz, einem zerfressenen Magen oder einer zerstörten Leber. Nicht ein göttlicher Hauch, sondern Elektrizität, erzeugte die Lebenskraft, wie Galvani im Froschexperiment herausgefunden hatte und Aigner nun lehrte.
Die Seele hat ausgedient, hatte er einmal mit Aigner halbernst gescherzt, und mit ihr die ganzen Sentimentalitäten wie die Liebe. Der Professor schimpfte ihn bisweilen einen »Materialisten«, weil Denaro noch weiter ging als der Alte: Der Doktor glaubte nicht an eine »Lebenskraft«, die ein Wesen erschuf. Für alles gab es eine biologische Erklärung, davon war Denaro überzeugt, auch

wenn man die Zusammenhänge noch nicht hatte entschlüsseln können.

Aigner bat Denaro um eine Unterredung, denn an der Universität in Landshut würde sich viel verändern und darüber würde er sich gerne mit ihm, einem der größten medizinischen Köpfe weit und breit, unterhalten. Er wisse zwar, dass Denaro sein Talent als Dorfarzt irgendwo in den Bergen vergeude, aber vielleicht würde er ihm wenigstens den Gefallen tun, sich über ihn noch in die Medizingeschichte einzubringen. Es war geschmeichelt, aber schön ausgedacht, das gefiel Denaro. Und so sattelte er nach zwei Tagen Pause in Salzburg Gallo erneut, um in die bayerische Universitätsstadt aufzubrechen.

Dieses Mal ließ ihn sein Pferd im Stich, Gallo verstauchte sich einen Knöchel. Denaro gab ihn in gute Pflege zu einem Bauern, fügte sich in das Schicksal einer Postkutsche und erreichte Landshut an dem Tag, als dort gerade ein Volksfest stattfand.

Das gesamte Gesinde der Stadt, Soldaten, Bauern aus der Umgebung und feine Bürger aus nah und fern ließen sich von dem Spektakel anziehen, und als er die Universitätsstadt am Abend betrat, wirkte sie ausgestorben.
Denaro bezog das beste Quartier der Stadt, das Hotel zur Post, und machte sich auf den Weg zum Jahrmarkt. Den soliden Professor würde er dort zwar sicher nicht treffen, aber die Künste der Gaukler ließ sich Denaro nicht entgehen. Und so manches Weib war schon im Taumel des Spektakels zutraulicher geworden, als es eigentlich wollte. Der Doktor wusch und parfümierte sich und ließ sich frische Wäsche bringen. Die Lederjacke klopfte er aus und steckte eine Blume, die sich im Zimmer in

einer Vase befand, ins Revers. Im Gastraum des Hotels nahm er nur einen schnellen Imbiss zu sich und erkundigte sich nach dem kürzesten Weg. Die schweren Salzburger Gedanken wichen einer alten Neugier auf das Leben.

7.

Mit Fackeln und Gaslichtern war die Volksfestwiese hell erleuchtet. Es roch nach gebrannten Mandeln, Steckerlfisch und Würstel. Man hörte Musik, Stimmengewirr, Ansager und die Kampfesschreie der Rangler. Lucilie und Aigner näherten sich dem Eingang, das Gedränge war noch dichter, als die Stimmen und das Lachen hatten vermuten lassen. Studenten entdeckten plötzlich den Professor und einer von ihnen zog Aigner mit sich, um ihn einem Advokaten vorzustellen. »Ich komme gleich wieder, warten Sie«, sagte der Professor, und Lucilie blieb am Wegrand stehen. Ein paar Fackeln am gezimmerten Eingangstor warfen gespenstische Schatten auf die Menschen, die durch es zum Volksfest drängten.

Plötzlich zog jemand an ihrer Hand, Lucilie erschrak. Ein altes Weib in Lumpen sah sie mit weißen Augen an. »Mich schaudert bei Ihrem Schicksal, oh, mich schaudert!«, raunte ihr die Alte zu, die nach Schnaps roch. Lucilie war zu überrascht, um sofort ihre Hand zu entziehen. Sie hatte für einen Moment gedacht, die Blinde sei Teil des Spektakels.
»Ich will die Zukunft nicht lesen lassen!«, sagte Lucilie bestimmt. Da hatte die Alte schon wieder ihre Hand gepackt und fuhr mit dem Finger über die Handinnenfläche.

»Ich nehm kein Geld. Ich sehe die Vergangenheit und die Zukunft. Du bist die Hebamme, die in ein gleißendes Licht geht!«, sagte die Alte.
»Wer hat Ihnen gesteckt, dass ich Hebamme bin?«, fragte Lucilie gereizt. Mit allen Tricks versuchte man die Leute zu abergläubischem Schauen zu bringen.
Die Alte antwortete nicht und packte Lucilies Hand so fest, dass sich Lucilie nur mit Gewalt entziehen hätte können.
»Ich seh dich im Kloster. Ich seh dein Kind. Es schreit, sie nehmen es dir weg. Du fliehst, über eine Mauer, mit einem Fischer über einen See. Und dann stehst in einer großen Stadt mit einem doppelten Kirchturm. Ein feiner Herr küsst dich.«
Lucilie atmete schnell. »Nein, nein!«, rief sie verängstigt.
»Doch, doch«, entgegnete die Alte ruhig. »Das stimmt alles! Gib Obacht! Gib Obacht auf dich! Der Geliebte wird dein Kind umbringen! Und dann … nein!« Die Alte schien selbst vor ihrem Gesicht zu erschrecken. Sie ließ Lucilies Hand plötzlich los und lachte wie eine Irre.
Lucilie sah die Blinde fassungslos an, taumelte weg, sie rannte davon, durch die dichte Menge drängte sie zum Eingang, bis sie seitlich einen Brunnen entdeckte. Sie spritzte sich dort mit beiden Händen das Gesicht nass, immer wieder, das Wasser rann ihr über den Nacken unter dem Kleid den Rücken hinunter.
»Blödsinn, Blödsinn, Aberglaube!«, sagte sich Lucilie mehrmals vor, bis es half.
Wer weiß, woher die Alte von ihrer Klostervergangenheit erfahren hatte. Lucilie hatte schon von allerlei Absprachen von Wahrsagern gehört, die den Leuten das Geld aus der Tasche zogen. Und mit der Behauptung eines Geliebten hatte sich die Blinde verraten – es gab keinen. Lucilie atmete ruhiger, sie strich sich ihre Haar

zurecht und trocknete ihr Gesicht mit dem Rockzipfel ab. So durfte es nicht mehr weitergehen, sie war einfach viel zu ängstlich geworden! Eine dahergelaufene Blinde konnte sie so ins Boxhorn jagen, dass ihr die Luft wegblieb und sie zitterte. Das stand keiner Hebamme und keiner Mutter und einfach keinem aufrechten Weib an! Und darüber hinaus auch keiner, die für einen Professor einen Vortrag an der Universität halten sollte.

Lucilie drehte sich um. Ein großgewachsener Mann mit einer Blume im Revers der Lederjacke stand vor ihr und blickte sie neugierig an.
»Geht es wieder? Sie haben so außer sich gewirkt!«, sagte er und seine blauen Augen blitzten dabei interessiert.
»Danke!« Lucilie hob den Kopf etwas höher. Sie würde sich nicht wieder erschrecken lassen, auch nicht von diesem wildfremden Mann, der sie einfach ansprach.
»Nur damit Sie mir nicht gleich etwaige Absichten unterstellen: Ich frage als Arzt und nicht als Mannsbild nach«, fügte er lächelnd hinzu.
Etwas in diesem Gesicht bannte sie. Sie konnte ihre Augen nicht von ihm lassen.
»Das könnte ich jetzt auch so auslegen, dass Sie mich nicht attraktiv finden!« Es musste am Wein liegen, den sie zuvor getrunken hatte. Ohne schamrot zu werden, sagte sie diesen frechen Satz zu dem fremden Mann. Der grinste und pfiff kurz anerkennend.
»Sie sind klug. Und Sie haben Humor. Und schön sind Sie obendrein.« Auch er ließ den Blick nicht von ihr.
Sie sah in seine Augen und die Menschen, das Fest, Aigner, die Gebäranstalt – alles schien ihr plötzlich in einer anderen Welt stattzufinden. Auch er sagte nichts und starrte sie an, bis ihn betrunkene Studenten anrempelten. Auf sein scharfes »he!« entschuldigten sie sich.

»Darf ich Sie begleiten?«, fragte er.
»Ich warte auf jemanden.« Lucilie gefiel seine lässige Haltung, die einen muskulösen Körper verriet.
»Und wenn er nicht kommt?«
»Warum sollte er nicht?«
»Weil Sie sich vielleicht in dem Gedrängel verpasst haben?«
Damit konnte der Fremde recht haben, sie stand nicht mehr an der Stelle, an der sie auf Aigner hätte warten sollen.
»Ich begleite Sie bei Ihrer Suche.«
Der Fremde hatte ihre Gedanken erraten.
»Doktor Denaro«, sagte er, »aus Salzburg.«
»Lucilie«, antwortete sie und fügte weder Nachnamen noch Ort hinzu.
Er bot ihr den Arm, sie nahm ihn allzu gerne. Am liebsten hätte sie sich an ihn geschmiegt. War sie verrückt geworden?
Denaro zog sie etwas näher zu sich, sie gingen ins Volksfest hinein.
»Hereinspaziert, hereinspaziert!«, rief ein Ansager vor seiner Bretterbude. Neben ihm stand ein Mohr auf dem Kopf. Lachende Menschen verließen gerade die letzte Vorführung. Der Ansager hob eine Maske hoch. »Wir garantieren das allergrößte Vergnügen mit Gas. Sie werden sich biegen vor Lachen. Schauen Sie die Besucher an!«
Denaro blieb mit ihr stehen. Der Ansager erkannte ihn.
»He, Doktor, das musst ausprobieren!«, rief er ihm zu.
Der hagere Gaukler gab Denaro die Maske mit einem ballonförmigen Gefäß und einem Schlauch dazu. Ehe sich Lucilie versah, setzte Denaro ihr die Maske auf, dann sich selbst und schließlich wieder ihr und wieder sich selbst.

Eine wohlige Wärme durchlief ihren Körper. Sie sah die Töne der Musik in Grün und Rot und Blau, die Menschen um sie herum verschwanden, wurden unbedeutend, es drängte sie zu Denaro, seine roten Lippen näherten sich den ihren, die Zeit geriet aus den Fugen, sie sah jede Bewegung, die sie machte, im Voraus. Denaro nahm ihre Hand, zog sie weg. Sie begann zu laufen, Denaro lief mit ihr, sie kamen zu einer Hecke, rannten durch sie hindurch und küssten sich schließlich atemlos in einem leeren Schuppen, den der Doktor von innen verriegelte. Sie zogen sich die Kleider aus, sie bedeckten sich mit Küssen, Denaro drang in sie ein. Sie schwebte. Sie war selig. Sie war fassungslos glücklich. Sie sah ihre Beine bluten, auch seine Waden waren aufgerissen. Sie umschlangen sich, sie schloss die Augen und sah die Welt in bunten Farben.
»Wer bist du?«, fragte er sie. Lucilie antwortete nicht. Stimmen kamen näher, sie zogen sich schnell an. Sie kicherten wie Kinder. Sie umarmten sich noch einmal zärtlich und liefen Hand in Hand wieder zurück.
Himmel, Himmel! Sie war im Himmel!

Plötzlich war Denaro verschwunden. Sie nahm wieder die anderen Menschen wahr, die bunten Farben wichen dem Dunkel der Nacht. Erstaunt blickte sich Lucilie um. Was war passiert? Wo war sie gewesen? Ein Traum, ein Taumel?
Lucilie stöhnte vor Schmerz auf. Die Beine waren blutig aufgerissen, dabei war das Blut schon geronnen. Warum spürte sie die Wunde erst jetzt?
Ja, sie war im Himmel gewesen. Ihr Leben schien ihr für diesen Mann bestimmt. Sie lächelte. Sie musste verrückt geworden sein.

8.

Wie konnte er sie verlieren? Wo war sie? Wie hatte er sein Leben vorher ohne sie verbringen können? Die Wirkung des Gases ließ nach. Die Beine schmerzten, waren blutig aufgerissen. Er lief über das Volksfest, immer wieder. Er suchte sie in jeder Bude, hinter jeder Ecke, in jedem Zelt. Er hielt nach ihr Ausschau zwischen Gauklern, Trinkern, Kartenspielern, Ranglern und Damengrüppchen. Er versuchte, einen dunklen Haarschopf mit widerspenstigen Locken und ein hellgrünes Sommerkleid zu erspähen. Sie war verschwunden. Er hatte sie verloren.

Denaro setzte sich an einen Tisch und ließ sich Bier bringen. Er trank so viel, dass er den Schmerz nicht mehr spürte, er machte sich auf den Weg zu seinem Quartier, konnte nicht schlafen, zog sich wieder an und durchsuchte noch einmal das ganze Volksfest. Die Gaukler verschlossen die Buden, die Wirte räumten die Tische und Bänke zur Seite, streunende Tiere suchten nach Essensresten. Die Besucher waren schon alle heimgegangen, nur ein paar betrunkene Burschen schliefen ihren Rausch am Wiesenrand aus.

Denaro ging zu dem Schuppen, in dem er mit dieser Frau geschlafen hatte. In den Schuppen, in dem er beim Akt so viel empfunden hatte wie noch nie. Er legte sich dort auf das Stroh und schlief ein.

Mit den ersten Sonnenstrahlen stand er auf. Er klopfte an die Budentür des Gauklers, der sein Geschäft mit dem Lachgas machte. Mürrisch und verschlafen öffnete der Mann, der nach Schnaps roch. Was Denaro um diese unchristliche Zeit hier wolle? Der Gaukler hatte das Weib, das ihn gestern begleitete, noch nie zuvor gesehen, keine Ahnung, wo diese Lucilie her sein sollte. Denaro drückte ihm ein Goldstück in die Hand. Ob er sich so vielleicht besser erinnern könne? Noch viel mehr davon würde er erhalten, wenn er ihm diese Frau herschaffen würde. Ausfragen müsse er sie und möglichst gleich nach ihm schicken lassen. Der Gaukler warf ihm einen mitleidigen Blick zu und schloss die Tür. Ja, gestern noch hätte Denaro auch jedes Mannsbild, das so hinter einem Weibsbild her war wie er, belächelt.

Der Doktor sah auf dem Weg zum Gasthaus Flößermeister, die Lehrlinge anwiesen. Ein Meister packte einen Buben, der sich dumm anstellte, und warf ihn ins kalte Wasser. Die Gesellen und Lehrlinge lachten und ließen den Burschen zappeln, bis sie ihm ein Seil zuwarfen, an dem er sich aus den Fluss ziehen konnte.

Er war der gleiche dumme Bub. Ein Lehrling in Liebesdingen. Woher wusste er, dass es nicht die Wirkung des Gases war, die ihn so empfinden ließ? Warum hatte er nur Glück und keinen Schmerz empfunden? Denaro ließ die Hosen herunter und sah sich seine Beine an. Er musste sich sie in den Hecken aufgerissen haben. Die Flößer schrien ihm zu, er solle sich verzupfen, sie hielten ihn für einen Betrunkenen, der sein Geschäft am Ufer verrichten wollte. Der Doktor zog die Hosen wieder hoch und ging zum Gaukler zurück.

»Spinnst jetzt?« Der Schausteller schlug mürrisch die Tür zu, Denaro klopfte erneut. Er hätte das Weib nicht gefunden, er möchte seine Ruhe haben. Wenn sich der Doktor schon so verstiegen hätte, dann solle er sich einen anderen Deppen zum Schikanieren suchen. Denaro stellte einen Fuß in die Tür. Nein, er käme jetzt nicht wegen dem Weib, sondern er brauche sein Gas.

»Jetzt spinnst noch mehr!« Der Gaukler schüttelte den Kopf über den Doktor. Das Gas war seine Geschäftsgrundlage, wenn Denaro sich damit die Weiber gefügig machen wollte, dann müsste er schon bei ihm seinen Eintritt bezahlen.

Denaro bot den doppelten Preis. Nicht für ein Weib, noch nicht einmal für dieses eine, würde er so viel Geld ausgeben, sagte er, er brauche dieses Mittel für die Medizin. Der Gaukler glaubte ihm kein Wort und lachte durch seine Zahnlücken hindurch. Denaro wurde scharf. Ob er sein Geschäft vielleicht von einem Stadtphysikus überprüfen lassen solle? Eine schädliche Wirkung des Gases war durchaus in Betracht zu ziehen. Denaro kenne viele Ärzte in diesem Amt in verschiedenen Städten und einer von ihnen würde sicher Bedenken anzumelden haben. Wütend brachte ihm der Gaukler ein Päckchen.

Der Doktor ging ins Hotel zur Post zurück, die ersten Gäste hatten die Unterkunft schon verlassen, das Frühstücksgeschirr stand benutzt auf den Tischen im Gastraum herum. Denaro machte sich frisch und drückte einem Mädchen ein Geldstück in die Hand. Nein, den Frack und Zylinder, den er gestern noch bestellt hatte, bräuchte er doch nicht. Er pfiff darauf, an der Universität standesgemäß gekleidet zu erscheinen, und trug lieber seine Lederjacke, die Lucilie berührt und ihm ausgezogen hatte. Er machte sich frisch und nannte sich sentimentaler Idiot. Die Wirkung des Gases war längst verflogen, aber dieses Weib ließ ihn weiter taumeln. Nein, mehr noch, dieses Weib, das Lucilie hieß, ließ ihn straucheln in seinem sorgfältig gepflegten Mannsbildergehege. Er schloss die Augen und versuchte, sie noch einmal zu riechen, denn ihr Duft würde schneller als jedes Bild verfliegen, in ein paar Tagen würde er sich nicht mehr daran erinnern können.

9.

Lucilie hatte die ganze Nacht nicht geschlafen. Im Nachthemd hatte sie sich im Bett hin- und hergewälzt, war aufgestanden, hatte das Federkissen aufgeschüttelt, sich wieder hingelegt und an die Decke gestarrt. Sie hatte sich nach Denaro gesehnt, sich zur Vernunft gemahnt und sich ihn wieder herbeigewünscht. Sie hatte sich um Toni gesorgt, sie hatte Angst um ihren Beruf bekommen, sie hatte wieder den Doktor vor sich gesehen: Seine gerade Nase, die hervorstehenden Wangenknochen, die lässige Haltung, die hohe Stirn, der muskulöse Körper. Und vor allem diese strahlenden blauen Augen. Wenn sie an ihn dachte und ihn sich neben sich vorstellte, verlor sie jegliche Angst. Mit ihm würde sie jeder Verordnung, jedem Gerede, der ganzen Welt trotzen können. Bei Anton hatte sie sich nur beschützt gefühlt, Denaro aber, und nur er, vermochte in ihr eine Kraft zu entfesseln, mit der sie sich auf den Weg zum Kometen hätte machen können.

Sie sollte schlafen, aber sie kam nicht zur Ruhe. Mit den ersten Sonnenstrahlen stand sie auf, packte ihre Sachen und nahm ohne Frühstück die erste Postkutsche zurück nach München.

Zu schnell zog die Landschaft mit den kleinen Wäldchen und den erntenden Bauern an ihr vorbei, zu rasch wurde sie wieder nach Hause gefahren, und doch gab es keinen anderen Weg. Sie wusste nichts von ihm außer den Namen, Beruf und wo er wohnte. Sie würde ihre Stellung in München nicht aufgeben, um zu heiraten, wie ein Arzt es normalerweise von seinem Weib erwartete. Insbesondere jetzt würde sie München nicht verlassen können; ganz zu schweigen von Toni, der sich sauber bedanken würde, plötzlich einen neuen Vater zu kriegen. Aber was dachte sie da überhaupt? An Ehe? War sie ihm nicht einfach ein billiges Vergnügen gewesen? Was bildete sie sich ein, bloß weil sich für sie selbst der Himmel geöffnet hatte?

Sie musste jetzt warten, denn sie würde ihn wieder vergessen können, sie war kein junges Ding mehr, das glaubte, es gäbe nur diese eine Liebe auf der Welt. Lucilie seufzte. Aber war er nicht ihre erste Liebe?
Ein paar Mägde am Wegrand ernteten Kartoffeln, diese neue Erdfrucht, die immer häufiger kultiviert wurde und mittlerweile auch in ihrem Haushalt Einzug gefunden hatte. Rosa verstand es, sie zu einem schmackhaften Brei zu verarbeiten, und neulich hatte sie das Gemüse zerrieben und daraus köstliche Knödel hergestellt. Wurden die Erdäpfel nicht auch aus Setzlingen gewonnen, die selbst abstarben, damit aus ihnen neue Früchte wuchsen? So war der Lauf der Natur. Nein, ihrem Alter stand es nicht mehr an, sich noch einmal zu vereinigen. Der Toni war ihre erste Pflicht und ebenso die Gebäranstalt. Zu was hatte sie sich hinreißen lassen? Aber diese Fahrt noch, diesen Weg, diesen Tag noch würde sie sich dem Traum hingeben, so eine Liebe leben zu können. Lucilie saß alleine in der Kutsche und lächelte. Niemand störte ihre Erinnerung und ihre mädchenhaften Phantasien.

Daheim herzte sie Toni und entschuldigte sich für die Watsche beim Abschied, die der Bub längst vergessen hatte. Toni wollte alles über Landshut erfahren, er wollte wissen, wie die Reise in der Kutsche verlaufen war, er fragte sie beim Umkleiden, was mit ihren Beinen passiert sei, und noch während Lucilie nach einer Erklärung suchte, stellte er sich vor sie hin und blickte ihr fest ins Gesicht.

»Du schaust so komisch, Mama. Wie ein glücklicher Bengel. Warum?« Lucilie streichelte den Buben und küsste ihn.

»Es war so schön in Landshut«, antwortete sie.

»Bitte, Mama, bitte, nimm mich auch einmal mit nach Landshut!«

Lucilie kitzelte ihn, so dass der Bub kicherte und lachte und »mehr, mehr« forderte.

»Weißt du was, Toni? Professor Aigner hat mich eingeladen, in Landshut einen Vortrag zu halten. Und wenn ich dorthin fahre, dann darfst mit!«

Toni sprang vor Freude in die Luft und eilte hinaus. Das musste er Luggi und Max erzählen, vermutete Lucilie lächelnd, um ihn im nächsten Moment an der Treppe abzufangen. Er durfte damit angeben, dass sie verreisten, aber nichts vom Vortrag erwähnen.

»Aha.« Rosa zog über dem Knie Kiachla aus. »Eine Vorlesung. Aha.« Ihr war nicht anzusehen, was sie von einer Vorlesung hielt. Die Haushälterin legte die Teigstücke zur Seite, stand auf und kam mit Lucilies grünem Sonntagskleid aus der Schlafkammer zurück.

»Dann brauchen Sie aber ein neues Gewand, gnädige Frau!«, sagte sie. »So« – und ihr Blick glitt verächtlich an Lucilies Kleid hinab – »können Sie nicht vor Studenten und Doktoren auftreten. Das muss was Schwarzes sein, was Seriöses. Und außerdem ist das schöne Sommerkleid zerfetzt. Dass Sie so rumgelaufen sind!« Rosa klang beleidigt.

Erst jetzt bemerkte Lucilie, dass der hintere Saum des Leinenstoffes abgerissen war. Sie sah die Fetzen nachdenklich an. Rosas Blick ruhte dabei prüfend auf ihr.

»Und das ist gut, wenn Sie den Toni mitnehmen. Nicht dass der Professor Aigner noch einmal auf dumme Gedanken kommt.«

Lucilie lachte. »Nein, Rosa, der Professor, der ist anständig, der reißt keine Kleider auf.«

»Und Sie?«, fragte Rosa.

Lucilie spürte, wie sie errötete. Sie drehte sich weg. Rosa schien selbst verblüfft, damit ins Schwarze getroffen zu haben. Die Haushälterin wendete sich wieder dem Teig zu.

»Und dass ich es nicht vergesse, es ist schon wieder ein Brief von Ihrer Schwester gekommen, er liegt auf dem Kastel im Gang.«

Lucilie würde Vroni endlich schreiben müssen. Jenseits der alten Geschichte, so müsste sie ihrer Schwester erklären, konnte sie dem Vater wirklich nicht helfen, sie war eine Hebamme und keine Heilerin. Außerdem hatte Vroni einmal geschrieben, dass es einen guten Doktor am Ort gab. Und der Vater, der würde sich ganz bestimmt nicht von ihr behandeln lassen. Dafür war er zu stur. Und sie war auch zu keiner Versöhnung bereit. Mit dem Kloster hatte ihr der Alte zu viel angetan.

Lucilie legte den Brief zur Seite und beschloss, ihn später zu öffnen. Jetzt musste sie erst einmal diese Landshuter Nacht vergessen. Jetzt musste sie in die Gebäranstalt, um dort nach dem Rechten zu sehen. Jetzt musste sie ihren Vortrag vorbereiten.

10.

An honorigen Bürgern im Frack und disputierenden Studenten in Uniform vorbei betrat Denaro die prunkvolle Landshuter Universität. Die Bayern hatten es sich etwas kosten lassen, die Hochschule von Ingolstadt nach Landshut verlegen zu lassen und dabei – so wurde gemunkelt – drängten führende Akademiker den König schon wieder zu einem Umzug, und zwar nach München. Auch Minister Graf von Montgelas, den Denaro für den fähigsten Politiker seiner Zeit hielt, forcierte das Vorhaben, also wären die Tage der Professoren hier gezählt.

Während Denaro das Gebäude auf der Suche nach dem anatomischen Saal durchschritt, erinnerte er sich an den Fürsten, der die Bayern hasste, aber Montgelas Respekt zollte. Nur der Geschicklichkeit des Grafen, so der Freund, war es zu verdanken, dass Napoleon Bayern vor fünf Jahren zum Königreich erhoben hatte. Dummes Gesinde und naive Gemüter führten dies zwar auf die Hochzeit zwischen Napoleons Stiefsohn und der bayerischen Prinzessin zurück. Doch das glamouröse Paar zählte nur zu den Schachfiguren des französischen Kaisers, der ganz Europa neu ordnete, Staaten neu zusammenmixte und mit seinen Schlachtfeldern Ärzten, Wundärzten und Feldscheren reichlich Übungsmaterial lieferte.

Die Akademiker drängten auf einen erneuten Umzug der Lehranstalt, um nicht auf eine niederbayerische Hochschulinsel abgeschoben zu sein. Sie strebten ins Zentrum der Macht, nach München, der Hauptstadt des mit Napoleon verbündeten bayerischen Königreichs.

Die Unwissenden suchen die Macht, dachte Denaro. Denn noch immer spekulierten die Mediziener mehr über die Krankheitsursachen, als sich auf Fakten zu beziehen. Eine unabhängige Wissenschaft gab es nicht – Denaro unterstellte jeder Lehrmeinung die Absicht, dass man sie in die Welt gesetzt hatte, um das eigene Fortkommen zu befördern und das eigene Geschäft zu sichern. Der Doktor nannte das die »Biologie der Wissenschaft«: In eitlem Machtstreben, unter dem Deckmäntelchen der gebildeten Arroganz, trieb man schmutzige Politik und fiel über den anderen wie ein Raubtier her, wenn es galt, die eigenen Weidegründe zu sichern und seine Schäfchen ins Trockene zu bringen.

Auch seinen alten Professor Aigner, nahm er dabei nicht aus. Der Alte bemühte sich zwar redlich darum, der Wissenschaft die Metaphysik auszutreiben; er war einer der Ersten in Europa, der seine Studenten auch praktisch ausbilden ließ, in Krankenhäuser schickte und eine allgemeine Sektionspflicht einführte; Aigner war einer der wenigen, der endlich Symptome und Ursachen der Krankheiten strikt voneinander trennte. Doch für die Durchsetzung dieser Methode war der Alte auch schon über Leichen gegangen und hatte einen begabten Kollegen in den Ruin und in den Selbstmord getrieben.

Denaro vermutete, den Professor in der Anatomie zu finden. Jetzt war es noch kühl. Logischerweise müsste sich der Sektionsraum im Norden befinden, damit die Leichen nicht durch Hitze schneller verwesten; und vermutlich hatte man ihn auch ins Erdgeschoss gelegt, um die Toten nicht über die Treppe nach oben tragen zu müssen. In Paris war dem Doktor einmal eine tote Frau direkt in die Arme gefallen – sie war den Trägern von der Bahre gerutscht und über das Treppengeländer nach unten gefallen.

»Denaro«, rief der Professor freudig aus, als er den Doktor sah. Ein paar Studenten, die um Aigner und eine Leiche herum standen, merkten auf und musterten den so unakademisch gekleideten Doktor. Denaro warf einen Blick auf den toten Mann, an dem die Studenten schon die Muskeln und Sehnen des linken Arms freigelegt hatten. Man sah die fehlende Erfahrung der jungen Burschen, sie hatten in das Gewebe geschnitten, das es zu untersuchen galt. Aber warum ließ Aigner den linken Arm freilegen?

»Doktor Denaro«, stellte Aigner ihn den Studenten vor. »Ein ausgezeichneter Anatom und hervorragender Arzt aus Salzburg.« Denaro erklärte er mit einem Blick auf den Toten: »Ein stadtbekannter Onanist. Man hatte ihn festgebunden, aber sein linker Arm fand immer wieder Mittel und Wege, Hand an sich zu legen.«

»Interessant«, erwiderte Denaro. »Die Schädelöffnung wird spannend.« Mit dem gesicherten Befund Onanist hatte Denaro noch nie seziert. Das Gehirn war tatsächlich mehr als einen Blick wert.

Aigner ließ Denaro den Vortritt und der Doktor zeigte den Studenten, wie man fachgerecht die Haut am Hinterkopf anschnitt, um sie über das Gesicht nach vorne ziehen zu können. Er demonstrierte, wie mit der Knochensäge der Schädel zu zerteilen war, das Hirn aus dem Kopf gehoben wurde und das freigelegte Organ schließlich aufgeschnitten gehörte. Er zeigte, wie man die Brusthöhle professionell öffnete und das Messer an die soliden Organe ansetzte. Auf eine Freilegung der Bauchhöhle verzichtete er schließlich, denn schon jetzt waren zwei Studenten nach draußen gerannt und hatten sich übergeben. Die stinkenden Gedärme hätten wohl auch noch den Rest der Erstsemester aus dem Saal gejagt. In kurzen Sätzen erklärte Denaro noch die Funktion der Organe, um die Studenten wenigstens mit der Befriedigung neuer Kenntnisse zum Mittagessen zu entlassen.

Die Burschen eilten hinaus, und Denaro sah sich nach einer Waschschüssel um. Der Professor gratulierte dem Doktor zu seiner wunderbaren Demonstration und stutzte, als Denaro mit dem bestellten Wasser nicht die Leiche, sondern seine Hände wusch. Erst gestern, erklärte der Professor, hätte er von so seltsamen Hygienevorstellungen gehört, von einer Münchner Hebamme. Hinge Denaro jetzt auch so einer Lehre an? Der Doktor wusste nicht, auf was Aigner anspielte. Der Professor erzählte von der Theorie der Frau eines verstorbenen Freundes, die vor jeder neuen Patientin die Hände wusch, die Kittel auskochen und bügeln ließ und strengste Reinlichkeit in der Gebäranstalt angeordnet hatte. Sie war eine Hebamme.

Denaro lachte laut auf. »Die soll lieber daheim kochen und bügeln!« Der Doktor schüttelte belustigt den Kopf – ob der Professor Aigner jetzt auf seine alten Tage seltsamen Hirngespinsten von Kurpfuschern anhing?

Nein, Aigner hielt außerordentlich viel von diesem examinierten Frauenzimmer, ein ausgezeichnetes Wissen in allen weiblichen Belangen hätte sie, sie sei ein gelehrtes Weib.

Denaro lachte wieder und trocknete sich die Hände ab. Ob der Herr Professor sich wohl in sie verschaut hätte? So schwärmerisch wie er von ihr spreche … und, Aigner solle ihm nicht böse sein, aber er habe schon oft beobachtet, dass die Begierde bisweilen seltsame Blüten treibe und aus gestandenen Mannsbildern Altersnarren mache, die es sogar zu hässlichen, gelehrsamen Röcken trieb.
Aigner schmunzelte. Nein, Denaro sei einfach ein Weiberheld und denke stets nur an das eine.
Der Doktor korrigierte ihn: Bei einem gelehrten Frauenzimmer würde sogar ihn jede Begierde verlassen, der Professor hätte gestern mit ihm auf das Volksfest gehen sollen, da habe er ein Prachtweib getroffen, das hätte der Professor sehen sollen! Denaro überlegte, wie er dem Alten Lucilies Schönheit beschreiben sollte, doch er suchte vergebens nach Worten. Für die »magische Ausstrahlung besonderer Menschen« hätte ihn der Professor belächelt. Denaro konnte weder von üppigen Brüsten, noch von jugendlicher Prallheit berichten. Ihre glänzenden Haare, die vollen Lippen und das ebenmäßige Gesicht erklärten seine Leidenschaft ebenfalls nicht.

Man beschloss, in einem einfachen Wirtshaus zu Mittag zu essen und bedauerte auf dem Weg dorthin, sich gestern auf dem Volksfest verpasst zu haben. Genaugenommen hatte Aigner das Spektakel eigentlich gar nicht besucht, denn die Hebamme war verlorengegangen, er hatte sie gesucht, schließlich verstört gefunden und ins Hotel zurückgebracht.

Für seinen Begleiter erntete Aigner auf dem Weg ein paar fragende Blicke von feinen Bürgern der Stadt. Denaro wartete darauf, dass der Alte mit seinem Anliegen herausrückte, doch der Professor sprach über den Pariser

Kongress, den Kometen und den Erfolg der Pockenschutzimpfung. Beim Essen in der Wirtschaft am Isarufer kündigte er Denaro für später eine interessante Leiche an – die sollte man sich zu zweit teilen, ohne Studenten. Apropos: Wäre Denaro an dem Onanisten etwas aufgefallen? Nein, Denaro bedauerte. Kein auffälliger Befund bei den Organen und im Gehirn. Auch Aigner hatte nichts entdecken können. Gewebeproben wollte man sich trotzdem noch genau unter dem Mikroskop ansehen. Schade, meinten beide, doch man war sich einig, dass ein Onanist allein noch nicht repräsentativ war.

Gut, dachte Denaro, dass der Alte ihn so in Beschlag nahm. So war er von seinen verwirrenden Gefühlen abgelenkt. Denaro starrte auf die Fleischsuppe und vergaß sein Gegenüber. Warum hatte er sie nicht gefragt, woher sie kam, wo sie lebte? Warum nur?
Aigner erklärte er seine geistige Abwesenheit mit Überlegungen zu dem Gas, das er gestern bei einem Gaukler eingeatmet hatte. Es hatte den Schmerz betäubt, aber ihm sein Bewusstsein nicht geraubt. Könnte das die Substanz sein, die schmerzfreies Operieren ermöglichte? Jetzt musste Aigner lachen – das klinge nicht weniger verrückt als die Tierchen-Theorie der Hebamme! Denaro lenkte ein. Ja, wahrscheinlich hatte der Professor recht, er würde vergeblich suchen. Trotzdem: Ohne Visionen gäbe es keinen Fortschritt!

Zwei Knechte am Nebentisch gerieten in Streit und schlugen aufeinander ein. Die Wirtin wollte die beiden Männer trennen, wurde zur Seite gestoßen und fiel dabei so unglücklich, dass ihr Kopf auf einer Axt aufschlug. Aigner und Denaro leisteten Erste Hilfe. Das Weib hatte Glück gehabt, im Schädel war nur ein kleines Loch und

die Kopfhaut schnell vernäht. Die Knechte machten sich aus dem Staub, doch Denaro holte sie mit dem Gatten der Wirtin ein – die Kosten dieser Behandlung hätten die Burschen zu tragen! Einer der Knechte drohte Denaro und wollte das »Doktor-Bürscherl« am Kragen packen. Ehe er sich versah, streckte Denaro ihn mit einem Faustschlag nieder und der zweite rückte daraufhin schnell sein Geld heraus. Denaro ließ die Münzen in dem Gasthaus für die Wirtskinder zurück.
Aigner schüttelte den Kopf über den Doktor – eines Tages würde er seine akademische Würde noch wegen solcher Händel verlieren. Denaro erwiderte nichts darauf, um den schmächtigen Alten nicht zu verletzen. Wie wenig wusste der Professor vom Leben und von den Nöten einer Wirtin. Doch Denaro hätte gelogen, wenn er behauptet hätte, sich nur aus Nächstenliebe für ein klein wenig Gerechtigkeit einzusetzen. Er wollte sich und seine Kraft damit beweisen. Wer wusste schon, wie lange sein alternder Körper ihm das noch erlaubte?

Aigner hatte nicht zu viel versprochen: Die zweite Leiche war eine hochschwangere Frau, die aus ungeklärten Umständen plötzlich umgefallen und gestorben war. Bei ihr kamen die beiden schnell auf die Spur der Todesursache: Eine verstopfte Vene hatte die Mutter getötet und dem Ungeborenen den Lebenssaft abgeschnitten. Doch interessanter als das Weib war ohnehin das tote Ungeborene. Aigner und Denaro holten es vorsichtig aus dem Fruchtwasser und untersuchten, welche Organe sich bereits entwickelt und ausgeprägt hatten. Dabei sprachen Denaro und Aigner wenig, nicht einmal der Doktor scherzte – wie sonst so gerne – über die inneren Organe. Das Wesen hatte noch nicht einmal einen Atemzug machen können und landete schon unter ihren Bestecken.

Deshalb, so dachte Denaro, paarten sich Mann und Weib, die Natur suchte sich ihren Weg, die Art zu erhalten, kirchlichen Sündenregistern und weltlichen Heiratsverboten zum Trotz. So ein Kind könnte auch aus seinem Samen entstehen, dachte Denaro, und deshalb drang er in Weiber ein. Deshalb hatte er wohl auch gestern mit ihr geschlafen, mit Lucilie. Aber im Gegensatz zu den Tieren erfand der Mensch die Liebe dazu. Ein Trick der Natur, der Verbundenheit vortäuschte, wo es doch nur um den Trieb ging? Was war die Liebe anderes als ein Gauklermärchen!

Nein, schoss es Denaro plötzlich in den Kopf – auch die Gefühle waren ein Teil der Natur, sie würden ihre Funktion haben, auch wenn keiner sie bisher erforscht hatte. Rächte sich jetzt die Natur an ihm, weil er diese Gefühle missachtet hatte, so wie die Pfaffen ihren Geschlechtstrieb?

Denaro schloss die Augen und wendete sich von dem ungeborenen Toten ab. Er wollte es zu Aigners Erstaunen nicht mehr weiter sezieren. Eine innere Stimme schimpfte den Doktor »sentimental«.

Aigner ließ die Organe des Kindes zum Konservieren wegbringen, füllte die Körperhöhlen mit Papier und vernähte die Toten, während er Denaro den Grund seines Schreibens nannte: Mit einer Verlagerung der bayerischen Universität nach München sollte auch ein neuer Lehrstuhl eingerichtet werden. Endlich hatte man den König davon überzeugen können, dass auch die Frauenheilkunde auf eine wissenschaftliche Basis zu stellen sei. Denaro erstaunte das Vorhaben – wie solle man die Weiber in ihren ureigenen Angelegenheiten zu einem Mannsbild bringen? Ah, deshalb also hatte Aigner gestern eine gelehrte Hebamme getroffen! Deren Zunft werde sich aber

heftig gegen den Plan wehren, schließlich ging es um deren Beruf und Verdienst!
Aigner lächelte. Darüber solle sich Denaro keine Sorgen machen, in München hätte man bereits Verordnungen eingeleitet, um den Weibern Entbindungen bei einem Mann näher zu bringen. Und diese Hebamme würde sich selbst ein Bein stellen, mit ihren seltsamen Hygienevorstellungen. Einen Moment lang war der Doktor irritiert. Wieso hatte Aigner von der Hebamme vorher geschwärmt, jetzt aber zeigte seine Mimik fast Schadenfreude. Was spielte der Alte für ein Spiel?

»Und?« Aigner sah Denaro prüfend an, und erst jetzt verstand der Doktor.
»Nein, Aigner, bestimmt nicht!« Denaro lachte kopfschüttelnd. Ausgerechnet er hatte soeben den ersten Lehrstuhl für Gynäkologie angeboten bekommen!
»Nein, ich erforsche die Weiber lieber anders. Nicht dass mir dabei am Ende noch die Lust vergeht. Wie kommen Sie ausgerechnet auf mich?«
Aigner erklärte, dass sowohl die Chirurgie als auch die Gynäkologie endlich auf eine wissenschaftliche Basis gestellt werden sollten. Zwei neue Lehrstühle wären aber schwer durchzusetzen, deshalb behandle man die Frauenheilkunde zunächst als Teilgebiet der Chirurgie. Denaro sei für eine Professur prädestiniert, er kenne keinen besseren Arzt auf diesem Gebiet als ihn. Die meisten Doktoren überließen das niedere Geschäft der Amputationen und Operationen nach wie vor den Badern, Drogisten und Wundärzten und hatten keine Erfahrung damit. Der Doktor wäre nicht nur höchst belesen, sondern zeige auch ein Geschick im Umgang mit Studenten und hätte einen wissenschaftlich-freien Geist. Darüber hinaus verstünde er es, Neuerungen glaubhaft zur vertreten.

Kurzum: Die medizinische Fakultät brauche einen Mann von seinem Kaliber.
»Oho«, entfuhr es Denaro. »Unsere Zunft will jetzt also das Monopol im Gesundheitswesen und mit diesem Lehrstuhl die Berufe Bader, Hebamme und Wundarzt abschaffen!«
»Wollen Sie diese Bereiche weiter den ungebildeten Ständen überlassen?«, fragte Aigner. »Fordern Sie keine solide Wissenschaftlichkeit mehr ein?«

Selbstverständlich war Denaro an der Wissenschaft gelegen. Aigners Rhetorik war geschickt.
Genau deshalb, konterte der Doktor, wolle er nicht an eine Universität berufen werden, dort würde sich jeder freie Geist schließlich verlieren und sich wahrer Forscherdrang in den akademischen Grabenkämpfen zerreiben.

Denaro kränkte Aigner damit mehr, als ihm lieb war. Aber der alte Professor würde für seine geschickten Pläne Hunderte von Ärzten finden, denen das Lehrstuhlangebot Anlass zu wochenlangem Feiern böte.
Man verabschiedete sich freundlich plaudernd, Denaro spürte jedoch, dass der Professor ihm seine Absage nicht verzieh.

11.

Wie damals in alten Zeiten, als Lucilie mit dem Buch begonnen hatte, schlief die Oberhebamme nur noch wenig. Zwischen dem Dienst in der Gebäranstalt, Hausgeburten und der einen Stunde am Tag, die sie ausschließlich für Toni reserviert hatte, saß Lucilie nachts am Schreibtisch in der Münchner Wohnstube, tauchte die Feder in das Tintenfass, schrieb am Aufsatz »Über die Bedeutung der Hygiene«, strich das Notierte wieder durch, legte die Feder zur Seite und formulierte erneut. Lucilie rieb sich die Augen und blickte durch das halb geöffnete Fenster zu den Türmen der Frauenkirche hinüber. Sie hörte die Turmuhr schlagen, den betrunkenen Hufschmied singend heimtorkeln und eine fauchende Katze und einen knurrenden Hund streiten. Ihr Blick glitt zu Anton auf dem Ölgemälde und er schien sie streng anzuschauen, mürrisch fast, oder gar enttäuscht? Lucilie senkte den Blick und dachte wieder an die Landshuter Nacht mit Denaro – aber die Sehnsucht nach diesem Doktor und seinen Berührungen hatte nachgelassen, er war zu einem süßen Geheimnis ihrer Erinnerung geworden.

Lucilie stand auf und holte eine Schüssel mit kaltem Wasser. Im Gang sah sie Tonis achtlos hingeworfene Jacke.

Lucilie hob sie auf und schüttelte den Kopf. Schon wieder fehlte ein silberner Knopf! Hatte sie Toni eigentlich ausgeschimpft, als neulich schon einer gefehlt hatte, oder hatte sie es vergessen? Auf keinen Fall ging die Achtlosigkeit des Buben so weiter! Lucilie kehrte wieder an den Schreibtisch zurück, zog ihre Strümpfe aus und stellte ihre Füße in das kalte Wasser. Sie griff erneut zur Feder, schrieb ein paar Sätze, die sie gelten ließ und machte sich Notizen für das Buch.

Seitdem sie an dem Vortrag arbeitete fiel ihr fast nebenbei stets etwas zur Pflanzenkunde ein, die Seiten darüber füllten sich fast wie von alleine, sie musste gar nicht lange überlegen; die gründliche Lehrzeit im Kloster und ihre jahrzehntelangen Erfahrungen schienen ihr die Hand zu führen. So war sie bei den Kräutern schon beim »M«, bei der Melisse, deren Heilwirkung schier unendlich vielfältig war und auch Rosas Gicht gelindert hatte. Lucilie hatte jetzt einfach alles nach dem Alphabet sortiert. Grundwirkungen einiger Kräuter und Pflanzen ließen sich für alle Menschen herausschälen. Wenn sie sich darauf beschränkte und nicht den Anspruch erhob, maßgeschneiderte Rezepturen systematisieren zu wollen, würde aus dem Werk zwar nur ein Büchlein werden, aber sie brachte ihr Grundwissen immerhin zu Papier.

Rosa bemutterte sie mit Mehlspeisen und Kaffee, die sie ihr in die gute Stube brachte, und beschwerte sich jeden Morgen augenzwinkernd über die gewachsene Menge an Papierstapeln, die sie nun abzustauben hätte. Vor Toni hatte man Stillschweigen vereinbart, damit der Bub nichts erzählte und nicht wieder geratscht würde. Und jedes Mal, bevor sich Lucilie endlich für ein paar Stunden zum Schlafen zu Toni ins Bett schlich, fertigte sie eine Abschrift von ihrem Tagwerk an, legte das Blatt in eine schwarze Ledermappe und trug sie am nächsten Tag mit in die Gebäranstalt, um sie dort beim Stehpult zu verwahren, denn all ihre Mühen wären vergeblich gewesen, käme ihr Manuskript abhanden oder fiele einem Brand zum Opfer.

Mit fast der gleichen Regelmäßigkeit überfielen sie nach getaner Arbeit Zweifel an ihrem Hygiene-Aufsatz. Sollte wirklich penible Reinlichkeit der Schlüssel zur Bekämpfung des Kindbettfiebers sein? Warum wäre dann nicht früher schon einer der großen Geister auf diese Idee gekommen? Und warum hatte Aigner nicht die leisesten Bedenken an dieser unerhörten Theorie angemeldet? Jede andere medizinische Neuerung hatte er prüfenden Zweifeln unterzogen, über manche Kurpfuscher sogar – mit ausgesuchten Worten – gelästert. Wie gut konnte sie sich an seine höflich-bestimmte Infragestellung von Hahnemanns Theorien erinnern. Ihr dagegen glaubte er auf Anhieb?

Andererseits tauchten in der Gebäranstalt weder Gendarmen zum Konfiszieren der Instrumente noch die Ärzte zur Visite auf. Das musste der Professor veranlasst haben, also nahm er sie und ihre Maßnahmen und Vorstellungen doch ernst.
Und würde denn der Vortrag, für den sie all ihren Mut zusammennehmen musste, wirklich seine Wirkung zeigen, wie der Professor behauptete? Warum zweifelte sie eigentlich schon wieder daran? Diktierte nicht ihre Angst diese Zweifel, so wie beim ersten Versuch, das Buch zu schreiben? Wie leicht ging ihr nun ohne diese hemmende Furcht alles von der Hand! Nachdenklich legte Lucilie die Abschrift in die Mappe und gähnte. Toni stand plötzlich in der Tür.

»Was machst du da, Mama?«, fragte er. Lucilie zuckte kurz zusammen und legte die Mappe zur Seite.

»Was machst du hier?«, fragte sie.

»Ich kann nicht schlafen, Mama!«, Toni blieb artig stehen und schaute sie an. Lucilie winkte ihn zu sich. Der Bub setzte sich auf ihren Schoß und drückte sich an sie. Erst jetzt bemerkte er, dass ihre Füße im Wasser standen. Er lachte.

»Jetzt bist du wie der Papa!«, sagte er, und Lucilie erinnerte sich an Antons Fußbäder, die er fast jeden Abend genommen hatte. Lucilie streichelte Toni übers Haar.

»Ich hab mir Notizen für die Gebäranstalt gemacht. Jetzt bin ich aber fertig. Ich wollte eh ins Bett.«

»Und ich hab gedacht, du schreibst wieder am Buch.« Toni rieb sich die Augen.

»Wie kommst denn darauf?«, fragte Lucilie und dachte bei sich, was für ein schlauer Kerl er doch war.

»So halt«, antwortete Toni, dem nicht mehr daran gelegen war.

»Gute Nacht«, wünschte Lucilie Toni und gab ihm einen Kuss. Da fiel ihr der Knopf wieder ein. Aber Toni hatte die Augen schon geschlossen und atmete regelmäßig. Lucilie küsste ihn noch einmal sanft und sog seinen Duft ein. Neugeborene verloren den Nackenduft nach ein paar Tagen. Bei ihrem Toni aber roch sie ihn heute noch. Egal, was in ihrem Leben noch kommen würde – dieses Kind, ihr Kind, war ein Wunder. Die Landshuter Nacht, die Gebäranstalt und sogar der Vortrag an der Universität müssten hinter ihm in die zweite Reihe weichen. Oder schob sie ihr Kind nur vor, weil sie zu ängstlich für die Welt draußen war? Was entstand zuerst, der Gedanke oder das Gefühl? So wie der Körper mit der Seele verbunden war, so waren der Verstand und das Gefühl ein

Paar. Oder war es nicht vielmehr ein Dreigespann aus Verstand, Gefühl und Körper? Und müsste als solches Dreigespann nicht auch ein Mensch behandelt werden? Irrten die Ärzte und Akademiker, die alles auf den Boden der Wissenschaftlichkeit stellten; einer Wissenschaftlichkeit, die doch nur aus einem seelenlosen Körper und einem herzlosen Verstand bestand und Gefühle den Weibern zuschrieb? Sie sprachen zwar von Mutterliebe, einer Natur der Weiber und einem Instinkt für das Kind, aber die neuen Ärzte beurteilten die Frauen wie sich selbst, ohne Anschauung der ganzen Person. Sie behandelten mit einem scharfen Verstand und einem noch schärferen Skalpell – aber ohne Gefühl.

Auch Anton hatte so geurteilt, erkannte Lucilie jetzt. Er hatte die Wissenschaftlichkeit in ihr fördern wollen, aber nicht ihre Ansichten, wie sie ihrem Geschlecht entsprangen. Nur ein einziges Mannsbild hatte bisher all die Saiten angeschlagen, die sie als ganze Person zu einem Einklang mit sich selbst brachte. Genau so, dachte Lucilie, würde man von jeder Krankheit gesunden können, als vollständiger Mensch, dem kein Teil fehlte. Und umgekehrt könnte man als ein solcher, ganzer Mensch, andere heilen. Doch so schnell wie Denaro aufgetaucht war, so geschwind verschloss ihn Lucilie wieder in ihr Kästchen der süßen Erinnerung. Dieser Doktor war in Salzburg oder sonst irgendwo, aber sie war hier in München bei Toni und der Gebäranstalt. Und es war auch nicht ihre Aufgabe, eine Heilerin zu werden, aber sie hatte die Pflicht, ihren Beruf nicht untergehen zu lassen.

Darüber schlief Lucilie ein, ruhig und gelassen, den ganzen schweren Gedanken zum Trotz.

Kaum war sie eingeschlummert, wurde sie geweckt: Eva

klopfte tränenüberströmt an der Tür. Agnes hatte sie nach einer schwierigen Entbindung eben aus der Gebäranstalt geworfen, im strömenden Regen war sie in ihrer Not und allen Vorschriften zum Trotz deshalb zur Oberhebamme geeilt. Lucilie bat die zitternde Schülerin mit ihren verweinten Augen herein, sie könne erst einmal in der guten Stube auf dem Kanapee schlafen. Schlaftrunken holte die Oberhebamme ihr eine Decke und ein Kissen. Morgen würde sie der Sache nachgehen, tröstete sie Eva. Denn Agnes konnte nicht einfach hinter ihrem Rücken Lehrmädchen entlassen, wenn sie sich nicht gravierende Fehler erlaubten.
Ihr blieben noch drei Stunden Schlaf, rechnete Lucilie aus, als sie wieder zu Toni ins Bett schlüpfte. Um sechs Uhr würde Rosa sie wecken. Wenn sie der Haushälterin nur einen Zettel schreiben könnte, sie morgen erst später aus den Federn zu holen! Lucilie überlegte, ob sie nicht für Toni etwas notieren sollte, der könnte es dann der Rosa vorlesen. Nein, das war viel zu umständlich, welche Buchstaben hatte Toni eigentlich schon in der Schule gelernt? Sie wusste es gar nicht. Wie gut aber, dass nun alle Kinder, und auch die Mädchen, Lesen und Schreiben lernten. Zu ihrer Zeit war es – und vor allem auf dem Tiroler Land – noch eine große Ausnahme gewesen, dass die Mutter nicht nur die Brüder, sondern auch die Vroni und sie, die Buchstaben lehrte.
Vielleicht, so träumte Lucilie wach im Bett liegend, würde es eines Tages den Weibern sogar erlaubt werden, an den Universitäten zu studieren. Wenn auch nicht Theologie, Jura oder Medizin, so vielleicht doch wenigstens Griechisch oder Philosophie.
Darüber wurde ihr das Herz wieder schwer – warum musste sich ausgerechnet sie nun den Mannsbildern in einer Vorlesung stellen? Lucilie fuhr hoch. An eins hatte

sie noch gar nicht gedacht: Über ihren Vortrag würde auf jeden Fall bis nach München geratscht werden! O Gott, seufzte sie und malte sich das Gesicht der Wimmerin und der Frau Doktor Rappenstein dabei aus. Andererseits, so überlegte sie und kuschelte sich wieder sanft an Toni, blieb ihr nach Aigners Vorschlag keine andere Wahl und könnte sie sich dadurch nicht sogar eine Reputation erwerben, die den Weibern das ratschende Maul stopfte?

12.

Schafe zogen mit ihren Hirten über die Fluren, das Rindvieh stand fett auf den Wiesen und Gänse liefen schnatternd durch die Dörfer. Himbeeren blühten, grüne Äpfel hingen an den Bäumen, doch Walnussfrüchte entdeckte Denaro auf seinem Weg nach Marienstein noch nicht. Gute Walnussjahre waren meist auch gute Weinjahre, und wenn er die alten Bäume dicke Fruchthüllen tragen sah, freute sich Denaro immer auf einen vorzüglichen Heurigen.

Der Doktor hatte zuerst nach der Jagdhütte geschaut, in der Nähe hatten mehrere Blitze Bäume aufgeschlitzt, aber sein Holzhäuschen war unversehrt geblieben. Danach ging Denaro mit einem erschöpften Gallo ins Dorf hinein, wo man ihn freudig grüßte. Endlich, so hörte er Bauern, Hirten und Mägde rufen, sei er wieder da, wo er denn so lange gewesen sei? Hochwürden kam nicht aus dem Pfarrhaus, Denaro sah ihn aber eine Gardine verrutschen und rief ihm freundlich zu, dass er sich nicht aufregen solle, er hätte keine neue, unchristliche Impfung mitgebracht.

Vroni sorgte sich um den Araber, der ihr zu mager und zu müde wirkte und dringend aufgepäppelt gehöre. Ob der Doktor ihn zu sehr geschunden hätte? Aber Denaro selbst sehe viel besser aus als zuletzt, ob er sich so sehr vergnügt hätte? Denaro scherzte, er würde wirklichen Genuss nur bei ihren Mehlspeisen finden, und lobte ihre gewissenhafte Pflege. Sein Häuschen und die Praxis waren ordentlich gehalten worden, Vronis Mann hatte das Dach ausgebessert und ein Fenster repariert, so dass er sich vor dem Winter nicht fürchten müsse.

Vroni überzog das Federbett neu und schürte den Küchenofen an, Denaro schaffte das Lachgas und ein paar Bücher, die er sich aus Salzburg mitgebracht hatte, in die Praxis. Im Flur stellte die Nachbarin ein paar frische Blumen auf einen Kasten, sie kochte einen Kaffee und bürstete seine Lederjacke aus. Zum ersten Mal kam Denaro in den Sinn, wie es wäre, mit einer Frau zu leben. Würden die Räume dann immer so warm strahlen? Nein, Vronis Anwesenheit, ihren Zierrat und das für Weiber selbstverständliche häusliche Gehabe vertrug er nur, weil die Nachbarin stets einen respektvollen Abstand wahrte, und er nur zeitweise in Marienstein lebte. In Salzburg hatte er noch jede Haushälterin entlassen, bis sich unter seinen Patientinnen eines Tages eine Magd gefunden hatte, die aushilfsweise bei ihm putzte, ansonsten aber die Wohnung unangetastet ließ und ihn nicht mit Weiberkram belästigte.

Ruhig war es in Marienstein während seiner Abwesenheit gewesen, wusste Vroni zu erzählen, denn auch der Pfarrer war verreist gewesen, den Bischof in Wien hatte er besucht. Von dort kam er mit noch größeren Verdauungsproblemen zurück, aber mittlerweile sei alles wieder im Lot. Ihr Vater huste nach wie vor und sei noch ein wenig schwächer geworden. Und sie warte immer noch darauf, dass ihre Schwester aus München käme, aber die hätte noch nicht einmal geantwortet, jetzt glaube sie nicht mehr an ein postalisches Versehen. Übrigens hätte der Doktor in ihrer Schwester eine Art Verbündete in Marienstein gehabt, denn als junges Mädchen hatte sie sich mit Pfarrer Hinterrainer auf ebenso rebellische Weise angelegt wie er. Freilich war sie als Weib dabei zu weit gegangen … aber was erzähle sie hier für Geschichten, die den Doktor bestimmt nicht interessierten! Denaro bot erneut an, ihren Vater anzuschauen, er wüsste sich schon mit so sturen Alten zu arrangieren! Vroni seufzte und nickte dankend, ehe sie mit seiner Dreckwäsche verschwand, und Denaro einem Buben, der mit schmerzverzerrtem Gesicht bei ihm anklopfte, einen Furunkel aufstach.

Vroni hatte ihm schon vor längerer Zeit vorgeschlagen, die chirurgischen Bestecke in einer Vitrine aufzubewahren, denn der Doktor besaß sie, ebenso wie den Arztkoffer, in doppelter Ausfertigung, nachdem er es eines Tages leid gewesen war, die Instrumente stets zwischen Marienstein und Salzburg hin und her zu transportieren. Hier und da wollte er aber mit den besten medizinischen Werkzeugen arbeiten, deshalb leistete er sich den Luxus einer doppelten Ausstattung.
Denaros Bedenken, dass die teuren Bestecke in einem so oft leerstehenden Häuschen leicht zu Diebesgut würden, hatte Vroni entkräften können – in Marienstein würde jeder und alles genau beobachtet, also auch sein Haus, und ein Langfinger wäre schneller überführt, als der Pfarrer sein Amen sprechen könne. Tatsächlich sperrte man im Ort die Häuser noch nicht einmal ab, und der einzige Diebstahl Mariensteins hatte sich vor fast fünfzig Jahren ereignet, als ein Knecht dem Pfarrer Geld aus dem

Opferstock gestohlen hatte und damit durchgebrannt war.

Vroni hatte die Bestecke penibel sortiert in der Vitrine angerichtet; neben dem Tisch aus Wurzelholz, den beiden Stühlen, der Liege und dem Kasten mit Verbandsmaterial sah das Behandlungszimmer nun sogar medizinisch beeindruckender aus als seine Salzburger Praxis. Scheibengardinen schützten die Kranken vor Blicken von draußen. Damit hatte Denaro zwei medizinische Behandlungsräume, während die Kollegen sich noch nicht einmal einen leisteten, denn Sprechstunden hielten sie für neumodischen Unfug, ein Arzt habe zu den Kranken zu gehen und nicht umgekehrt.

Der Doktor stellte das Päckchen mit dem Lachgas auf den Tisch und legte ein Skalpell für heute Abend bereit. Er ging nach draußen und rauchte auf der Bank vor dem Haus eine Zigarre. Er ließ sich von der nachmittäglichen Herbstsonne wärmen und schaute ruhig auf einen stillen Dorfplatz. Die Männer waren auf dem Feld, die Frauen bei der Quelle zum Waschtag, und der Pfarrer hielt vermutlich seinen Mittagsschlaf. Eine überschaubare Welt, dachte Denaro und korrigierte seine frühere Meinung, warum er so gerne im Dorf weilte: Er suchte hier nicht die Natur, sondern fand eine Geborgenheit in der Übersichtlichkeit des kleinen Theaters, in dem er alle Hauptakteure kannte und dem er zugleich nach Belieben entfliehen konnte.

»Vater Grießer«, wie ihn alle im Dorf nannten, wünschte ihn erst zum Teufel und polterte lautstark gegen seine vorlaute Tochter Vroni, die wohl keine gescheite Arbeit nicht hätte, wenn sie auf so dumme Gedanken käme und

den Doktor holte. Der Alte lag schwach im Bett in seiner Kammer im ersten Stock des kleinen Bauernhauses. Denaro hatte nicht erwartet, in diesem Raum einen fein geschnitzten Schreibtisch und sogar einen Bücherschrank vorzufinden. Es sah ganz danach aus, als würde Schreibwerkzeug hier auch noch benutzt, denn der Doktor bemerkte frische Tintenflecken am Tisch.
Denaro wusste, wie er Vronis Vater zu nehmen hatte und erklärte, er sei nicht seinetwegen hier, sondern weil er Krankheiten erforsche und nun eben auch wissen möchte, weshalb Vater Grießer so schwer schnaufe. Der Alte durchschaute ihn, ließ sich aber untersuchen, wenn der Doktor schon glaube, gegen den Tod sei ein Kraut zu finden. Da könnten doch andere sagen, was sie wollten, seine Zeit liefe ab. Der Alte hatte recht. Das Röcheln verhieß nichts Gutes, die Lunge rasselte, und der Auswurf war grünlich.

Vroni brachte Denaro später einen Braten mit Knödel, sie wirkte gefasst. Nicht das nahe Ende nach einem langen Leben betrübte sie, sondern die Bitterkeit im Herzen des Vaters. Er hatte sogar aufgehört zu beten, so als hätte er jeden Glauben verloren. Dabei war er früher einer der eifrigsten Kirchgänger gewesen.

Der Doktor holte Kerzen und die Gaslampe in den Behandlungsraum. Er legte sich auf dem Tisch Papier, Tinte und eine Feder bereit, um sich Notizen zum Lachgasexperiment machen zu können. Zuversichtlich schrieb er das Datum auf das Blatt – es könnte sein, dachte er, dass er heute seinem Traum ein Stück näher kam. Erst würde er die Substanz einatmen und sich dann selbst einen kleinen Schnitt am linken Arm zufügen. Würde er die Wunde spüren?

Denaro atmete schnell und tief, grelle Farben tauchten wieder vor seinen Augen auf, und er glaubte wieder, die Melodien von lila, grün und rot zu hören. Er lachte und setzte das Skalpell an. Es tat weh. Aber es war ihm egal. Jetzt sang ein Gelb eine Melodie der Liebe.

Als die Wirkung nachließ, schleuderte Denaro das Päckchen des Gauklers wütend an die Wand. Was für ein Idiot war er nur! Etwas anderes als dieses Gas musste seine Schmerzen in der Landshuter Nacht betäubt haben. Sollte das wirklich das Weib Lucilie gewesen sein? Nein, wie naiv, so etwas zu glauben! Oder hatte er es nur falsch angewendet?

Der Doktor wiederholte den Versuch und atmete das Gas tiefer ein. Wieder genoss er den Farbenrausch und spürte doch einen Schmerz.
Entweder der Gaukler hatte ihn betrogen und ihm ein falsches Mittel verkauft, oder er hatte sich getäuscht. Der Doktor beschloss, später noch einmal darüber nachzudenken, jetzt musste er erst einmal die Enttäuschung verkraften. Er steckte eine Zigarre ein und ging zum Wirtshaus.

Auf dem Weg dorthin sah er Marie beim Lederbauern in der hell erleuchteten Stube sitzen und an einem Stück Holz schnitzen. Die Magd hob das Stück gerade hoch, um es mit etwas Abstand zu betrachten. Nicht schlecht, dachte Denaro, das Kruzifix schien wirklich schön zu werden.

13.

Toni hatte in der Schule noch keinen einzigen Buchstaben lesen gelernt, sondern nur das Stillsitzen, in Reih und Glied stehen und mehrere Gebete. Darüber hatte sich der Bub beschwert und den Lehrer gefragt, wann sie denn endlich zu den Buchstaben kämen, seine schöne Schiefertafel sei nur voll mit Gekritzel. Vor der ganzen Klasse hatte Toni daraufhin Tatzen bekommen – und erst nach und nach erfuhr Lucilie von dem Buben, warum sein Eifer gleich so hart bestraft worden war.

»Weil man nicht dazwischenreden darf«, beantwortete er Lucilies Frage beim Abendessen. Rosa hatte eine feine Gemüsesuppe mit Kartoffeln und Fleisch gekocht, zusammen mit ihr saßen Mutter und Sohn am Holztisch in der Küche. Rosa interessierte sich weniger für Tonis Tatzen – die ihm auch mal nicht schadeten, wie sie meinte –, sondern mehr für Lucilies Appetit. Sie wachte genau darüber, dass Lucilie auch genügend Löffel zu sich nahm. Für den morgigen Reisetag müsse sie stark sein, und das wäre sie nur, wenn sie tüchtig zu Abend esse.

»Aber der Max hat die gleiche Strafe fürs Schwänzen bekommen«, entgegnete Lucilie. »Und das ist ja nun wirklich schlimmer. Also war das wirklich wegen dem Dazwischenreden?«

Toni starrte in den Teller. Rosa ermahnte ihn, weiterzuessen, wenn er schon so ein Glück mit seiner sanften Mutter hätte, bei anderen daheim würde gar nicht lange gefackelt, da kämen zu den Tatzen des Lehrers noch die Prügel des Vaters.

»Lieber würde der Papa mich schlagen«, brach es aus Toni heraus. »Lieber wäre mir, ich hätte einen Papa als die Mama allein.«

»Dann muss die Mama halt noch mal heiraten«, scherzte Rosa, doch das brachte den Buben erst recht aus der Fassung. Er sprang von seinem Stuhl auf und rannte in die Schlafkammer. Lucilie und Rosa hörten ihn laut weinen. Fragend und ratlos sahen sich die beiden Frauen an. Lucilie stand auf, holte ihn zurück, und Rosa begann wie so oft einen Erziehungsvorwurf mit den Worten »Ich will ja nichts sagen, aber …« einzuleiten. Dieser Empfindlichkeit des Buben dürfe man nicht weiter nachgeben, war ihre Meinung.

Still aßen alle drei weiter, bis Lucilie Toni eröffnete, dass morgen der große Tag gekommen sei und sie nach Landshut fahren würden, übermorgen würde sie ihren Vortrag an der Universität halten, ab morgen hätte er schulfrei. Doch statt wie erwartet vor Freude in die Luft zu hüpfen, schüttelte Toni still den Kopf.

»Ich will gar nicht mehr mitkommen, ich geh lieber in die Schule.« Rosa wurde ungehalten. Was bilde er sich eigentlich ein? Jedes andere Kind wäre froh, um die Gelegenheit, mit der Mama so weit verreisen zu dürfen. Und warum wolle er plötzlich doch in die Schule? Da kenne sich keiner mehr aus!

Lucilie gab Rosa ein Zeichen, nicht mehr weiterzuschimpfen, was die Haushälterin ärgerte. Rosa stand auf und rührte mit dem Rücken zu ihnen mürrisch die Suppe um, die noch auf dem Ofen stand. Lucilie ertappte sich bei

dem Gedanken, ohne Toni abends in Landshut frei zu sein, womöglich könnte sie Denaro wieder treffen? Unfug, sagte sie sich, der Doktor aus Salzburg war bestimmt nur zum Volksfest in Landshut gewesen. Sollte sie abends gar alleine in der Stadt ausgehen?
»Der Lehrer hat gesagt, dass ich nicht so eingebildet werden darf wie du, Mama, und deshalb jeden Tag Tatzen verdient habe.« Toni schaute sie an. Lucilie ließ den Löffel fallen, Rosa den Kochlöffel.
»Der spinnt ja wohl!«, entfuhr es Rosa, sie strich Toni übers Haar.
»Aber du hast zu mir auch schon gesagt, dass ich eingebildet bin«, entgegnete Toni der Haushälterin.
»Das ist ganz was anderes.« Rosas Lippen wurden dünner, wie immer, wenn sie wütend war.
»Weil die Mama ja doch wieder ein Buch schreibt, hat die Mama vom Max gesagt, hat der Lehrer gesagt. Und jetzt machst du auch noch einen Vortrag mit dem Buch. Wenn ich da dabei bin, dann krieg ich wahrscheinlich noch mehr Tatzen!« Toni sah seine Mutter fragend an.
Lucilie schüttelte ungläubig den Kopf.
Rosa schlug mit dem Kochlöffel auf den Tisch. »Das geht niemanden was an, ob deine Mama einen Vortrag hält oder nicht. Und schon gar nicht die Mama vom Max.« Die Haushälterin legte die Schürze ab. »Die knöpf ich mir jetzt vor! Gnädige Frau, können Sie alleine packen?«
Lucilie nickte, Rosa eilte ohne ihre Jacke aus englischem Stoff zur Wohnung hinaus. Lucilie streichelte Toni über die Wange. »Rosa hat recht, deshalb darf der Lehrer dich nicht schlagen.«

Toni beruhigte sich und spielte still mit dem Kreisel. Lucilie packte in der Schlafkammer eine Tasche und wünschte sich, Rosa möge der Wimmerin gehörig die Meinung sagen, wie schon einmal. Die Hebamme überlegte, woher das Gerede schon wieder käme, noch bevor sie ihren Vortrag gehalten hatte! Rappenstein, dachte Lucilie, Frau Doktor Rappenstein! Diese kannte die Wimmerin und hatte vermutlich über ihren Mann von der Vorlesung erfahren.

Trotzig packte Lucilie für sich und Toni Ersatzwäsche dazu. Vielleicht würde sie sogar ein paar Tage länger in Landshut bleiben und mit Toni ein paar Tage voller Müßiggang dort verbringen? Es war nicht garantiert, dass sie mit ihrem Vortrag den Stadtphysikus und die Leute, die hinter ihm steckten, wirklich umstimmen konnte. Aber mit dieser Vorlesung würde sie die Akademiker beeindrucken, wie Aigner meinte, und das würde sich ebenso herumsprechen wie das schlechte Gerede, damit könnte sie über diese Mäuler triumphieren. Wer weiß, vielleicht wäre auch Rappenstein unter den Zuhörern und berichtete hernach alles brühwarm seiner Gattin?

Lucilie hob den Kopf und sah ihren Buben direkt an – diesen Vortrag war sie auch ihm schuldig, sie musste ihr Können unter Beweis stellen, ganz egal wie viel Scheu sie davor hatte. Wenn der Professor ihr zu so einem großen öffentlichen Auftritt verhalf, dann müssten die Lästereien verstummen.

Als Toni schon schlief, ging Lucilie noch einmal zur Gebäranstalt. Agnes war ihr immer noch beleidigt, weil Lucilie – nach einer genauen Anhörung des Vorfalls – Evas Kündigung zurückgenommen hatte. Jetzt zog sie ihre Stellvertreterin ins Vertrauen und erklärte ihr, was es mit ihrer Landshuter Reise auf sich hatte und dass es um nichts Geringeres ginge als den Erhalt ihres Berufes.

Schockiert nickte ihre Stellvertreterin und versprach, sie würdig zu vertreten. Agnes solle in Anbetracht dieser Tatsache, so Lucilie, Eva nicht schikanieren, sondern sie sollten alle zusammenhalten. Und Eva wiederum sollte sich nicht zu aufmüpfig gegenüber Agnes verhalten. Für den Fall, dass ihr etwas zustoßen sollte, unterwies sie die beiden genau darin, wie das Anstaltsbüchlein zu führen sei.

»Aber Sie verreisen doch nur für ein paar Tage?«, fragte Eva erstaunt.

Lucilie bejahte, obwohl sie im Innersten einen langen Abschied spürte.

14.

Es war weit nach Mitternacht, alle Häuser finster, kein Hämmern vom Schmied mehr zu hören und nicht einmal mehr die Tiere gaben ein Lebenszeichen von sich, als Denaro vom Wirtshaus nach Hause ging. Mit den Bauern, dem Schuster und dem Gendarm hatte er Wein und Schnaps getrunken, man hatte Karten gespielt und geraucht. Die Glieder des Doktors waren schwer und der Gang schwankend.

Er stieß die Haustür auf und wollte die Treppe zur Schlafkammer hinaufgehen, als sich ihm plötzlich Marie in den Weg stellte.
»Spinnst du, was willst hier?« Denaro stieß sie zur Seite. Er sah das Bild des Freundes vor sich, wie er vom Pferd herab an die Scheiben der Jagdhütte geklopft hatte, wie man zum letzten Mal gemeinsam getrunken und gejagt hatte. Er hörte den Fürsten sagen: »Sind das auch anatomische Studien?«

»Ich krieg ein Kind von dir«, sagte die Magd mit stolzem Blick.
»Von mir?« Denaro lachte höhnisch auf. »Was meinst, wie viele das schon probiert haben?«
»Es ist aber von dir, von Ihnen.«

Er packte Marie am Arm und schob sie zur Haustür. »Eine jede Hure probiert es so. Schleich dich!« Musste sie ausgerechnet jetzt Scherereien machen? Er wollte seine Ruhe haben, mehr nicht.

Für einen Augenblick schien die Magd verzweifelt, dann spuckte sie vor ihm auf den Boden und lief zum Haus hinaus. Denaro ging nach oben, ließ sich in Jacke und Hose auf sein Bett fallen und schloss die Augen. Irgendetwas an Marie erinnerte ihn an Lucilie. Waren es die glänzenden Haare oder die Art, den Kopf stolz zu heben? Ach, war nicht ein Weib wie das andere? In seinem betrunkenen Kopf überlagerten sich die Bilder der beiden Frauenzimmer, und damit schlief er ein.

15.

In der Aula wurde getuschelt, in einer Flurecke gewettet, und vor dem großen Vorlesungssaal der Landshuter Universität grüßten sich Studenten, Doktoren und Lehrstuhlinhaber.

»Der Alte spinnt auf sie«, war zu hören, Kopfschütteln zu sehen, und in der von der Menschenansammlung stickigen Luft räusperten sich die gebildeten Herren. Ein junger Student lachte laut. »Eine Hebamme? Eine ordinäre Hebamme?« Ungläubig blickte er zu Doktor Rappenstein, der heftig nickte und auf seine goldene Taschenuhr sah.

Man drängte in den Saal, um noch einen Sitzplatz zu bekommen. Studenten überließen ihre Stühle Doktoren und diese wiederum den Professoren, einem Minister, dem Bischof und dem Landshuter und Münchner Stadtphysikus.

»Gleichheit, auch für Weiber!«, jubelte dazwischen ein hagerer Student, doch sein Schlachtruf ging im Gemurmel und der Empörung der anderen unter. Eine flache Sonne schien auf das unbesetzte Pult auf dem Podest, hinter dem bald ein Frauenzimmer stehen sollte. »Wirklich, ein Weib?«, schien so manches ungläubige Gesicht zu fragen.

Als Professor Aigner von einem Seiteneingang her den Vorlesungssaal betrat, um Lucilies Vortrag einzuleiten, verstummte das Gemurmel schlagartig. Aigner trat ans Rednerpult, schob seine silberne Brille zurecht, schlug sein vorbereitetes Manuskript auf, steckte es wieder in die Tasche und blickte offen in die Menge. Er bat um Aufmerksamkeit und Respekt für eine ganz außerordentliche Frau, für eine ganz außerordentliche Vorlesung und eine ganz außerordentliche Theorie. »Machen wir uns nichts vor, meine Herren«, schloss der Professor seine Einleitung, »Sie warten darauf, die Dame auf ihr Geschlecht zu reduzieren und ihr die wissenschaftliche Befähigung abzustreiten. Haben Sie den Mut und befreien Sie sich von Vorurteilen!«
Ein paar Studenten klatschten, andere steckten die Köpfe zusammen und raunten sich etwas zu, der Bischof zog skeptisch die Augenbrauen hoch, die Professorenkollegen lobten die geschickte Einleitung, und Doktor Rappenstein bemerkte halblaut, ob nicht vielleicht einer der Anwesenden das Weib ehelichen möchte, um der Wissenschaft einen Gefallen zu tun. Die Mannsbilder lachten, verstummten jedoch sofort, als Professor Aigner zum Seiteneingang ging, um Lucilie zum Pult heraufzuwinken.

Lucilie hatte den Professor von ihrem Platz hinter der halb geöffneten Tür aus reden gesehen und gehört. Sie hatte so gezittert, dass sie ihre Papiere nicht mehr ruhig hatte halten können. Sie hatte sich wieder auf das Atmen konzentriert und sich vorgesagt, dass sie nichts zu verlieren, sondern nur etwas zu gewinnen hätte. Sie dachte an Antons Worte zu ihrem Talent, sie dachte an alle anderen Hebammen im Land, sie sprach sich Mut zu »für Toni« und schloss für einen Moment die Augen, um diese Kraft wieder zu spüren, die sie in Denaros Nähe empfunden hatte. Aigner nickte ihr zu, sie hob den schwarzen Rock etwas an, um nicht über die Stufen zu stolpern, sie schaute nur auf das Pult und nicht in die Menge, sie flehte »Heilige Maria Mutter Gottes hilf!« und stand nun schon bei Aigner. Der Professor lächelte ihr aufmunternd zu, stellte sie namentlich vor, und Lucilie legte mit ruhiger Hand ihre Papiere auf das Pult. In die Menge traute sie sich nicht zu schauen, aber ihre Stimme war so fest, dass sie ihren Vortrag ablesen konnte.

Sie berichtete vom alten Klosterwissen um Pflanzen, sie erzählte kurz von ihren gemeinsamen Erkundungen mit Anton, sie sprach von der Anwendung von Heilpflanzen bei Schwangeren, Kreißenden und Wöchnerinnen. Exemplarisch beschrieb sie die Wirkung des Rotklees gegen Wechseljahrbeschwerden, der Bärentraube als Wehenmittel und der Ringelblume bei der Wundheilung.
Lucilie wagte einen Blick zu den Akademikern, die still auf ihren Stühlen saßen, sich nicht einmal räusperten und direkt zu ihr hinaufschauten. Lucilie glaubte, sogar den Bischof gesehen zu haben, sie fuhr weiter mit ihrem Vortrag, die Stimme wurde fester, die Hände blätterten ruhiger die Seiten um, und Sonnenstrahlen durchdrangen allmählich den ganzen Raum. Lucilie hörte sich selbst lesen, konzentrierte sich wieder auf die Vorstellung der Tees, Salben, Wickel und Dampfbäder, hin und wieder hörte sie ein Hüsteln oder einen Stuhl rutschen, Lucilie fuhr fort und strich sich zwischendurch eine schwitzende Hand am Rock ab. Die Hebamme wagte noch einmal einen Blick auf die zuhörenden Mannsbilder, sah in Gesichter, die keine Regung zeigten, und blätterte um, zum zweiten Teil ihrer Rede, der mit »Hygiene« überschrieben war. In knappen Sätzen schilderte sie die Maßnah-

men in der Gebäranstalt, sie berichtete vom Händewaschen, vom Auskochen und Bügeln der Kittel und schließlich von ihrer Theorie der kleinen Tierchen. Im Saal wurde es wieder ruhiger. Lucilie war, als würden sie messerscharfe Blicke durchdringen und sich in der angespannten Stille eine Empörung wie eine dunkle Gewitterwolke zusammenbrauen. Aber sie konnte jetzt nicht mittendrin aufhören, sie musste durchhalten und weiter vortragen, sie durfte keine Angst haben, sie durfte gar nichts mehr denken. Lucilie verhaspelte sich, begann den Satz »Vermutlich übertragen Ärzte diese Tierchen, die durch Auskochen und Bügeln … was bedeutet …« dreimal von vorne, bis ein Zwischenruf sie unterbrach.
»… bedeutet, dass die Weiber ins Haus gehören und nicht in die Universität!«
Erschrocken blickte Lucilie auf, sie sah Doktor Rappenstein, der wie andere laut lachte, ein Student rief: »Die Essenz der Theorie ist also Kochen und Bügeln.« Ein Arzt im Frack empörte sich über diesen »Schwachsinn«, ein anderer »der gehört die Lizenz entzogen« und ein Jüngerer wiederum versuchte sie zu übertönen mit »Hochinteressant! Hören Sie doch zu!« Immer mehr Mannsbilder sprangen auf, riefen laut durcheinander, ein Tumult entstand, zwei Burschen packten sich am Kragen, der Bischof erhob sich kopfschüttelnd.

Lucilie war feuerrot geworden, sie blieb wie angewurzelt am Pult stehen, bis Aigner zu ihr kam, mit einem Stock auf das Pult schlug und immer wieder laut »Ruhe!« rief. Doch man achtete weder auf Lucilie, noch hörte man auf den Professor, es entstand eine Rangelei, »diese Hexe gehört verbrannt« hörte Lucilie noch aus der Menge, ehe sie ihr Manuskript packte und schnell zum Seiteneingang lief, sie rannte durch die Tür, sie eilte durch den Gang und die Aula mit den Marmorsäulen, sie hastete zur Eingangstür hinaus, sie rannte weiter, nur weg, weg, weg.

Fein gekleidete Bürger sahen ihr nach, Lucilie stolperte und fiel hin, sie raffte ihre Blätter wieder zusammen und eilte durch die Landshuter Gassen vorbei an den Giebelhäusern zum Hotel zur Post, in ihr Zimmer hinauf. Sie fand Toni dort nicht, sie rannte wieder die Treppen hinunter, entdeckte den Buben bei der Wirtin in der Küche, befahl ihm, sofort nach oben zu kommen, und beantwortete nicht die Frage der Wirtin, was passiert sei.

»Mama, Mama!« Toni starrte sie mit weit aufgerissenen Augen an. »Was ist denn?«
Lucilie warf sich aufs Bett und weinte, sie schluchzte verzweifelt und fassungslos. Hilflos streichelte ihr Toni über den Arm.
Lucilie richtete sich auf.
»Toni, wir müssen gleich wieder fahren!«, sagte sie und sah ihrem Kind in die Augen. Sie musste sich wieder fangen, sie zitterte am ganzen Körper, sie musste ruhig atmen. Der Toni stand vor ihr.
Der Bub nickte und stellte keine Fragen.
»Mit dem Vortrag, das ist leider nicht gut gewesen«, erklärte Lucilie. Toni packte seinen Kreisel, den er mitgebracht hatte, in seine Jackentasche.
So außer sich hatte er seine Mutter noch nie gesehen, selbst bei Antons Tod war sie wesentlich gefasster gewesen!
»Toni, es tut mir leid. Ich … ich fang mich gleich wieder.«
Der Bub nickte wieder stumm und setzte sich neben sie aufs Bett. Er sang: »Heile, heile Segen, drei Tage Regen, drei Tage Schnee, tut schon nimmer weh!« Wie oft hatte

sie ihm das schon vorgesungen, wenn er sich verletzt hatte, wie oft hatte ihre Mutter ihr das als Kind vorgesungen.
»Wird schon wieder gut«, meinte Toni noch einmal ratlos.

Lucilie fiel ein, dass erst morgen früh wieder eine Kutsche nach München ging. Sie müssten hier noch den Nachmittag, den Abend und die Nacht verbringen. Hier, in dieser Stadt, wo man sie ausgelacht und verspottet hatte, hier, in der Nähe der ganzen Akademiker, die sie verhöhnten, hier, in dieser fremden Stadt, weit weg von München. Aber was wäre erst in München? Was würde aus der Gebäranstalt ohne die Instrumente? Was würde Frau Doktor Rappenstein herumerzählen? Was würde aus ihrem ganzen Berufsstand? Lucilie sah Toni wieder fest an. Sie musste zuerst ihre Gedanken sortieren. Wie sollte es jetzt nur weitergehen?

16.

Der elende Gockel des Lederbauern weckte Denaro mit den Kirchenglocken, die schier nicht mehr aufhörten zu läuten, dabei war es draußen noch finster. Schlaftrunken fuhr der Doktor hoch: Wenn es irgendwo brannte, war jede Hand gefragt, ob weiblich oder männlich, groß oder klein, ein jeder bildete auch mit dem ärgsten Feind eine Kette und gab ihm die Wasserkübel weiter. Feuer hatte sich in der Sommerhitze schon im Heustadel des Lederbauern entzündet; Funken des Schmieds hatten schon einmal drei Häuser und vier Ställe im Dorf verwüstet; und ein Brand hatte vor vielen Jahren das Kirchweihfest jäh unterbrochen. Jeder, der eine Flamme lodern sah, rannte sofort zur Kirche und zog an den Glockenseilen, der Zugang zum Turm des Gotteshauses war deshalb stets offen.

Doch während Denaro eilig in seine Hosen schlüpfte, machte ihn etwas stutzig. Der Ruf »Feuer« fehlte, nirgendwo zeigte ein Blick aus dem Schlafzimmerfenster eine helle Stelle in der Nacht, und er hörte auch keine Leute hektisch draußen zusammenlaufen und Vieh ängstlich schreien. Beim Anziehen des zweiten Schuhs fiel es Denaro ein: Heute war Wallfahrtstag, natürlich, das hatte er vergessen. Jedes Jahr Ende August pilgerten die Mariensteiner zu einer Kapelle unter dem Kleinen Joch, um dort der Mutter Gottes für etwas zu danken, das der Doktor vergessen hatte. War es die Rettung vor dem Schwarzen Tod vor vielen hundert Jahren?

Lange vor Sonnenaufgang machten sich an diesem Tag alle Dörfler mit Rosenkränzen und einer reich mit Blumen geschmückten Marienfigur auf den Weg, angeführt vom Pfarrer in seinem schwarzen Talar. Betend ging die Prozession zum Steg hinauf, weiter am Bergsee vorbei und durch den Lederbauernwald zum Fuße des Kleinen Jochs. An der Kapelle wurde eine Messe gefeiert und eine kurze Mittagsruhe eingelegt, erst spät in der Nacht kamen die Mariensteiner mit Fackeln zurück, um zum Abschluss der Wallfahrt noch einmal eine Stunde in der Kirche zu beten.

An diesem Tag würde kein Patient kommen, Vroni würde nichts zu essen kochen, abends wäre das Wirtshaus geschlossen. Denaro ließ sich wieder ins Bett fallen und überlegte, was er mit diesem Tag anfangen sollte; die Jagd reizte ihn nicht. Bei einem kräftigen Frühstück mit Eiern, die er sich selbst in die Pfanne schlug, erinnerte sich Denaro an seine Italienreise und ein Vorhaben, das er vertagt hatte, denn er hatte sich damals nicht länger als unbedingt nötig in der Gebirgsregion aufhalten wollen: Auf zwei Bergen hatte er plötzlich ein Kreuz entdeckt, und die Bauern hatten ihm von zwei verrückten Wienern erzählt, die da hinaufgestiegen waren. »Das ist Gotteslästerung«, hatten die Bauern geschimpft, und der Doktor hatte zunächst nicht verstanden, welche Sünde es sein sollte, ein Kreuz aufzustellen.
Wer so hoch hinauswolle, bekam er als Antwort zu hören, würde sich zum Herrgott aufschwingen. Dort oben,

so viel stand für alle fest, hatte der Mensch nichts verloren. Die Städter seien für ihren Hochmut auch bestraft worden – vom dritten Berg kamen sie nicht mehr zurück, vermutlich nicht einmal ganz hinauf, denn dem Gebirgsmassiv blieb die Gipfelschande mit einem Kreuz erspart.

Warum nicht?, hatte Denaro gedacht. Hätte er von einem Berg aus nicht die Aussicht eines Vogels? Was wäre das für ein Gefühl, auf die Menschen herabzublicken? Mochten die Bauern dies als Frevel betrachten – er sah darin eine Herausforderung, die wilde Natur zu bezwingen.

Der Doktor packte Wurst und Brot ein, suchte sein altes Messer im Kasten, stieg in seine festen Stiefel und setzte den Lederhut auf. Außer Gallo nahm er auch noch ein paar Seile mit aus Vronis Stall und hielt den Araber am Dorfrand noch einmal an, um zwei mit Nägeln verbundene Zaunlatten zu packen. Die Holzstücke ließen sich zu einem Kreuz verschieben.

Die Mariensteiner waren offenbar noch weit vom Bergsee entfernt, Denaro sprang kurz in das Nass, schwamm, trocknete sich ab und ritt weiter bis hinter den Lederbauernwald.
Bei der Kapelle band er Gallo an einem Baum fest und blickte nach oben: Das Kleine Joch war nicht so hoch, als dass dort Schnee gelegen hätte, aber im Berg lagen steilere Felswände, als Denaro vermutet hatte.

Mit dem auf den Rücken geschnürten Beutel stieg Denaro hinauf. Er suchte nach Felsvorsprüngen, auf denen er sicheren Tritt hatte. Er kletterte seitlich, wenn ihm die Strecke so einfacher schien. Er merkte bald, dass er die

Arme bei diesen Bewegungen stärker einsetzen müsste, um nicht vorzeitig die Kraft in den Beinen zu verlieren. Zunächst vermied er es, nach unten zu schauen, damit ihm nicht schwindlig wurde. Doch bald hatte er ein kleines Plateau erreicht, wo er sich hinsetzte, von einer Quelle trank und weit über alles blickte. Die Bäume schienen nicht mehr so erhaben, das Vieh sah kleiner und käferartig aus, und die Alm in der Nähe wirkte unbedeutender.

Das nächste Stück in der Wand war weniger steil als das erste, Denaro kletterte zunehmend sicherer, und schließlich schien ihm auch das Glück noch hold. Die Felswand endete und ging in einen leicht zu besteigenden, festen Geröllhaufen über. Damit hatte er nicht gerechnet: Mittags schon war er dem Gipfel nahe!

Was für ein erhabenes Gefühl! Denaro überblickte Marienstein mit der Kirche, den Höfen und den Häusern. Dass der Dorfplatz fast kreisrund war, war von hier oben deutlicher zu erkennen. Die Steine, mit denen die Schiefer auf den Dächern beschwert wurden, wirkten wie verstreute Kieselsteine. Der Doktor freute sich noch mehr: Er entdeckte die Prozession mit Pfarrer Hinterrainer an der Spitze.
»Grüß Gott«, schrie Denaro laut nach unten. Es dauerte etwas, bis die Weiber und Mannsbilder ihn entdeckten und mit den Händen zu ihm herauf deuteten. Der Doktor nahm das Holzkreuz aus Zaunlatten, das er über seinen Beutel am Rücken verschnürt hatte, in die Hand und winkte den Mariensteinern damit zu, bis sie ihren Bittgang fortsetzten. Zu gerne hätte Denaro gewusst, wie Pfarrer Hinterrainer seine Erscheinung kommentierte.

Doch bald nachdem die Mariensteiner betend weitergezogen waren, beschäftigte den Doktor nur noch eine Frage: »Wie überlebe ich?«
Er hatte mit einem falschen Tritt eine Geröllawine ausgelöst und wurde von mehreren Felsbrocken getroffen.

17.

Mama, Mama! Schau!« Begeistert sah Toni aus der Kutsche zu den schneebedeckten Gipfeln der Berge. Der Regen ließ nach, hinter den Wolken zeigte sich die Sonne und tauchte die Alpenlandschaft in ein goldenes Licht.

»Wie weit ist es noch bis zum Großvater? Warum hast du mir nicht gesagt, dass ich einen Großvater hab! Das werd ich dem Max sagen, der gibt mit seinem Opa immer so an!« Toni erwartete vielleicht gar keine Antwort, er presste sein Gesicht wieder an die Kutschenscheibe, wie ständig, wenn der Weg gerade nicht so holprig war.

Lucilie bemerkte keine Veränderung an den Bergen, den Häusern mit den großen Holzbalkonen, den steilen Wegen, den Marterln aus Stein und Holz, den Kuhweiden und den wenigen Feldern, die die Berge hergaben. Sogar der Blick der Hirten, die versuchten, ins Innere der geschlossenen Kutsche zu schauen, war gleich geblieben. Die Augen zeigten eine unverhohlene Neugier. Vor über zwanzig Jahren war sie hier zum letzten Mal vorbeigekommen, festgebunden auf einem Wagen, auf dem Weg von Marienstein zum Kloster.

Und jetzt war sie wieder auf der Flucht, genau in die andere Richtung, über zwanzig Jahre später, mit ihrem

Kind neben ihr. »Bald sind wir da«, sagte sie zu Toni, »vielleicht noch eine halbe Stunde Fahrt.«
»Kannst du den Opa heilen?«, fragte Toni. Lucilie zuckte mit den Schultern. Sie hatte dem Buben erklärt, sie würden zu Tante Vroni und dem Großvater fahren, weil er so krank sei. Auch der Schwester und dem Vater würde sie damit ihr Kommen begründen.

Noch in der Nacht hatte sie dies mit Professor Aigner besprochen, flüsternd im Zimmer des Landshuter Hotels, neben dem schlafenden Toni. Der Professor war gleich nach dem Vortrag zu ihr gekommen und hatte entsetzt bedauert, was geschehen war, aber versichert, er würde eine Lösung finden. Spätabends kam er wieder, nach einem Essen mit dem Stadtphysikus und mehreren Ärzten. In größter Sorge berichtete ihr Aigner, dass man ihr die Lizenz entziehen wolle, dass ihr ein Verfahren wegen Kurpfuscherei drohe, dass die Kollegen so sehr auf den Stadtphysikus eingewirkt hatten, dass dieser sogar eine Schließung der Gebäranstalt in Erwägung zog. Aigner wusste sich in dieser Situation keinen anderen Rat, außer dass sich Lucilie vorerst aus der Schusslinie bringen sollte, Zeit müsse man nun gewinnen, damit sich die Gemüter wieder beruhigten und zumindest die Gebäranstalt weiter geöffnet bleiben konnte. Kam Lucilie nicht aus Tirol und hatte dort Verwandte, wo sie für eine Weile unterschlupfen konnte? Dort war die Gesetzeslage so unübersichtlich, dass man ihr nicht so schnell einen Prozess anhängen konnte. Und sie musste nicht ins Ausland über eine Grenze. Könnte sie nicht gleich morgen dorthin verschwinden?

Professor Aigner küsste ihre Hände und bat sie um Verzeihung – es tue ihm so schrecklich leid. Er werde alles

daransetzen, um auf diplomatischem Wege die ganze Angelegenheit in eine andere Richtung zu wenden.
Lucilie konnte dem Professor nichts verübeln, er hatte sich doch für sie eingesetzt, nein, er hatte keine Schuld, Professor Aigner brauche sich nicht zu entschuldigen.
Warum hatte sie nur von der Hygiene gesprochen? Solange sie bei den Pflanzen geblieben war, hörte man ihr zu und manchmal war ihr gewesen, als hätte sie Mannsbilder zustimmend nicken gesehen. Warum nur, warum nur, hatte sie die Theorie mit den kleinen Tierchen ausgebreitet? Im Schein der Gasfunzel sah sie in Aigners ratloses Gesicht, auch er konnte ihr darauf natürlich keine Antwort geben. Er stand auf, warf einen Blick zum Fenster hinaus und trat wieder zu ihr.
»In der ganzen Geschichte hat es immer wieder Widerstände gegeben, gegen alle bedeutenden Neuerungen! Lassen Sie sich nicht entmutigen, Lucilie!«, raunte Aigner ihr zu.
Der Professor hatte gut reden, dachte Lucilie einen Moment neidisch. Er war ein Mannsbild, ein Professor, er hatte keine Lizenz zu verlieren, er hatte kein Kind, für ihn ging es nur um sein Ansehen, aber nicht um die ganze Existenz.
»Nein, Professor. Ich war zu eitel, zu eingebildet. Ich wollte etwas Besonderes machen. Jetzt bete ich nur noch dafür, dass ich Hebamme bleiben darf.« Lucilie hatte sich viel zu weit aus dem Fenster gelehnt, sie war am Fallen. Könnte sie dies noch aufhalten, würde sie sich nie mehr zu Höherem aufschwingen wollen.

Toni wachte auf, sie hatten wohl zu laut gesprochen, der Professor verabschiedete sich und schlich zur Tür hinaus.
Lucilie legte sich neben ihr Kind und wartete die Nacht

ab. In der Früh würden sie nach Marienstein aufbrechen. So war es am besten, der Professor hatte recht.
Ein paarmal stand sie auf und sah nach dem Kometen. Es beruhigte sie, dass er noch so am Himmel stand, dabei hätte sie gestern geschworen, dass eher dieser Stern verschwinden würde, als dass sie nach Marienstein zurückkehren würde.

»Hat er noch Zähne?«
Toni riss sie aus ihren Gedanken, an der nächsten Wegzweigung würde man den Bergsee schon sehen können.
»Wer?« Lucilie durfte Toni ihre Sorgen nicht so spüren lassen.
»Der Großvater! Hat er noch Zähne? Und Haare?«, fragte Toni erneut.
Lucilie legte den Arm um ihr Kind. »Ich weiß es nicht, Toni. Ich hab ihn auch schon sehr, sehr lange nicht mehr gesehen!«
»Schenkt er mir etwas? Der Max hat von seinem Großvater ein Goldstück geschenkt bekommen.«
Lucilie lächelte und zuckte mit den Schultern. Sie überlegte, was Vroni wohl dem Vater erzählt hatte, bis zu Antons Tod hatte sie der Schwester regelmäßig geschrieben.
»Er ist sehr krank«, sagte Lucilie.
»Das hast du mir schon gesagt«, erwiderte Toni und schaute wieder zum Fenster hinaus. Er entdeckte den Bergsee.
»Mama, Mama, schau!«, rief er aus. »Da will ich schwimmen lernen!«
»Schwimmen?«, fragte Lucilie. »Wie kommst denn auf so was? Außerdem ist es schon viel zu kalt dafür!«
»Aber es ist doch noch Sommer!«, beharrte Toni.
Komisch, dachte Lucilie, als sie ein Kind war, hatte sie

sich das auch gewünscht. »Du mit deinen verrückten Ideen«, hatte es dann geheißen.
»Du mit deinen verrückten Ideen!«, sagte sie lächelnd zu Toni und vergaß sogar eine Weile ihre missliche Lage.
Von fern sah Lucilie hinter dem See einen Reiter den Weg nach Salzburg einschlagen.

18.

Pfarrer Hinterrainer hatte, wie Denaro später erfuhr, die Mariensteiner bei der Prozession aus dem Stegreif Fürbitten aufsagen lassen, für ihn! Denn entweder – so meinte nicht nur der Geistliche, sondern auch die Mehrheit der Dörfler, als man den Doktor dort oben am Berg stehen sah – sei er nun verrückt oder lebensmüde geworden. Vielleicht hat es sogar etwas genützt, dachte Denaro in einem Anflug von Glauben, als er davon erfuhr. Aber nein, er hielt es eher mit Horaz: »Du kannst die Natur mit der Mistgabel vertreiben, trotzdem wird sie immer wieder kommen!« Auch ihn hatte sie eingeholt dort oben, auf dem Kleinen Joch, als er sich mit vielen Schürfwunden, Hämatomen und vor allem einem verstauchten Knöchel aus der Gerölllawine befreite. Dabei hatte er noch unerhörtes Glück gehabt: Mit einem gebrochenen Bein oder einem Leberriss würde er jetzt dort oben einsam verreckt sein und nach Hinterrainers Meinung in der Hölle schmoren.

Mit dem verstauchten Fuß und blutenden Händen war es schwer genug gewesen, nach unten zu kommen. Dann hatte er sich noch in einer Wand verstiegen, fand die Tritte hinab nicht mehr, musste wieder ein Stück hinauf und kämpfte schließlich gegen die Zeit: In der Dunkelheit müsste er erneut nach oben, um auf einem Felsvorsprung zu schlafen, er hatte keinen Proviant mehr, morgen wäre er noch mehr geschwächt. Es wurde auch schon finster, als er immer noch den Weg nach unten suchte, doch irgendwann hörte er Gallo wiehern und schleppte sich erschöpft zu ihm.

Denaro wäre aber nicht Denaro gewesen, wenn er dies als Niederlage gesehen hätte – schon auf dem Rückweg überlegte er, wie man so ein Vorhaben künftig angehen müsste, damit es gelang. Klar war ihm sofort eins: Bei so einem waghalsigen Vorhaben müssten immer mindestens zwei Männer bergsteigen. Man brauchte einen verlässlichen Partner dabei.

Im Behandlungszimmer versorgte er seinen Knöchel und die Wunden. Der Doktor dachte dabei wieder an das Lachgas: Könnte man es nicht sogar allgemein gegen Schmerzen einsetzen?
Für heute bekämpfte er die Qualen des Körpers mit Wein und nahm ein paar Bücher zur Hand. Er blätterte in Kant, Hippokrates, Horaz und Galen.
Was würde von ihm einst übrig bleiben? Er hinterließ weder ein Buch, noch ein Kind, noch ein trauerndes Weib.

Am nächsten Morgen wurde er wieder zu früh geweckt. Der Gendarm rief zu ihm aus dem Gang herauf.
»Aufstehen, Doktor! Ein amtliches Schreiben! Aus Paris!«
Denaros Kopf brummte, er drehte sich im Bett um, spritzte sich Wasser aus der Schüssel ins Gesicht und ging nach unten. Wenn der Gendarm ihn weckte, war es wichtig, denn der Bruder des Pfarrers nahm seine Pflicht stets

ernst und war äußerst korrekt. Die manchmal verwirrende Gesetzeslage – galten nun die österreichischen oder bayerischen Verordnungen? – hatte ihn in den vergangenen Jahren oft in eine Gewissensnot getrieben, denn bisweilen war einfach nicht auszumachen, nach welchem Recht er zu handeln hatte. Mehrmals war er sogar extra nach Wien, Salzburg und Innsbruck geritten, um Auskunft einzuholen, aber nicht einmal die dortigen Kollegen in der Gendarmerie oder Staatsanwaltschaft hatten seine Nachfragen beantworten können.

Mit wichtiger Miene und einem neugierigen Blick auf Denaros Schürfwunden überreichte der Uniformierte ihm das Schreiben, das der Doktor noch im Gang öffnete, denn ein Siegel des französischen Kaisers verschloss den Umschlag.
»Von Napoleon!«, erklärte der Gendarm dazu, so als könne der Doktor nicht lesen. Denaro pfiff – das war nun wirklich außerordentlich! Was wollte der Franzosenkaiser hier von ihm, im kleinen Bergdorf?

Draußen begann es zu regnen, Vroni kochte einen Tee, und der Gendarm setzte sich mit an den Küchentisch, um bei der Öffnung dieses außerordentlichen Briefes mit dabei zu sein. Die Nachbarin bestaunte mit dem Uniformierten das ungewöhnliche Siegel und darüber geriet die Neugier, was es denn mit der Bergbesteigung gestern auf sich hatte, ins Hintertreffen.
Denaro versuchte in einfachen Worten zu erklären, weshalb der Privatsekretär des Kaisers ihm geschrieben hatte. Ausgewählte Ärzte wurden aufgefordert, an einem länderübergreifenden, neutralen Wettbewerb zu Neuerungen in der Medizin teilzunehmen. Es würden aber nur praktisch-technische Verbesserungen prämiert, und

keine wie auch immer gearteten allgemeinwissenschaftlichen Überlegungen angenommen. Den Gewinnern wurde nicht nur eine stattliche Geldsumme in Aussicht gestellt, sondern auch eine Erhebung in den Adelsstand.

»Oha!«, rief der hagere Gendarm.
»Was für ein Angebot!« Auch Vroni war beeindruckt.
Denaro überlegte, wer ihn dafür vorgeschlagen hatte. Jean Corvisart, Napoleons Leibarzt, der ein Bein in 28 Sekunden amputieren konnte? Nein, der warf ihm seine »deutsche Provinzialität« vor. Der ehemalige Kommilitone aus Pavia, der nun einen Ruf nach Bologna erhalten hatte? Nein, der nahm es ihm übel, dass er seine Frau verführt hatte, nachdem sie ihm die Kieselsteine auf die nackte Haut gelegt hatte. Professor Aigner? Der würde ihm die Ausschlagung des Lehrstuhls nicht verzeihen.
»Und?«, fragte der Gendarm neugierig in Denaros Überlegungen hinein.
»Nichts«, antwortete der Doktor zur Enttäuschung des Uniformierten einsilbig und stand auf.

Trotz des Regens und seiner Wunden machte sich Denaro mit Gallo auf den Weg zur Jagdhütte. Das war jetzt der richtige Ort für ihn, das einsame Holzhaus.
Was fiel dem Franzosenkaiser eigentlich ein, so dreist um Unterstützung für seine Vorhaben im Ausland zu werben? Der Doktor ließ Gallo ein Stück über die schlammigen Wege traben und scherte sich nicht darum, dass er völlig durchnässt wurde.
Schlachtvieh, dachte der Doktor. Für die Ehre und das Vaterland, für die Religion oder die Politik, für ein wie auch immer geartetes Versprechen einer besseren Welt, wurden die Männer, die man dann Soldaten nannte, zu Schlachtvieh. Ob für den französischen Kaiser, den Za-

ren oder den österreichischen Herrscher, ganz egal, die Ärzte hatten die Leiber zusammenzuflicken, nicht weil einem Mächtigen an einem Menschenleben gelegen war, sondern um Helden zu schaffen, um die nächsten Greuel der Kriege mit bunten Fahnen und leuchtenden Orden zu übertünchen. Man sprach vor allem in Paris von der Wissenschaft – doch verkam sie nicht, noch ehe sie richtig geboren war, im schmutzigen Geschäft der Politik? Für was kurierten die Ärzte Kinderkrankheiten, gebrochene Beine und impften gegen die Pocken? Damit der Mensch töten konnte und gemetzelt wurde? Stellte sich insofern nicht jeder in Bonapartes Dienste?

Bei der Jagdhütte erzählte Denaro Gallo von diesen Gedanken. Der Araber freute sich über die Zuwendung seines Herrn und wieherte freudig, der Doktor strich ihm über die Mähne, trocknete in der Hütte über dem Ofen seine Kleider und hoffte auf besseres Wetter, um in der konzentrierten Stille der Jagd etwas zur Ruhe zu kommen.

Was machte er sich Gedanken um die Menschheit und die Wissenschaft, sollte er sich nicht lieber um sein eigenes Leben kümmern? Es war ihm aus dem Lot geraten. Wenn er es sich recht überlegte, eigentlich schon vor dem Tod des Freundes. Und gestern war er nur einen Steinschlag davon entfernt gewesen, es zu verlieren.

Schlachtvieh, dachte Denaro wieder, ja, er würde das Gas an Tieren ausprobieren. So unähnlich waren sie dem Menschen gar nicht, da konnte er experimentieren und die Dosis steigern. Wenn ein Tier dabei verreckte, war es schlimm, aber wichtiger war, den Menschen zu nützen, mit einem Mittel, das ihm endlich diese unsäglichen Schmerzen nehmen konnte, von denen er einen Bruchteil am eigenen Leib verspürt hatte. Die Politik konnte er nicht ändern und Kriege nicht verhindern. Aber war es nicht seine Aufgabe, wenigstens einen kleinen Beitrag gegen das ganze Elend zu leisten?

Denaro hörte dem Regen zu, wie er gleichförmig an die Hütte prasselte. Er wartete nicht mehr auf besseres Wetter für die Jagd, das Plätschern gefiel ihm. Er legte sich dazu auf die Pritsche und schlief ein.

Am nächsten Tag strahlte die Sonne wieder, und Denaro brach mit seinem Araber auf, um entweder die richtige Dosierung für das Lachgas oder Lucilie zu finden. Erst dabei fiel ihm wieder der Brief aus Paris ein – selbst wenn ihm die Experimente gelängen, er würde einen Teufel tun, um ausgerechnet durch Napoleons Gnaden adelig zu werden!

Denaros Verletzungen ließen es schon wieder zu, am See eine kurze Pause einzulegen und kräftig zu schwimmen. Nach dem Bad stärkte er sich mit einem Kanten Brot, saß auf und gab Gallo die Sporen. Von fern sah er eine Kutsche den Weg nach Marienstein einschlagen.

19.

Jessas, die Lucilie!« Gretel, die mittlerweile die Lederbäuerin geworden war, und samt ihrem hochschwangeren Bauch und den sieben Kindern vor der Schmiede stand, entdeckte sie zuerst. Der Zweispänner hielt mitten auf dem Dorfplatz. »Wirklich!«, rief Gretel und holte Vroni aus dem Haus, während der Kutscher umständlich ihre Tasche ablud und der Schmied den Hammer zur Seite legte, um Lucilie zu begrüßen.

Vroni lief auf sie zu, umarmte sie, küsste sie, drückte sie, trat einen Schritt zurück, um die Schwester anzuschauen, und schloss sie erneut in die Arme. Freudentränen liefen ihr die Wangen herab und auch Lucilie konnte nicht mehr an sich halten, bis Toni, der artig gewartet hatte, an ihrem Rock zog.

»Und du bist der Toni!«, rief Vroni freudig und herzte den Buben, so als wäre ihr eigener verlorener Sohn heimgekehrt. Toni wusste nicht, wie ihm geschah, er sah fragend zur Mutter, diese nickte ihm gerührt zu und so ließ er die überschwengliche Begrüßung weiter über sich ergehen. Ein paar jüngere Knechte und Mägde, die des Wegs kamen, blieben stehen und schauten neugierig; Gusti, die den Gendarmen Hinterrainer geheiratet hatte, erkannte Lucilie erst auf den zweiten Blick, begrüßte sie zurückhaltend und bemerkte, wie städtisch denn die Gießer-Tochter geworden war; Alois, Vronis Mann, kam aus dem Haus, stellte sich Toni gleich als seinen Onkel vor und nahm den Stadtbuben mit, um ihm den Stall und die Werkstatt zu zeigen. Außerdem hätten sich die Schwestern bestimmt viel zu erzählen.

Vroni nahm Lucilie an der Hand, doch die Schwester blieb noch stehen. Außer dem alten Wagner-Haus hatte sich am Dorfplatz nichts verändert. Der Putz der Kirche war etwas abgebröckelt, und der Lederbauer hatte einen größeren Stall dazugebaut. Aber ihr Elternhaus stand wie eh und je mit seinen drei Balkonen, dem Stall, dem Stadel und der Werkstatt an seinem Platz. Eine milde Nachmittagssonne zeigte das Bergdorf in malerischen Farben mit den braunen Schindeln, den roten Geranien und den grün bemalten Türen.

Lucilie sah zum Fenster im ersten Stock des Hauses, dort wo schon immer die Kammer des Vaters gewesen war. Vroni nickte ihr zu, ja, sagte sie ihr damit ohne Worte, der Vater war noch immer dort oben. Doch die Schwester ließ keinen weiteren bangen Blick zu, sie zog Lucilie mit zu sich ins Haus hinein und vertröstete andere Weiber, die Lucilie nach so langer Zeit wiedersehen wollten, auf später – jetzt hatte sie zuerst ein Anrecht auf ihre Schwester, die ihr über all die Jahre so abgegangen war.

Lucilie und Vroni hielten sich die Hände am Küchentisch. Sie schwiegen und sahen sich lange in die Augen, bis Lucilie von Anton erzählte, von seinem Tod, von ihrem Beruf und vor allem vom Toni. Vroni berichtete von ihren großen Buben, die schon lange auf der Walz waren, und von Alois, in dem sie einen braven Ehemann hatte.

Den Pfarrer Hinterrainer gab es noch, und sein Bruder diente immer noch als Gendarm. Die rothaarige Gusti war seine zweite Frau geworden, nachdem die erste vor zehn Jahren gestorben war. Aber hatte sie ihr das nicht alles geschrieben? Das alte Wagner-Haus hatte ein Doktor hergerichtet, das musste auch ungefähr zehn Jahre her sein, ab und zu hielt er hier Sprechstunde, sogar ein neumodisches Behandlungszimmer hatte er eingerichtet, ein narrischer Hund war er, einer, der auf einen Berg gestiegen war!

Vroni hatte nichts in der Küche verändert. Der alte Herd stand neben der Tür, das Geschirr war wie eh und je im Kastel einsortiert und der Holztisch trug noch die Kerben, die Lucilie von der Kindheit her kannte.
»Ich mach dir gleich Kiachla«, sagte Vroni. Ihr liebstes Essen, die Schwester wusste das.
»Ich geh zu ihm hinauf«, sagte Lucilie schließlich. »Kann er noch aufstehen?«
Vroni nickte.
»Dann hat er mich eh kommen gesehen, dann hat er aus dem Fenster geschaut.« Lucilie hatte im Fenster den Umriss eines Mannes gesehen.
Im Blick der Schwestern stand die Frage, wie der Vater reagieren würde.
»Ich hab ihm schon gesagt, dass ich dir geschrieben habe, damit du kommst«, sagte Vroni und ließ Lucilies Hand los, um aufzustehen und Mehl für die Kiachla zu holen. »Aber ehrlich gesagt, hab ich nicht wirklich geglaubt, dass du kommst. Einer so stur wie der andere von euch zwei.«
Lucilie antwortete nicht, sie ging in den Gang, sah die Treppe hinauf und stieg langsam nach oben. Sie kannte das Knarren jeder einzelnen Stufe noch, sie fühlte die

Biegung des Geländerlaufs in ihrer Hand wie vor diesen vielen, vielen Jahren. Wie eh und je trug ein bestimmter Luftzug den Geruch der Kühe und des Stalls genau bis zur Treppenmitte.

Die Tür zu seiner Kammer war offen, der Vater lag im Bett, Lucilie blieb an der Schwelle stehen.
»Darf ich reinkommen?«
Der Vater drehte den Kopf zu ihr und nickte. Er sah sie unverwandt an. Lucilie trat näher. Er musste husten, mit einem pfeifenden Geräusch. Mager war er und blass, die Augen lagen in tiefen Höhlen, der Husten erschütterte seinen müden Körper.
»Wenn du glaubst, du kannst mir den Tod ausreden, dann hast dich täuscht. Was die Vroni da meint, dir extra nach München zu schreiben.«
Lucilie hatte zornige Augen und einen bitteren Mund in Erinnerung gehabt.
Sie hatte nicht mit einem alten Mann gerechnet, der seine Freude über das Wiedersehen mit der Tochter kaum verbergen konnte.
»Das hab ich auch nicht vor, Papa. Aber anschauen tu ich dich trotzdem«, sagte sie.
»Ich möchte den Buben sehen. Toni heißt er doch, oder?«
Es lag eine Milde im Raum, die beide erstaunte.

»Wie der Martin!«, sagte der Vater, als er den Sechsjährigen sah. Lucilies Bruder war fast in dem gleichen Alter gestorben, sie selbst hatte kein Bild mehr von ihm in Erinnerung.
»Hast du noch Zähne?«, fragte Toni ohne frechen Unterton.
Der Vater lächelte und zeigte, dass fast sein ganzes Gebiss noch erhalten war. Er hustete wieder. Für heute war

es genug, beschloss Lucilie und überließ es Vroni, ihm einen Tee und ein Butterbrot zu bringen.

Noch während Lucilie mit Toni wieder die Treppe im Elternhaus nach unten ging, überlegte sie, welche Blumen, Pflanzen und Kräuter um diese Jahreszeit hier wuchsen, welche den Husten und die Schwäche linderten und wo sie zu finden waren.
»Toni, nachher zeig ich dir was! Wir gehen zum Steg, da gibt es einen wunderbaren Wasserfall«, sagte sie, doch der Bub hörte ihr schon nicht mehr zu, er rannte wieder zum Onkel Alois hinaus.

Wie weit war plötzlich München weg, wie fern die Gebäranstalt, die Jahre mit Anton, der Vortrag an der Universität in Landshut! Und wie hatte sie vergessen können, dass auch der Vater alterte? Dass sich so viele Falten eingruben, die Haare ergrauten und der Bart spärlicher wuchs? Dass sich ein weicher Kern zeigte, den ein starker Erwachsener, aber ein alter Mann nicht verbergen konnte?

»Bist ein Schaf!«, kommentierte Vroni warmherzig ihre Gedanken, die sie immer noch in ihrem Gesicht ablesen konnte. »Hättest einfach früher kommen können!«

20.

Denaro aß in Salzburg Marillenknödel, Nockerl, einen Rindfleischsalat und trank türkisch zubereiteten Kaffee. Er entlockte einem Brauer, der ihn als Patient aufsuchte, das Rezept für Bier mit Bilsenkraut, ehe die Bayern auch noch mit ihrem Reinheitsgebot über die Stadt hinwegfegen würden. Der Doktor ließ sich Maß nehmen für eine Hose aus Schafsleder und hörte von einem Vater, der seine Tochter über zwanzig Jahre in einem Kellerloch versteckt hatte. Die Leute sprachen von einem Denkmal für Wolfgang Amadeus Mozart, den sie vor nicht allzu langer Zeit nach Wien gejagt hatten – ausgerechnet jetzt, als wollten sie damit ihren Untergang aufhalten. Zum Teufel mit diesem zu Reichtum gekommenen und früh verstorbenen Wunderkind! Ein Denkmal konnte Salzburg auch nicht mehr retten.

Hin- und hergerissen zwischen Österreich und Bayern, einmal von den Franzosen der einen, dann der anderen Seite zugespielt, verlor die Stadt ihre Eigenständigkeit, ihre wirtschaftliche Stärke und ihren Glanz. So wie er hier vor einiger Zeit dem Opium fast erlegen war, so verkam seine Metropole immer mehr zu einem Provinzstädtchen. Die Ständevertretung löste sich auf; die Universität brach – halb von außen befohlen, halb selbst verschuldet durch fliehende Karrieristen – zusammen; honorige Bürger versuchten bereits anderswo Häuser und ein Stadtrecht zu erwerben, und Spekulanten tummelten sich auf den Straßen wie auch anderes Pack. Der bayerische Kronprinz degradierte durch seine Anwesenheit im Schloss Mirabell Salzburg zusätzlich zu einem Ferienort »im Grünen«, und der Salzburger Erzbischof, der seit elf Jahren im Wiener Exil prunkvoll lebte, schickte nicht einmal mehr Briefe an seine Salzburger Schäfchen. Sogar Denaros Putzfrau hatte der Stadt den Rücken gekehrt, war mit einem Franzosen durchgebrannt und hatte ihre Kinder bei dem hilflosen Mann zurückgelassen.

Ein paar Alte beklagten im Wirtshaus die Jugend und deren verlorene Heimatliebe, während Denaro auf seine Hose wartete. Innerhalb von drei Stunden war sie fertiggeschneidert, früher hatte er Wochen darauf warten müssen, offenbar gab es keine Kunden mehr, die hier noch etwas in Auftrag gaben. Auch die Fürstin wollte die Stadt verlassen und mit ihren Kindern in ihr Vaterland Italien zurückkehren – sie bat den Doktor zum Abschied zu sich, schenkte ihm einen goldenen Ring ihres verstorbenen Mannes und warnte Denaro vor ihrem Schwager, dem opportunistischen österreichischen Kaiser, dem wahren Verräter des Fürsten. Sie unterrichtete Denaro auch über Gerüchte, er sei in das Duell mit involviert gewesen. Aber sie glaube nicht, dass er sich als Sekundant habe missbrauchen lassen, oder? Denaro verneinte wahrheitsgemäß, obwohl er eine selbstmörderische Lust verspürte, die Wahrheit zu gestehen.

In seiner neuen Schafslederhose wurde er zu einem gemeinsamen Abendessen mit der Fürstin und dem bayerischen Kronprinzen geladen. Vor der Witwe seines

Freundes konnte er keine Ausrede glaubhaft vertreten, und so setzte er sich an die Tafel mit dem Mann, der das Königreich Bayern nach dem Tod seines Vaters regieren sollte. Selten war Denaro so höflich, denn sein Entsetzen über diesen Menschen, der einmal in so hohen Würden stehen sollte, verschlug sogar ihm die Sprache. In seinem Geiz verzichtete Ludwig auf einen Kammerdiener und war geschmackloser gekleidet als Arme, deren Geldnot kein gutes Gewand erlaubte. Er riss derbe Witze, ließ einen billigen italienischen Fusel servieren und drehte dabei genüsslich das Glas in der Hand. Lautstark ließ er beim Essen Winde abgehen – und die aufgetischten Speisen erinnerten Denaro an einen Saufraß. Dabei schwärmte Ludwig von der Kunst und der Wissenschaft, mit der er München dereinst zu einer Stadt machen würde, an der keiner mehr vorbeikäme.

Gottlob fand sich noch eine Wirtschaft, die geöffnet hatte, und der Doktor betrank sich an diesem Abend voller Lust mit dem sogenannten einfachen Volk, den Bauern, Zunftmeistern und Bürgern, den Tagelöhnern und Hirten, mit all den Leuten, deren Oberhaupt dieser idiotische Bayer einmal sein sollte.

Ein Geigenbauer aus Mittenwald spielte leidlich vor dem Haus auf, als Denaro am nächsten Morgen erwachte. Der Musiker bat um einen Obolus für sich und seinen Tanzbären, bevor er weiterziehen würde. Denaro warf ihm vom Fenster aus eine Münze zu und eilte nach unten, als er neben dem Musiker einen bekannten Spekulanten stehen sah. Unter den Blicken seiner verdutzten Nachbarn verkaufte Denaro innerhalb von fünf Minuten seine Salzburger Wohnung und brach noch am gleichen Nachmittag mit dem Mittenwalder Geigenbauer und seinem

Bären nach Burghausen auf, denn dort fand gerade ein Volksfest statt.

Der zahnlose Gaukler hatte seine Nummer mit dem Lachgas um einen Liebestanz erweitert, der Bär kam ihm gerade recht, und er kaufte ihn bereitwillig dem Mittenwalder ab, obwohl das Tier ihn in den Ruin stürzen würde, wie er versicherte, denn der Bär, der sich auf den Hinterbeinen aufzurichten vermochte, fraß nur eine bestimmte Sorte Fisch, die schwer zu beschaffen war. Der Budenbesitzer klagte und jammerte, wie teuer doch alles würde, nicht einmal der Tod mehr wäre umsonst heute, wisse der Doktor eigentlich, wie viel mittlerweile eine Beerdigung kostete?

»Wie viel?«, unterbrach ihn Denaro, und der Gaukler verlangte die vierfache Summe von Landshut. Dabei hatte er nur noch eine kleine Menge des Gases übrig. Auf den gefährlichen Blick des Doktors hin erklärte der Gaukler schnell, wie dieser Preis zustande kam: Inbegriffen sei der Name, der Wohnort und der Beruf des Weibes, das der Doktor in Landshut gesucht hatte.
»Lucilie?«, fragte Denaro.
Der Gaukler nickte mit diebischer Freude, dem Doktor diese Menge Geld abknöpfen zu können. Denaro bezahlte und erfuhr, dass sie »Lucilie Vinzenz« hieß und eine Münchner Hebamme sei. »Gratis« steuerte der Gaukler eine weitere Information bei: Sie sei Witwe.

Als Denaro neben dem Mittenwalder sein Nachtlager aufschlug und in den Sternenhimmel blickte, klopfte sein Herz. Er wollte sie wiedersehen, diese Lucilie, und sei es nur, um sich zu beweisen, wie trügerisch eine so schöne Erinnerung sein konnte.

21.

Lucilie ging Toni voraus, den Weg zum Steg hinauf. Der Sommer war immer noch so mild, dass sie ohne Jacken wanderten, und von Vroni hatte sie einen Korb bekommen, den sie auf den Rücken schnallte. Als junge Frau war sie diesen schmalen Pfad zuletzt gegangen, um einen Knecht aus dem Nachbardorf zu treffen – und jetzt kam ihr statt des Vaters der Sohn nach. Hirtenbuben und Mägde grüßten sie bisweilen von weitem. Eine Nacht im Dorf hatte genügt, um alle wissen zu lassen, dass die Grießer-Lucilie »wieder daheim« war.

Zwar hatte gestern keiner mehr geklopft, um neugierige Fragen zu stellen, aber Lucilie wusste, dass man redete und wie man redete im abgelegenen Bergdorf: Niemand würde ihren Ehenamen verwenden, und ganz egal wie lange sie weg gewesen war, wieder ging oder blieb, aus der Sicht der Mariensteiner war sie hier daheim und die »Grießer-Lucilie«.

»Warum müssen die nicht in die Schule?«, fragte Toni mit Blick auf die Hirtenbuben.

»Die dürfen nicht in die Schule«, korrigierte ihn Lucilie. »Die hätten es gerne so schön wie du.«

Lucilie überlegte, ob sie dem Lehrer schreiben müsste. Aber sie wusste nicht, wie lange sie sich hier verstecken

musste, wie lange Aigner brauchte, um in München die Wogen zu glätten.
Sofort verbot sie sich weitere Gedanken über ihre und Tonis Zukunft. Sie schob die Bilder von der Gebäranstalt zur Seite, sie mied die Erinnerung an den Vortrag, und an ihr Buch dachte sie erst recht nicht mehr.
Sie war jetzt nur hier, beschloss Lucilie, um dem kranken Vater zu helfen, oder aber auch, um ihn in den Tod zu begleiten.

Lucilie zeigte Toni Hornkraut, weißen Hahnenfuß und eine prächtig blühende Lilie, den Türkenbund. Eindringlich warnte sie den Buben vor der Tollkirsche, deren schwarz glänzende Früchte hochgiftig waren. Toni begriff rasch, kletterte auf einen Apfelbaum, sprang wieder herunter und bestieg den nächsten. Lucilie fand auf dem Weg Zinnkraut und Bartflechte, bei der Wiese entdeckte sie langhaarigen Thymian und eine Königskerze – daraus ließe sich ein Tee für den Vater zubereiten, diese Mischung wirkte bei seiner Art Husten. Die Hebamme schnitt die Pflanzenteile ab und rupfte die Blätter. Am Steg hielt sie Ausschau nach einem Enzian, der manchmal auch gut den Schleim löste.
Lucilie hörte Schritte im Gras und dachte, Toni würde sich ihr von hinten annähern, um sie wieder einmal zu erschrecken. Sie zerrieb die Blätter einer seltenen Orchideenart, deren Namen ihr gerade entfallen war, riechend zwischen den Fingern.
»Frau Lucilie!«, sagte plötzlich eine Frauenstimme dicht hinter ihr. Die Hebamme drehte sich um und blickte in das Gesicht einer Magd, die so groß wie sie gewachsen war und ihre Haarfarbe hatte. Das junge Weib sah sie fragend an.
»Ja?«, fragte Lucilie. »Wer bist du?«

»Ich bin die Marie. Ich bin beim Lederbauern in Stellung. Die Vroni hat mir schon viel von Ihnen erzählt.«
»So?« Lucilie lächelte sie an. »Hoffentlich nichts Schlechtes?«, scherzte sie.
Marie schüttelte entschieden den Kopf und blickte Lucilie weiter unverwandt an, ohne etwas zu sagen. Die Hebamme bemerkte die feine Gesichtshaut und die festen Gliedmaßen unter dem einfachen Kleid der Magd. Marie stand wie angewurzelt mit ihren nackten Füßen in der Wiese.
»Was ist denn?«, fragte Lucilie.
Marie schaute zu Toni, der in einer Astgabelung saß und alles verstand. Neugierig blickte er zu den beiden Frauen. Ein Specht klopfte in einen anderen Baum in der Nähe.
»Ich muss allein mit Ihnen reden«, sagte Marie, und Lucilie ging mit ihr ein paar Meter von Tonis Baum weg. Ihre geschmeidigen Bewegungen erinnerten Lucilie an ein Reh.
»Helfen Sie mir, bitte!«, flehte die Magd.
»Was? Wie?«, fragte Lucilie.
»Da drin«, sagte Marie und deutete auf ihren Bauch, »da ist ein Kind drin. Ich will es nicht. Der Kindsvater will mich nicht, und es auch nicht.«
Verblüfft sah Lucilie die Magd an. Hier auf der Wiese beim Steg hatte sie nicht mit einem Anliegen gerechnet, das ihr schon so oft vor der Gebäranstalt vorgetragen worden war.
»Ich bin Hebamme, ich bring Kinder zur Welt und mach keine weg«, antwortete Lucilie.
Marie fiel vor ihr auf die Knie.
»Bitte! Sie können das doch! Die Vroni sagt, dass Sie Kinder im Bauch zertrümmern können!« Maries verzweifelte Augen ließen nicht von ihr ab.
»Was die Vroni alles erzählt!«, entgegnete Lucilie empört.

»So was macht eine Hebamme nur im Notfall, im allerschlimmsten Fall, wenn man sonst das Leben der Mutter nicht retten kann!«

»Aber mein Leben, das ist auch kaputt. Die Lederbäuerin, die kennen Sie doch, die ist … ich verlier meine Stellung und alles, was ich hab! Die hat mich aufgenommen, wie ein eigenes Kind!« Marie kämpfte gegen ihre Tränen.

»Es findet sich immer ein Weg, Marie!«, versuchte Lucilie das junge Weib zu ermutigen. »Leicht wird es nicht werden, aber dein Kind, das wirst du gernhaben und irgendwann froh sein, dass du es hast!«

Marie schüttelte bestimmt den Kopf. Lucilie zog sie am Arm hoch. Die Magd ließ es sich gefallen.

»Wenn Sie mir nicht helfen, dann ist es vorbei!«, entgegnete Marie düster.

»Die Bayern, die haben ganz neue Gesetze erlassen. Du kannst den Kindsvater jetzt auf Alimente verklagen!«, fiel Lucilie ein, obwohl sie nicht genau wusste, ob in Tirol gleiches Recht galt.

Die Magd schien mit sich zu hadern und blickte verlegen zu Boden.

»Der glaubt mir aber nicht, dass er der Kindsvater ist!« Marie hob wieder den Kopf.

»Ja, freilich, mit dem Leugnen probieren es alle erst einmal. Davon darfst dich nicht beeindrucken lassen. Und ratsch es nicht herum. Eigentlich müsst ich es anzeigen, dass du in anderen Umständen bist.« Lucilie lächelte sie aufmunternd an.

Toni stand plötzlich neben ihnen.

»Was redet ihr da?«, fragte er frech. »Darf ich es wissen?«

Marie hob ihren Rock etwas an und eilte grußlos davon. Verwundert sah Toni ihr nach.

»Als wie wenn sie vor einem Franzosen davonlaufen würde«, sagte er und hob einen Stecken auf, der in seiner Form einem Gewehr ähnelte. Lucilie schaute Marie nach, ihr Gesicht verdüsterte sich.

»Komm, Toni, wir gehen jetzt zur Vroni, mit der hab ich ein Hühnchen zu rupfen!«, sagte Lucilie, packte den Korb mit den Pflanzen und kam Tonis Frage zuvor. »Nein, ich bin nicht auf dich zornig, sondern auf die Vroni. Komm!«

22.

»Mannsbilder haben hier keinen Zutritt, und schon gleich gar nicht, wenn nicht ihr Weib bei uns ist!« Agnes schlug die Tür vor Denaro zu, noch ehe der Doktor seine Frage vorgetragen hatte. Nun gut, er und Gallo sahen nicht gerade honorig aus, Staub und Dreck eines Rittes ohne Pause hing an ihnen. Denaro klopfte erneut.
»Doktor Denaro, aus Salzburg!«, stellte er sich vor und setzte dieses Mal seinen Fuß in die Tür. Agnes musterte ihn von oben bis unten und öffnete.
»Das wird ja immer dreister, welche Ärzte uns geschickt werden«, brummte sie, drehte sich um und ließ den Doktor bei der offenen Tür stehen. Im Inneren hörte er Agnes rufen: »Weiber, legt euch hin, ein Arzt kommt!«
Denaro betrat den Saal der Gebäranstalt. In Paris hatte er einmal in einem Accouchierhaus den leitenden Wundarzt vertreten, seither hatte er das Innere einer Gebäranstalt nicht mehr gesehen und auch keinerlei Wert darauf gelegt. Auf diese Art und Weise interessierten ihn die Weiber wirklich nicht.
Eine junge Schülerin putzte den Boden, die leitende Hebamme, die sich zuvor als Agnes vorgestellt hatte, stieß dem Mädchen den Putzeimer um.
»Siehst du nicht, dass ein Doktor kommt?«, herrschte sie die Schülerin an.

»Ich komm nicht als Doktor. Ich such Frau Lucilie Vinzenz«, sagte Denaro und dachte plötzlich an Aigner, der von der hygieneverrückten Münchner Hebamme erzählt hatte. Die Gebäranstalt hier strotzte hingegen mehr vor Blut, Schleim und Dreck, als er es von Krankenhäusern kannte. Eine Kreißende in ihren Wehen übertönte mit ihrem Geschrei das Gebrüll von Säuglingen.
»Ich such Frau Lucilie Vinzenz«, wiederholte Denaro. In dem Lärm hatte man ihn nicht gehört. Die Hebammen hielten in ihrer Arbeit inne, Agnes kam auf ihn zu.
»Die ist nicht da«, antwortete sie unwirsch.
»Das sehe ich auch«, entgegnete Denaro. »Und wo find ich sie?«
»Das wüssten wir auch gern.« Agnes schien nicht gut auf sie zu sprechen zu sein. »Die hat uns einen Haufen Ärger eingebrockt, und jetzt ist sie einfach verschwunden, hat sich aus dem Staub gemacht!« Agnes wandte sich wieder von ihm ab.
»Was wollen Sie denn von ihr?«, fragte die junge Schülerin, die mit ihren Füßen in der Putzlache stand.
Agnes drehte sich wieder um, warf dem Mädchen einen bösen Blick zu und winkte Denaro zu sich.
»Aber wenn Sie schon ein Doktor und gerade da sind … Da hinten geht es einer mit Kindbettfieber gar nicht gut«, forderte Agnes ihn auf.

Denaro sah nach der Frau, der er nicht mehr helfen konnte, und ließ sie erst gar nicht zur Ader. In diesem Weiberhaus fühlte sich der Arzt unwohl. Und dieses Geschäft wollte Aigner wirklich akademisieren?

Im Gehen trat Denaro zu der Schülerin hin. »Wo wohnt sie?«, fragte er, doch das Mädchen schüttelte den Kopf.
»Die Frau Oberhebamme hat nichts Schlimmes gemacht,

ganz bestimmt nicht, und ich werd sie nicht verraten«, zischte sie Denaro zu.
Die Oberhebamme? Denaro runzelte die Stirn. »Ich such sie rein privat«, sagte er. »Als Verbrecherin wäre sie sogar noch attraktiver.«
Das Mädchen verstand seinen Scherz nicht, der Doktor zog eine Münze heraus. »Willst du die jetzt nehmen, oder soll ich beim Stadtphysikus nach ihrer Adresse fragen?«

Eine rundliche Haushälterin öffnete die Tür im vierten Stock und musterte ihn ebenfalls von oben bis unten.
»Doktor Denaro«, stellte er sich wieder vor, und die Haushälterin Rosa bot ihm in der guten Stube einen Tee an. Die gnädige Frau sei nach einem Vortrag an der Landshuter Universität nicht mehr zurückgekehrt und seither verschwunden. Ob er ein alter Freund Antons sei?

Anton, das musste der Mann auf dem Ölgemälde neben ihr sein. Jünger war sie auf diesem Bild noch, mit einem fast schelmischen Blick widersprach sie der Ernsthaftigkeit des weitaus älteren Gatten. Ihr Mann hatte ihr die Hand auf den Arm gelegt, fast so, als wolle er sie festhalten. Das war sie! Er war in ihrer Wohnung, er hatte sie gefunden! Bis Rosa den Tee servierte, ordnete er ihr die Gegenstände des Raumes zu. Das Teleskop musste vom Gatten sein, Lucilie war für eine Beschäftigung mit Astronomie zu lebendig. Die gehäkelten Deckchen passten nicht zu ihrem wachen Geist, der sich bei dieser Arbeit gelangweilt hätte. Aber der kleine Schreibtisch mit den Papieren war wie für sie geschnitzt. Hatte sie hier gesessen und geschrieben? Hatte er es am Ende mit einem gelehrten Weib zu tun? Aigners Bemerkungen zu ihr fielen ihm ein. Ohne Zweifel, das musste sie sein. Denaro schüttelte den Kopf über sich selbst – sollte ausgerechnet er sich in ein schreibendes Frauenzimmer verschaut haben? In die mit dem Hygienewahn? Eine Kurpfuscherin? Eine, die man bis vor kurzem noch als Hexe verbrannt hätte?

Die Haushälterin fand ihn vor dem Schreibtisch stehend, just als er in die beschriebenen Blätter schauen wollte.
Beim Tee erklärte Rosa, dass die gnädige Frau nur aus der Not heraus zur Feder gegriffen und nur aufgeschrieben hätte, was ihr verstorbener Mann, der Apotheker, alles erforscht hatte. Zwar werde in der ganzen Stadt anders darüber geredet, aber die Leute trauten sich auch nur das Maul aufzumachen, seitdem Anton tot war. Sie persönlich halte ja auch gar nichts von gelehrten Weibern, aber wenn die Umstände oder – wie im Falle Lucilies – ein so besonderes Talent es erfordere, dann müssten die Frauen einfach manchmal etwas tun, was ihnen eigentlich nicht anstünde. Ja, und nun, da die gnädige Frau und ihr Sohn verschwunden und sie keinen Haushalt zu führen hatte, gehe sie anstelle des Buben zur Schule und lerne das Lesen und Schreiben in ihrem Alter noch. Aber woher kenne der Doktor eigentlich Anton?

Denaro bezog sich auf den gemeinsamen Freund und Kollegen Aigner, der ihm von den Künsten der Lucilie vorgeschwärmt hatte.
Doch Rosa war auf den Professor gar nicht gut zu sprechen. Erst hatte er Lucilie zu diesem unglückseligen Vortrag überredet und nun wusste noch nicht einmal er, wohin sie nach dieser Schande geflohen war. Die Haushälterin hatte keine Vermutung, wo sich die gnädige Frau aufhalten könnte. Zwar hatte sie Verwandte in Tirol, aber eher ginge ein Kamel durchs Nadelöhr, als dass die Lucilie sich in ihrem Heimatdorf noch einmal blicken ließe, wusste sie zu berichten.

23.

Vroni hängte im Hof hinter dem Haus Wäsche auf, als Lucilie mit dem Korb auf dem Rücken auf sie zugestürmt kam.

»Bist narrisch?!«, herrschte Lucilie die Schwester an. »Du kannst doch nicht einfach rumerzählen, dass ich Kinder wegmache!«

Vroni fiel ein weißes Laken, das sie auf Geheiß der Schwester extra schon heute, und nicht erst am Waschtag ausgekocht hatte, auf den dreckigen Boden.

»Aber das hast du doch geschrieben, stimmt das denn nicht?«, fragte Vroni und hob das Laken auf. »Jetzt ist es dreckig.«

»Ich hab nicht gewusst, dass du so eine Ratschkathl geworden bist!« Zornig drehte sich Lucilie um und ging ins Haus.

Vroni ließ den Wäschekorb stehen und folgte Lucilie. Im Gang holte sie die Schwester ein und stellte sie zur Rede.

»Ich war noch nie eine Ratschkathl. Und ich möchte wissen, warum man was nicht erzählen darf, wenn es wahr ist.«

»Weil, weil …« Lucilie suchte nach Worten. »Weil nicht jeder alles wissen muss. Und dass ich eine Hebamme bin, geht auch niemanden was an.« Lucilie spürte ihren ungerechten Zorn und kam ins Stocken.

Vroni stemmte die Arme in die Hüften und sah Lucilie forschend an.
»So, und jetzt möchte ich wissen, warum du wirklich gekommen bist!«, forderte die Schwester. »Doch nicht wegen dem Papa. Da hab ich dir über ein Jahr umsonst geschrieben.«
Lucilie fühlte sich ertappt und erleichtert. Der Schwester würde sie sich anvertrauen können.

»Lucilie! Vroni!«, rief der Vater von oben mit schwacher Stimme in die kurze Stille hinein. »Kein Streit im Haus mehr!« Verblüfft sahen sich die Schwestern an. Wie oft hatte Vroni, als Lucilie noch im Haus gewesen war, Vater und Schwester angefleht, doch bitte nicht mehr zu streiten. Der Vater und Lucilie hatten daraufhin oft wochenlang nicht mehr miteinander gesprochen, was Vroni noch ärger gewesen war.
Lucilie stellte den Korb ab.
»Kannst einen Tee daraus machen?«, fragte sie Vroni und die Schwester nickte. »Ich erzähl dir später, warum ich gekommen bin. Jetzt schau ich zum Papa.« Die Schwestern waren zu lange getrennt gewesen, als dass eine von ihnen auf ihrem Standpunkt beharrt hätte. Sie lächelten sich an, ehe Lucilie die Treppe zum Vater hinaufging.

Unrasiert, bleich und kraftlos lag er im Bett. Lucilie blieb auf der Schwelle stehen, der Vater nickte und deutete mit dem Kopf und einem Blick zum Türstock. Sie verstand. Ein Weihwasserkessel hing dort, und Lucilie hatte beim ersten Besuch vergessen, sich zu bekreuzigen. Längst hatte sie sich die religiöse Geste abgewöhnt. In der Münchner Wohnung war der Weihwasserkessel ausgetrocknet, sogar Rosa hatte vergessen, ihn aufzufüllen. Lucilie ging nicht zum Kesselchen, sie trat zum Vater ans

Bett, schüttelte sein Kissen aus und bettete seinen Kopf höher.

»So hustest dich leichter«, sagte sie, ohne auf das Weihwasser einzugehen. »Es ist nichts zwischen der Vroni und mir.«

Der Vater zögerte. Er hob seine Hand und ließ sie wieder fallen. Lucilie ergriff sie.

»Jetzt kann ich in Ruhe sterben, weil du noch kommen bist«, sagte er.

Lucilie blickte ihn versöhnlich an. Nie in seinem Leben hatte der Vater über ein Gefühl gesprochen, nie hatte er seine Freude, sein Glück oder seine Trauer zum Ausdruck gebracht, im Gegenteil, er hatte sich jede Äußerung einer Regung untersagt. Nach dem Tod der Mutter war seine Miene versteinert, ein jeder sah ihm die Trauer an, aber selbst die versuchte er zu verbergen und weinte heimlich im Bett, wenn er glaubte, die Schwestern würden schlafen.

»Ich bin froh, dass ich kommen bin«, erwiderte Lucilie, die in seiner Nähe seine Haltung annahm und ihm auch noch nie etwas von ihrem wirklichen Seelenleben verraten hatte. Sie drückte seine Hand kräftiger. Jeder der beiden wollte etwas sagen, aber keiner fand einen Anfang.

»Das war vielleicht ein Fehler, mit dem Kloster«, sagte der Vater plötzlich.

»Wie ich dich da gesehen hab, im Schuppen beim Steg, mit dem Knecht, da hab ich plötzlich Angst um dich kriegt. Dass du auch sterben könntest, wie deine Mama.«

Das Reden strengte ihn an, doch die Worte schienen so lange überlegt, dass sie ruhig herausflossen.

Das hatte Lucilie nicht erwartet. Der Vater, dessen Schläge ihr Körper noch Jahre gespürt hatte, schien sich entschuldigen zu wollen.

»Ist schon gut«, antwortete Lucilie, fast hilflos.
Vater Grießer schüttelte schwach den Kopf. »Nein, du sollst es wissen, aber sag es der Vroni nicht. Sie ist nicht an dem plötzlichen Fieber gestorben, sondern an der Syphilis.«
»Wer, die Mama?«, fragte Lucilie.
»Ich Depp hab immer bloß zugeschaut, wenn sie abends verschwunden ist. Und gemacht hab ich nichts. Verbieten hätte ich ihr es sollen, oder sie schlagen, oder sie einsperren. Und dann, wie ich dich so gesehen hab, da hab ich Angst um dich kriegt. Bist so schön wie sie. Und so was Besonderes. Ich wollt nicht, dass du auch stirbst. Drum hab ich dich ins Kloster geben.«
Lucilie stand auf, sie schaute zum Fenster hinaus, auf die Dorfstraße hinunter, wo die Frau Gendarm mit ihrem Mann zankte. Sie spürte den Blick des Vaters im Rücken, sie drehte sich wieder um.
»Das hab ich nicht gewusst«, erklärte sie überflüssigerweise.
Dann stimmte es also, was die Gretel ihr schon als Mädchen gesteckt hatte: Die Mutter hatte andauernd Liebhaber. Wie musste das den Vater gekränkt haben. Und dann starb ihm das Weib auch noch deshalb weg, und er stand allein mit den Kindern da.
Sie hatte jetzt auch ein Kind, wer wusste schon, was sie nicht alles tun würde, um Toni vor einem möglichen Unglück zu schützen. Sie ging wieder zum Vater zurück, setzte sich zu ihm auf die Bettkante.
»Die Zeit im Kloster hat auch was Gutes gehabt«, sagte sie. »Da hab ich sehr viel gelernt. Ohne das wäre aus mir keine gescheite Hebamme geworden.«
»Die Vroni hat schon gesagt, dass du so tüchtig bist. Und einen braven Mann hast gehabt, einen Apotheker.«

Die jüngere Vergangenheit war leichter zu erzählen, sie wühlte beide nicht so auf und ein jeder schien froh um das leichtere Thema.
Lucilie nickte. »Du hast immer gesagt, man soll mit dem Verstand heiraten und nicht mit der Liebe, das ist eine neumodische Erfindung«, meinte Lucilie, fast zärtlich.
Der Vater lächelte. »Und siehst, ich hab genau das Falsche gemacht«, sagte er zu ihr. »Ich hab sie zu gern gehabt, deine Mutter.«
Beide schwiegen und sahen sich nicht mehr unverwandt an. Eine zärtliche Stille erfüllte den Raum.
»Ich hab nicht gewusst, dass sie dir dort das Kind wegnehmen«, sagte der Vater leise und begann pfeifend zu husten.
»Scht«, sagte Lucilie und hob seinen Oberkörper an. »Für jetzt ist es genug, Papa, das wird zu viel.«

Vroni kam mit dem Tee die Treppen herauf und verabreichte ihn dem Vater in kleinen Schlucken. Lucilie standen Tränen in den Augen, sie fing sich im Gang, ehe sie nach Toni schaute.

Ihr Bub war mit Onkel Alois aufs Feld gegangen, hörte sie die Dörfler sagen. Und jetzt wollte man die Lucilie sprechen. Wo sie so lang gewesen sei? Verheiratet in München? Und wie fesch sie geworden war, so richtig städtisch! Endlich sei wieder eine Hebamme in Marienstein, auch in den Nachbardörfern gebe es gerade keine. Lucilie lächelte und schüttelte den Kopf. Nein, sie sei nur eine Weile da, wegen dem kranken Vater. Und aufgrund der komplizierten Gesetzeslage dürfe sie hier gar nicht praktizieren. Lucilie dachte daran, dass man in München vermutlich schon längst ihre Lizenz eingezogen hatte.

Die Frau Gendarm Hinterrainer lud Lucilie zu einem Kuchen ein, die Lederbäuerin forderte sie auf, doch am Sonntag nach der Kirche bei ihnen vorbeizukommen, und der alte Schmied brachte ihr ein Glas Wein zur Begrüßung. Nur der Pfarrer ließ sich nicht blicken, keiner im Dorf schien mehr zu wissen, dass er mit dem Vater Grießer unter einer Decke gesteckt und alles für das Kloster eingefädelt hatte. Man berichtete Lucilie nur von seiner Verstopfung und den wilden Methoden des Doktors.

24.

Denaro richtete sich im Hotel zum Goldenen Hahn in der Kaufingergasse ein, denn es hatte die gemütlichsten Zimmer und die besten Stellplätze. So wie Salzburg niederging, so strebte München auf. Das einstige Provinzstädtchen verlieh Protestanten und Juden Bürgerrechte, Händler aller Couleur drängten in die Stadt, Künstler und Wissenschaftler lockten der Hof und die Akademie an. Von allen Himmelsrichtungen drängte man nach München, das aus seinen Nähten platzte, obwohl man große Teile der Stadtmauern abgerissen hatte. Zimmer, Wohnungen, Häuser und selbst einfachste Lagerplätze wurden nun zu horrenden Preisen vermietet. Eine Nacht im Hotel kostete Denaro so viel wie zwei Wochen Unterkunft und Verpflegung in Bologna, samt Versorgung von Gallo. Auf den Straßen und Gassen parkten so viele Wagen, dass es manchmal kein Durchkommen gab, und der Doktor sah einen Gendarmen dem Besitzer dafür eine saftige Geldbuße abnehmen. Auf eine polizeiliche Regelung war es auch zurückzuführen, was Denaro zunächst der Kultiviertheit der Bürger zugeschrieben hatte: In den Gassen wurde keine Wäsche zum Trocknen aufgehängt.

Die lebendige Stadt gefiel dem Doktor, so wie ihm Paris gefallen hatte, auch wenn er eigentlich weder die Bayern noch die Franzosen mochte. Die Künstler und Gelehrten trugen Debatten in die Straßen und Wirtshäuser, die er hier nicht erwartet hatte. Im Gasthof Keller nahe des Schrannenplatzes ereiferte man sich bei einem der vielen Münchner Biere über die Wehrpflicht und die Zensur, die es in anderen Ländern noch gab. Ein Buchhändler verbreitete revolutionäre Schriften über den Wert der unteren Stände; Denaro kaufte ihm ein paar Raubdrucke ab. Ein Bürger stellte einem jungen Maler Galerieräume zur Verfügung, in denen ungeniert und öffentlich die Bilder Alter, Kranker und Armer gezeigt wurden; fast hätte der Doktor dort ein Bild von sich in Auftrag gegeben. »Was für ein Politiker!«, dachte Denaro anerkennend bei einem Spaziergang durch den riesigen Englischen Garten. Dem Grafen Montgelas hatten die Münchner nicht nur das Königreich zu verdanken, sondern auch die Reformen, die so eine Entwicklung erst ermöglichte.

Ganz so ungetrübt blieb das Bild jedoch nur ein paar Tage, bis der Doktor auch die unschöne Seite Münchens zu Gesicht bekam: In der Vorstadt Au hausten die Tagelöhner, Fabrikarbeiter und das Gesinde in ärmlichen Hütten. Der Hunger trieb sie dazu, einen fetten Hund zu schlachten, und ein verlaustes Weib bot ihm seine Dienste an. So wie es in München verboten war, Kinder unter acht Jahren zu züchtigen, so prügelte man hier schon Fünfjährige zum Stehlen. Rosa wusste zu erzählen, dass bald eine Armenspeisung eingeführt würde, denn so ginge es nicht mehr weiter mit den hungernden Auern, die nicht einmal mehr betteln durften. Denn seitdem – was Rosa heute noch empörte – die Klöster von den Weltlichen zu deren Zwecken versilbert worden waren, kümmerte sich auch kein Mönch mehr um diese Leute, die zu arm zum Sterben waren.

Der Doktor wollte noch eine Weile hier unter den Türmen der Frauenkirche warten, vielleicht käme sie ja doch zurück, die Oberhebamme Lucilie Vinzenz. Jeden Tag brachte er Rosa eine teure holländische Blume, für den Fall, dass die gnädige Frau heute erschiene. Die rundliche Haushälterin trocknete die Blumen, ehe sie verwelkten, bündelte sie in der guten Stube und schüttelte den Kopf über diesen seltsamen Vogel mit Doktortitel. Aber sie mochte ihn und gestand ihm eines Tages sogar den Grund ihres derzeitigen Kummers: Sie konnte die Wohnung und ihre Stellung nicht mehr lange halten, wenn die gnädige Frau nicht bald Geld schickte.

Denaro versetzte den goldenen Ring des Fürsten für einen stattlichen Preis und brachte Rosa den Erlös. »Spinnen Sie ein bisserl?«, fragte ihn die Haushälterin ehrlich besorgt.

Der Doktor schüttelte über sich selbst den Kopf. Da ging er jeden Tag zu einer Haushälterin und ließ sich von einer Frau erzählen, die er nur einmal getroffen hatte. Er saß in einer Wohnung, in der die Hauptperson fehlte, und wollte doch alle Gegenstände, die mit ihr zu tun hatten, kennenlernen. Er hielt sich in einer Stadt auf, die den Untergang seines geliebten Salzburg mitverschuldete, und wartete. Er hatte noch nie auf etwas gewartet, das passte nicht zu ihm.

Auch einer anderen Person gefiel das Warten nicht. Eva, die Schülerin aus der Gebäranstalt, kam eines Tages zur gleichen Zeit wie er die Treppen herauf, um nach Lucilie

zu fragen. Rosa bat beide auf einen Tee herein, und dabei brach aus Eva heraus, wie die neue Oberhebamme Agnes sie täglich schikaniere und dass sie fest entschlossen sei, die Stadt zu verlassen, sollte Lucilie nicht bald zurückkehren. Denaro wusste Rat, wenn sie denn bereit wäre, nach Tirol zu gehen. Dort kannte er eine Gegend, in der man schon länger eine Hebamme suchte, wenn Eva wolle, könnte er dort ein gutes Wort für sie einlegen.
Rosa gab beiden, Denaro und Eva, Apfelstrudel, Himbeermarmelade und einen Likör mit auf den Weg. Eva nahm die Postkutsche, Denaro sattelte Gallo und gab die Suche nach diesem Weib endgültig auf. »Alter Narr«, schimpfte er sich. Wie jeder Mensch schritt er auf den Tod zu und war dem Irrglauben der Mannsbilder verfallen, diesem Schicksal durch Leidenschaft zu entkommen. In Paris könnte er bei den besten Huren Europas seinen Trieb befriedigen und seinen Geist befreien. Aber etwas zog ihn nach Marienstein.

25.

Der Vater sprach nicht viel, und erst recht nicht mehr über die Vergangenheit oder Gefühle, wenn Lucilie zu ihm in die Kammer kam, um ihm Tee oder Essen zu bringen, ihn zu waschen, oder um ihn höher zu betten. Wenn sie nicht schwiegen, redeten sie über Toni, das schlaue Bürscherl, das sich nun den ganzen Tag im Dorf herumtrieb und mit seinen vorwitzigen Fragen die Bauern mehr erheiterte, als sie zu erzürnen, denn im Gegensatz zu Lucilie galt er als städtisch, weil er in München geboren war. Man sprach über den verstorbenen Bruder Martin, den der Lederbauer eines Nachts als Saligen beim Steg gesehen hatte, und man war sich einig, dass Vroni mit ihrem Alois ein glückliches Los gezogen hatte.
Der Vater erzählte vom Gendarm Hinterrainer, der sich mit seiner Frau ständig stritt, vom narrischen Doktor und der Marie, die Magd der Lederbäuerin, die als Findelkind vom Bauern aufgenommen und fast wie eine Tochter dort aufgezogen worden war. Manche im Dorf glaubten, Marie sei von edlerer Abstammung, denn sie war mit mehreren Goldstücken in einem Bündel vor dem Bauernhaus abgelegt worden. Wie die Lucilie früher, so wusste der Vater, schnitzte sie gerne und saß oft bis in die Nacht hinein bei dieser Arbeit. Auch Vater Grießer hatte sie schon eine Schnitzerei geschenkt, weil er immer

so gut zu ihr gewesen war. Lucilie bewunderte das Kruzifix, das neben dem Weihwasserkessel in der Kammer des Vaters hing. Marie hatte Jesus feine Gesichtszüge und einen trotzigen Blick gegeben.

Lucilie verriet nichts von der Begegnung beim Steg, um den Vater, der das Mädchen so mochte, nicht zu beunruhigen. Der Vater wiederum vermied Gespräche über den Pfarrer, denn Lucilies Gesicht verfinsterte sich, wenn das Thema auf den Geistlichen kam. Dem Vater hatte Lucilie verziehen, aber nicht seinem Helfer. Hinterrainer hatte damals alles für das Kloster arrangiert und die Schwestern zu besonderer Strenge angehalten.

Lucilie wanderte mit Toni zum Steg, sammelte Kräuter und kochte Tees. Sie half Vroni beim Melken, Alois beim Mähen, sie putzte Gemüse, buk im Ofen hinter dem Haus Brot und kehrte die Kammern. Lucilies Hände wurden rauher, die Arme stärker und die Backen röter. Sie machte sich nützlich, wo es nur ging, verschloss die Augen vor der Zukunft und vermied es, in die Vergangenheit zurückzublicken. Sie wollte nicht sehen, wie arg es um sie stand, denn wo sollte sie schon hin, ohne Lizenz, mit dem Toni? Wenn der Professor ihr nicht helfen konnte? Sie hatte ihm geschrieben, aber noch keine Antwort erhalten.

In knappen Sätzen hatte Lucilie Vroni erzählt, was passiert war, und die Schwester fragte seither nichts mehr. Vroni hatte nur genickt und ihr angeboten, mit dem Toni so lange zu bleiben, wie sie wolle. Stillschweigen darüber brauchte die Schwester nicht zu versprechen, das verstand sich von alleine.

Vroni hatte sie wieder in den Arm genommen und zärtlich kopfschüttelnd gemeint: »Bist halt was Besonderes,

Lucilie. Du mit deiner Besonderheit hast noch nie richtig in die Welt hineinpasst.«
Beim Einschlafen neben Toni in der Kammer im Erdgeschoss dachte Lucilie manchmal an diese Worte, und dabei wurde ihr ein wenig leichter ums Herz. Vielleicht hatte alles so kommen müssen und sie sich selbst nicht entfliehen können, egal, wie sie sich verhalten hätte.

Vroni wich Gesprächen im Dorf, die auf den Hebammenberuf Lucilies anspielten, geschickt aus und erklärte nur das seltsame Waschverhalten im Hause Grießer: Lucilie hatte eingeführt, die Laken des Vaters täglich zu erneuern und die Kleidung aller öfter zu wechseln. Dafür ging Lucilie an jedem Sonnentag mit Korb und Bürste zum Bach und hängte im Hof die sauberen Laken, Hosen, Röcke und Unterwäsche auf. Neugierig hatten sie die Mariensteiner dabei beobachtet und Vroni gefragt, was Lucilie da treibe.
»Das macht man in München so. Das verhindert Krankheiten«, hatte Vroni den Weibern knapp geantwortet. Und weil sie nicht mehr dazu verriet, glaubten die Frauenzimmer umso mehr an ein geheimes Heilmittel. Bald hing in jedem Hof bei Sonnenschein Wäsche, man bügelte die Hemden der Männer und wusch die Socken der Kinder. Mannsbildern, die sich wunderten, begegneten die Weiber mit verächtlichem Schweigen. Schließlich hatten sie nun einen Haufen Arbeit mehr, da hatte sich keiner von ihnen einzumischen.

Und spätestens seit der Geschichte mit der Lederbäuerin hielt man von der Lucilie mehr als von jedem Doktor, die von Weiberangelegenheiten sowieso nichts verstanden. Mitten in der Nacht war die Marie gekommen und hatte Lucilie aus dem Schlaf gerissen – die Lederbäuerin liege

in den Wehen und schreie wie ein Ochs. Die Hebamme hatte erklärt, dass Schmerzen bei Entbindungen normal seien, doch Marie hatte sie schnell unterbrochen. Das war die achte Entbindung der Lederbäuerin, sechs davon hatte sie mitbekommen, aber nie hatte die Bäuerin so gestunken und so geröhrt. Die Lucilie brauche nicht glauben, man wisse hier nicht, was den Umständen entspreche oder ungewöhnlich und gefährlich sei.
Lucilie hatte gezögert, Vroni war im Nachthemd dazugekommen.
»Ich darf nicht behandeln«, sagte Lucilie, »ich hab keine Lizenz für Tirol.«
»Das kann sie in den Kerker bringen«, erklärte Vroni, um daraufhin doch eine Lösung zu finden. »Wenn es ein Notfall ist, hat der Doktor einmal gesagt, dann darf das eine jede, sogar ich dürfte das. Du brauchst bloß zwei Zeugen, Lucilie.«

Mit drei Kreuzen unterschrieben Marie und eine andere Magd, dass Lucilie in einer Notlage handelte, denn der Doktor verweilte vermutlich in Salzburg und weit und breit gab es keine Hebamme in dieser Region. Lucilie erkannte am Fieber, das sich mit Schüttelfrost abwechselte, am Geschrei und dem Geruch der Bäuerin, dass es sich tatsächlich um keine normalen Wehen handelte. Griffe an den Bauch und in die Scheide bestätigten ihren Verdacht: der Säugling war tot. Die Lederbäuerin redete wirres Zeug, Lucilie schickte die Magd Taufwasser holen und wies Marie an, alle möglichen Zangen, Messer und Löffel des Hauses in kochendes Wasser zu legen.
»Brauchen Sie ein Werkzeug, zum Zerstückeln vom Kind?«, fragte Marie zu Lucilies Verblüffung. Lucilie nickte.

»Da kann ich die Instrumente vom Doktor holen!«, sagte Marie und eilte davon.

Mit den ausgekochten chirurgischen Instrumenten gelang es Lucilie innerhalb von einer Stunde das tote Kind zu holen. Die Lederbäuerin kam wieder zu sich, sank in sich zusammen und betete zum Dank ein »Gegrüßet seist du, Maria«. Ohne die Lucilie hätte sie das nicht überlebt!

Die Sonne ging auf, als sich Lucilie auf den Heimweg machte. Unbekannte Vögel, die sich wohl schon auf den Weg in den Süden gemacht hatten, zwitscherten, und in den Grasbüscheln des Dorfplatzes glitzerte Tau. Ein paar Rindviecher muhten, sie wollten gemolken werden.
Ihre Arbeit durfte sich nicht groß herumsprechen, dachte Lucilie, daher hatte sie den Weibern das Versprechen abgenommen, niemandem von dem Vorfall zu erzählen. Aber in Marienstein würde es trotzdem jeder erfahren, wusste Lucilie, während sie über den menschenleeren Dorfplatz ging. Wo waren die Bauern und das Gesinde, die sonst lange vor Sonnenaufgang schon in den Stall und auf die Weiden gingen?
Später erfuhr Lucilie, dass sich alle zum stillen Gebet für die Lederbäuerin in der Kirche versammelt hatten, ihr Mann hatte – während die Hebamme um das Leben seiner Frau rang – an jeder Tür geklopft und alle dazu aufgefordert.

26.

Denaro kam den Weg über den Bergsee angeritten und sah die Hirten auf den vertrauten Hügeln die Schafe hüten. In der Spätnachmittagssonne hatten sich manche ins Gras gelegt, irgendwo kläffte ein Hund. Gallo war erschöpft und sollte etwas trinken, aber der Doktor mochte nicht mehr pausieren, er wollte »heimkommen«, nach Marienstein. An der Gabelung bei der alten Kastanie entdeckte Denaro einen Buben, der sich hinter dem Baum versteckte, als er näher kam. Machte sich das Kind an dem Marterl zu schaffen, das unter der Kastanie stand?

»Geld her oder Leben!«, rief der Bub, der sechs Jahre alt sein mochte, und hüpfte mit einem Stecken, den er wie ein Gewehr hielt, auf den Weg.

Denaro verkniff sich ein Grinsen. »Vor wem sollte ich Angst haben?«, fragte er.

»Ich bin ein Franzose!«, antwortete Toni und zielte mit dem Aststück auf Denaro.

»Merde!«, rief Denaro und stieg ab.

»Was heißt das?«, fragte der Bub.

»Das ist französisch, das müsstest eigentlich können. Bist also doch kein Franzose!« Denaro konnte sich nicht erinnern, das Kind schon einmal gesehen zu haben.

Toni überlegte kurz. »Ich bin halt ein Franzose, der deutsch redet«, sagte er ernst.

»Und wem gehörst?« Denaro hob die Hände, Gallos Schnauben ließ nach, dem Pferd tat die Pause gut.
Toni fixierte den Doktor weiter.
»Niemandem. Ich gehör bloß mir selbst.«
Denaro grinste. »Das hast schön gesagt. Ein jeder Mensch gehört sich bloß selbst. Bist ein schlaues Bürscherl.«
»Wie viel Geld krieg ich jetzt?«, fragte Toni ernst, ohne weiter auf Denaros Aussage einzugehen.
»Ich hab kein Geld. Da, das Pferd könnt ich dir geben.« Denaro wunderte sich über sich selbst. Das Spiel gefiel ihm.
»Dann nehm ich das Pferd«, sagte Toni.
»Kannst denn überhaupt reiten?«, fragte Denaro.
Toni schüttelte den Kopf.
»Dann nützt dir der Araber auch nichts«, entgegnete Denaro.
»Doch, ich kann ihn ja verkaufen!« Toni schaute näher zu dem Tier, wagte sich aber nicht wirklich nah an ihn heran.
»Du hast ein Glück, dass du mich getroffen hast«, sagte Denaro. »Andere verstehen da keinen Spaß, ich würd an deiner Stelle keinen mehr überfallen.«
Der Bub schien ihm nicht zu glauben.
»Das mein ich ganz im Ernst«, antwortete Denaro. »Jetzt sagst mir, wie du heißt, und dann geb ich dir eine Reitstunde, wenn du magst.«
»Toni.« Der Bub strahlte. »Wirklich? Natürlich möchte ich reiten lernen.«
»Dafür lässt du mich am Leben. Einverstanden?« Denaro zog Toni näher zu sich und zu Gallo, nahm seine Hand und führte sie an die Nüstern. Der Araber war zu müde, als dass er sich gewehrt hätte. Toni verlor sofort seine Scheu.
»Das ist Gallo. Das heißt übrigens übersetzt Hahn.« Denaro hob den Buben in den Sattel. Toni lachte.

»Warum heißt ein Pferd Hahn?«, fragte er.
Kluge Frage, dachte Denaro. Daran erkannte man die größeren Geister, nicht an den Antworten. So machte es ihm Spaß, sich mit einem Kind abzugeben. Er zeigte Toni, wie er am besten im Sattel saß und führte Gallo mit dem Buben an der Leine herum. Das war genug für das erste Mal und für einen fremden Burschen.

Toni hob ein Bein über den Sattel und sprang herunter.
»Danke«, sagte er wohlerzogen. Er hob seinen Stecken wieder auf und rannte mit ihm weg. Denaro sah ihm nach und dachte an den fürstlichen Reitstall und seinen ersten Ausritt mit dem Freund. Auf dem Rücken der Pferde hatte er den Stallgeruch seiner ärmlichen Herkunft abgelegt und die Freiheit der Reichen erspürt. Geld würde auch darüber entscheiden, was aus diesem schlauen Buben einmal würde, denn seine Herkunft konnte, der Kleidung und Ausdrucksweise nach zu urteilen, so übel nicht sein. An die Bedeutung einer liebenden Mutter bei den Zukunftsaussichten Tonis dachte Denaro dabei nicht.
Der Doktor saß wieder auf und freute sich auf sein Dorf, die letzte Heimat, die ihm vorerst geblieben war.

27.

Der Pfarrer begegnete ihr mit einem Blick, als wäre sie gerade leibhaftig aus der Hölle heraufgefahren. So wie sie ihm nicht verziehen hatte, so hatte er ihr nicht vergeben, aus dem Kloster geflohen zu sein. Aus einem Kloster, das er eigens so lange gesucht hatte, denn Vater Grießer war für seine verzogene Tochter keines gut genug gewesen. Die Schwestern hatten sie dort entbunden, ihr den Bangad abgenommen, und Lucilie hatte dort alles über Pflanzen lernen, die Bibliothek durchstudieren und ihre Heilkünste ausprobieren können an den Schwestern drinnen und den armen Mägden draußen. Aber die undankbare Grießer-Tochter hatte, wie Hinterrainer später erfuhr, nur gewartet, bis sie das gesammelte Klosterwissen aufgesogen hatte, und sich danach aus dem Staub gemacht. Damit hatte sie es in München leicht zu einer Oberhebamme bringen können! Den Bayern schien es völlig egal zu sein, ob ein Weib ihr religiöses Gelübde brach oder nicht. Und jetzt stand die Lucilie auf seinem Friedhof, am Grab ihrer Mutter, und schaute ganz harmlos drein, so als würde sie die Mariensteiner Weiber nicht aufhetzen.

Nachdem Lucilie noch einmal zur Lederbäuerin geschaut und beruhigt festgestellt hatte, dass sie nicht mehr fie-

berte, und sogar schon ein paar Löffel der Brennsuppe zu sich genommen hatte, war Lucilie zum Friedhof neben der Kirche gegangen. Bisher hatte sie es vermieden, in die Nähe des Pfarrers zu kommen, doch in Marienstein würden sie sich sowieso früher oder später direkt über den Weg laufen. Von weitem hatte man sich ohnehin schon gesehen, und Lucilie hatte von seiner Schwägerin, der Hinterrainerin, erfahren, dass der Geistliche alle über sie ausfragte und sie misstrauisch beäugte. Zu keiner Andacht und zu keiner Messe war Lucilie in seiner Kirche erschienen, das stimmte den Pfarrer erst recht argwöhnisch. Gespräche mit den Weibern leitete er gerne ein mit den Worten »Die Lucilie ist ja wieder da« und wartete darauf, dass man ihm von ihr erzählte.
»Was willst denn von ihr?«, hatte ihn seine Schwägerin direkt gefragt. Der Pfarrer hatte geantwortet, dass die Lucilie schon immer rebellisch war, dass sich ein Charakter nicht ändere und es nur eine Frage der Zeit wäre, bis sie hier in Marienstein wieder ihr Unwesen treibe.

Kopfschüttelnd hatte die Frau Gendarm dies wiederum Lucilie berichtet. Was hatten die Mannsbilder, so die Hinterrainerin, schon für eine Ahnung! Die Hinterrainerin hatte gestöhnt und der Lucilie erklärt, dass sie schon wieder schwanger sei, jedes Jahr käme ein neues Kind, elf habe sie schon. Kein Mannsbild könne sich vorstellen, was es hieße, die eheliche Pflicht zu erfüllen und dann wieder mit einem dicken Bauch herumzulaufen und nicht zu wissen, ob man die Entbindung auch überlebe. Ob der Herrgott das wirklich so gewollt hätte? Nein, da stimme etwas hinten und vorne nicht, das wäre ja genau das Gegenteil von der Nächstenliebe, die Jesus predigte, dann würde er ja die Weiber nicht lieben. Ihretwegen müsse man unter solchen Schmerzen die Kinder zur Welt bringen, weil die Eva in den Apfel gebissen hat; aber dass die Weiber, die nach dem ersten Kind dann ja auch Mütter waren wie die Maria Mutter Gottes selbst, bei diesem Vorgang auch noch wie die Fliegen verreckten, das konnte der Allmächtige so nicht gewollt haben. Auch wenn der Pfarrer sie für diese Worte Sünden strafen würde, nein, der sei auch nur ein Mannsbild, noch dazu ein Unverheirateter ohne Kinder, und wenn sie es sich recht überlege, so die Hinterrainerin, sei der Papst, der das ganze Sündenregister festlege, auch so einer. Ja wisse der denn irgendetwas davon, was es heißt, sich nachts besteigen zu lassen und elf Mäuler zu stopfen?

Lucilie lächelte die Hinterrainerin, aus der die Not der ganzen Jahre in ein paar Minuten herausgebrochen war, verständnisvoll an, aber vermied, ihr zuzustimmen.
»Stillst denn die Kinder?«, fragte Lucilie und erinnerte sich an den Besuch bei der Prinzessin. Nicht einmal die Hoheit hatte von diesem Zusammenhang gewusst.
»Es kommt keine Milch«, antwortete die Hinterrainerin.
Lucilie riet ihr, viel Quellwasser zu trinken, das würde den Milchfluss anregen und meist auch weitere Schwangerschaften verhindern. Im nächsten Moment hätte sie sich am liebsten auf die Zunge gebissen.
Mit großen Augen schaute die Hinterrainerin sie an. Sollte ihr Problem wirklich so einfach zu lösen sein?
»Das ist aber nichts Sicheres.« Lucilie versuchte, ihren Ratschlag herunterzuspielen.
Aber die Hinterrainerin glaubte ihr nur allzu gerne, um einen Ausweg aus den jährlichen Schwangerschaften zu finden.

Reichte es nicht, dass sie sich in München und Landshut in Schwierigkeiten gebracht hatte, musste sie das auch noch in Marienstein tun, ihrem letzten Zufluchtsort? Konnte sie nicht einfach ihren Mund halten? So wie andere Hebammen und Heiler versuchten, Zulauf zu bekommen und ein Geschäft zu machen, so musste sie versuchen, hier möglichst unauffällig stillzuhalten.

Das Gespräch mit der Hinterrainerin fiel Lucilie wieder ein, als sie am Grab der Mutter plötzlich den Pfarrer vor sich stehen sah.

»Die Lucilie! Geht's dir gut?«, fragte Hinterrainer süßlich.

Lucilie nickte und lobte Vronis schöne Grabbepflanzung für die Mutter.

»Hoffentlich muss der Vater Grießer nicht bald zu ihr!«, meinte Hinterrainer. »Wie geht's ihm denn? Kannst ihm helfen mit deiner Heilkunst?«

Die Stimme des Pfarrers war tiefer geworden, sein Bauch dicker und die Haare waren bis auf einen Kranz verschwunden. Aber seine übertrieben freundliche, scheinheilige Art, der hinterhältige Ausdruck seiner kleinen Augen und das stets etwas gerötete Gesicht hatten sich unverändert erhalten. Lucilie bemerkte, dass auch sein Schweiß immer noch stechend scharf roch. Sie hatte ein Leben in München hinter sich und fühlte sich doch plötzlich wieder als das junge Ding, das der Vater im Stadel beim Steg mit einem Knecht erwischt hatte und der Priester verteufelte.

Grün und blau hatte sie der Vater geschlagen und in den Keller gesperrt. Vroni hatte ihr heimlich zu trinken und zu essen gebracht, niemand wusste, wann der Vater sich wieder beruhigen würde.

Als er sie schließlich eines Nachts weckte, war es nur, um sie dem Pfarrer zu übergeben. Der brachte sie, an seine Hand gefesselt, auf einem Wagen zum Kloster, und dort verband man ihr für Tage die Augen und warf sie in eine Zelle, bis sie sich jeden Tag übergeben musste und die Schwestern zu Recht eine Schwangerschaft vermuteten. »Nur wegen des Kindes«, so die Oberin, durfte sie daraufhin jeden Tag in den Garten und mit den Schwestern am Tisch essen. Die täglichen Peitschenhiebe schienen den Nonnen dagegen dem Ungeborenen nicht abträglich. Und wenn sie beim Geschlagenwerden nicht laut ein Vaterunser oder Ave-Maria mitbetete, kettete man sie wieder an, verband ihr die Augen und ließ sie in ihrer Notdurft liegen. »Besondere Strenge«, so hieß es, verlange nicht nur der Herrgott bei diesen Sünden, sondern auch der Vater und der Pfarrer.
Eines Tages spürte Lucilie das Kind sich im Bauch bewegen und redete fortan täglich mit dem Wesen in ihrem Inneren, streichelte es, wenn ein Beinchen durch den Bauch drückte und scherzte sogar mit ihm.
Als die Wehen immer heftiger wurden, rief man eine alte Hebamme aus der Nähe, Lucilie durfte das Kind noch nicht einmal anlegen, sie konnte nur einen flüchtigen Blick auf es erhaschen, es war ein Mädchen mit tiefschwarzen Haaren. Man wickelte es in Tücher und trug es fort.

Draußen schien die Sonne, durch das Klosterfenster sah sie Frühlingsblumen blühen, Amseln ein Nest bauen und die alte Hebamme mit einem Korb einen schmalen Weg durch das Gras davongehen. Die Alte trug eine Mistgabel mit sich, warum, hatte Lucilie nie erfahren.

Lucilie konnte nicht schreien, obwohl sie ihrem Kind in die ganze Welt hätte hinterherbrüllen mögen. Wohin brachte die Hebamme ihr Mädchen? Ließ sie es taufen? Lucilie gab ihm einen Namen, ohne Pfarrer, ohne Taufe. Josepha sollte sie heißen, wie die viel zu früh verstorbene Mutter.

Lucilie hatte sich geirrt. Josepha wurde nicht mehr zu ihr zurückgebracht. Eine Woche nach der Entbindung versprach man ihr, sie würde ihr Kind sehen dürfen, wenn sie anständig und fromm am Klosterleben teilnehmen würde. Ein Jahr später versprach man ihr, das Mädchen würde zu ihr zurückgebracht, wenn sie das Gelübde ablegte. Das Mädchen sei am Leben und wohlauf, sagte man ihr, und es dürfe zur Mutter, wenn Lucilie nur eifrig so weiterbete, sich so nützlich mache und sich der Heilkräuterlehre weiter so verschriebe, um die große Tradition des Klosters, das alle weltlichen Herren nun aufzulösen trachteten, fortzusetzen.

Weitere zwei Jahre später versicherte man ihr, das Mädchen entwickle sich prächtig, es käme zu ihr ins Kloster zurück, wenn die Oberin sie einer erneuten Prüfung unterzogen hätte, um sich endgültig von ihrer Umkehr zu überzeugen. Lucilie erneuerte ihr Gelübde für ewig, sah durch das Klosterfenster zum Weg, den die Hebamme gegangen war, wenn er schneebedeckt war, wenn im Frühling die Vögel dort zwitscherten, wenn im heißen August die Pflanzen dort die Köpfe hängen ließen, wenn im Herbst der Tau die Fluren bedeckte und das Gras glitzerte, ehe der Schnee nach einem rot-gelben Herbst das Land erneut überzog.

Eines Morgens begriff sie, dass ihr Mädchen für immer weggegeben worden war und sie stets vergeblich hoffen würde. Sie packte einen kleinen Rucksack, rannte zum See, überredete einen Fischer, sie hinüberzurudern, und floh über die Grenze nach Bayern.

Nur kurz arbeitete sie als Magd bei einer großzügigen alten Dame, dann lernte sie den Hebammenberuf innerhalb von drei Monaten und hatte seither ihr Auskommen, ihre Aufgabe und ihre Freiheit in München, der Stadt, die sie so freundlich aufgenommen hatte, mit nichts als dem Rucksack bei sich.

Die Träume von Josepha ließen nach, Lucilie rührte das Geld in der Kassette nicht an. Sie hatte es gespart, um das Mädchen zu suchen. Doch wo sollte sie anfangen? Lebte es nicht längst irgendwo in einer Familie, aus der sie es nicht mehr reißen durfte? Würde sie mit ihrer Sehnsucht nicht das Kind ganz durcheinanderbringen? Lucilie kaufte sich mit dem Geld Bücher und lernte bald darauf Anton kennen.

Und da stand jetzt der Pfarrer vor ihr mit seiner süßlichen Stimme und traute sich zu fragen, wie es ihr und dem Vater ginge. Lucilie hatte immer noch Angst vor seiner hinterhältigen Macht, aber den Toni konnte er ihr nicht nehmen. Oder doch? Könnte er sie nicht wegen irgendeines Vergehens einkerkern lassen? Könnte er ihr nicht einen Strick daraus drehen, weil sie ohne Hebammenlizenz hier behandelt hatte? Aber sie hatte doch aufgepasst und sich nichts zuschulden kommen lassen!

Lucilie gelang es nicht, mit dem Geistlichen ein diplomatisches Gespräch zu führen. Toni, Josepha und der Klosterkerker standen vor ihrem geistigen Auge, als sie mit zitternden Händen ihren Rock etwas anhob, um schnell davonlaufen zu können.

Pfarrer Hinterrainer dachte, dass der Teufel das Weihwasser scheut.

28.

Obwohl heute kein Waschtag war, wenn sich Denaro recht erinnerte, trugen die Weiber Körbe über den Dorfplatz. In allen Höfen und vor den Häusern waren Laken, Hosen, Röcke und Unterwäsche zum Trocknen aufgehängt. Gab es eine Tradition in Marienstein, die er nicht bemerkt hatte, eine Art heilige Waschung vor einer Wallfahrt? Bisher war stets einer auf ihn zugekommen, um über diese oder jene Krankheit zu klagen, wenn er verreist gewesen war. Doch heute grüßte man ihn nur flüchtig, als er auf Gallos Rücken zu seinem Haus ritt. Manche Weiber ratschten geschäftig und wurden leiser, als er sich näherte. Aus dem Augenwinkel beobachtete er, wie man immer wieder zu Vronis Haus blickte.

Die Nachbarin zeigte sich nicht. Denaro brachte Gallo selbst in den Stall und ging mit den Satteltaschen in sein Haus. Er zog die dreckigen Stiefel im Gang aus und schlüpfte endlich wieder in bequeme Halbschuhe, als er aus dem Behandlungszimmer hörte, wie Bestecke klirrend zu Boden fielen. Doch nicht Vroni war beim Putzen ein Missgeschick passiert, sondern Marie bückte sich, um die Instrumente wieder in die Tasche zu packen.
»Was machst du da?«, herrschte Denaro sie an.
»Ich räum das zurück. Das haben wir ausgeliehen für die

Lederbäuerin«, sagte die Magd, ohne sich vom Doktor einschüchtern zu lassen.

»Meine Instrumente?«, fragte Denaro ungläubig. Chirurgisches Besteck verlieh man nicht und schon gar nicht an Laien.

»Das war ein Notfall bei der Lederbäuerin. Die Grießer-Tochter ist da. Die hat ihr das Leben gerettet.« Marie hatte die Instrumente eingepackt und stand auf. »Die gehören ausgekocht, übrigens!« Sie blickte ihn stolz an.

Der Doktor packte sie am Arm. »Willst du mir vorschreiben, was ich mit meinem Besteck mach? Willst du mir erzählen, was Kurpfuscher für einen Unsinn erzählen?! Raus mit dir, bevor ich mich nimmer kenn!«

Marie machte sich los und schüttelte ihren Arm aus. »Und ich krieg Alimente von dir!«

»Was? Wer sagt das?« Ungläubig überlegte Denaro, wie die Magd auf diese Idee gekommen war.

»Auch die Grießer-Tochter. Die kommt aus München. Die kennt sich da aus.« Marie drehte sich um und ging zur Tür.

Denaro hatte sich überrumpeln lassen. Jetzt lachte er auf. »Wenn du glaubst, eine jede Hur könnt mir ein Kind anhängen, dann hast dich getäuscht. Das musst erst einmal beweisen.«

»Das sagt ein jeder, sagt sie. Aber ich …« Marie suchte nach einem Ausdruck.

Die Augen des Doktors verkleinerten sich gefährlich. »Dann geh halt zum Gendarmen, und sag ihm, wie es war. Freiwillig bist zu mir gekommen, und da soll einer glauben, dass das nur bei mir so war!?«

Maries stolzer und siegessicherer Gesichtsausdruck verschwand, Tränen stiegen in ihre Augen.

»Und jetzt raus mit dir, oder wart, ich geh gleich mit! Die Kurpfuscherin, die da die Weiber aufhetzt und sich mit meinem Besteck ihr Geld verdient, die knöpf ich mir vor.« Aufgebracht schob Denaro Marie zur Seite und ging zum gegenüberliegenden Grießer-Haus.

Vroni wunderte sich über den wütenden Doktor und beantwortete die Frage, wo ihre Schwester sei, mit »beim Vater oben«. Denaro nahm zwei Stufen auf einmal, die Tür zur Kammer von Vater Grießer stand offen. Polternd trat er ein.
Lucilie saß am Bett des Alten. Sie fuhr herum, als sie die schweren Schritte vernahm.

Denaro blieb stehen. Lucilie erstarrte. Sie sahen sich in die Augen. Sie ließen den Blick nicht mehr voneinander los. Vater Grießer schaute von der Tochter zum Doktor und wieder zurück.

Denaro fing sich zuerst. Er ging zu ihr hin und zog sie hoch. Er hielt sie an den Händen weiter fest. Lucilies Lippen bebten, Denaro musste sich dazu zwingen, sie nicht vor Vater Grießer zu küssen. Vroni kam dazu und erkannte wie der Vater unschwer, was sich im schier unendlichen Festhalten des Augenblicks der beiden zeigte: Liebe.

III.

1.

Sie hatten sich nicht vorgestellt, sie hatten sich nicht verabredet. Sie ahnten, dass in ihrer beider Leben kein Stein mehr auf dem anderen bleiben würde und zogen sich noch einmal zurück. Denaro ging nach dem Wiedersehen in die Praxis zurück, verstaute seine Reiseutensilien, wusch sich und zog sich um. Lucilie gab dem Vater Tee, aß mit Vroni, Alois und Toni zu Abend und ging mit dem Buben ins Bett. Toni war Gott sei Dank so müde, dass er keine Fragen mehr stellte und sofort einschlief. Lucilie stand wieder auf. Sie zog den Vorhang etwas zur Seite und schaute hinüber zu seinem Haus, im dem Licht brannte. Auch Denaro ging zum Fenster und sah hinüber zu ihr.

Auf dem Dorfplatz war niemand zu sehen, Lucilie nahm trotzdem einen Umweg und klopfte an der Hintertür. Denaro hatte sie erwartet, er zog sie herein, zu sich, er strich ihr übers Haar, sie küssten sich, sie zogen sich aus, sie schliefen im Behandlungszimmer miteinander, sie hielten sich fest, sie sahen sich an, sie lächelten über sich selbst. Sie sprachen über den Kometen und den milden Sommer, sie streichelten sich wieder zärtlich und hüllten sich in eine Decke, weil sie froren.
»Ich hab schon immer zu dir gehört, und du zu mir. Wir

haben es bloß nicht gewusst«, sagte Denaro. Lucilie nickte. Sie zog sich wieder an und ging hinüber ins Elternhaus, schlich sich zu Toni ins Bett und dachte plötzlich: Jetzt hab ich keine Furcht mehr. Ihr Herz klopfte, sie konnte nicht einschlafen.

Vroni weckte sie mit den Kirchenglocken, die zur Sonntagsmesse läuteten. Toni lag nicht mehr im Bett, die Schwester brachte ihr einen Tee und schüttelte liebevoll den Kopf über sie.
»Pass bloß auf, Lucilie. Der Doktor ist ein narrischer!«, mahnte sie zärtlich.
»Ich war noch nie so glücklich«, gestand ihr Lucilie und richtete sich auf.
Sonnenstrahlen ließen ihre Haare glänzen, ihre Augen leuchteten.

Im Gang waren wieder die schweren Schritte zu hören, Toni rief: »Darf ich wieder reiten?«, und Denaros Stimme antwortete verblüfft: »Sag bloß, du gehörst der Lucilie?« Toni riss die Tür auf, der Doktor folgte ihm.
»Mama, Mama, wir machen einen Ausflug mit dem Doktor, und ich darf wieder reiten! Juhu!« Toni sprang vor Freude in die Luft.
So verschlafen und zersaust in der Morgensonne schien sie Denaro noch schöner. Beim Erwachen zeigte sich der pure Mensch.

Vroni stand auf und warnte. »Ich weiß nicht, ob das so eine gute Idee ist. Jetzt gehen alle Leute in die Kirche, und ihr wollt miteinander ein Schäferstündchen halten!«
»Was ist ein Schäferstündchen?«, fragte Toni, doch keiner gab ihm eine Antwort.
»Meinst, ich geb was auf die Leute?«, lachte Denaro. Toni

zog den Doktor an der Hand, er konnte den Ausflug kaum erwarten.
»Dir können sie wurscht sein, aber nicht der Lucilie«, entgegnete Vroni besorgt.

Lucilie sah plötzlich die blinde Seherin vom Landshuter Volksfest vor sich, hörte ihr hämisches Lachen und ihre Worte: »Der Geliebte wird dein Kind töten!«
Bang sah sie Tonis Hand in Denaros liegen.
»Komm her, Toni, sofort«, befahl sie dem Buben harsch.
Sogar Vroni erschrak über Lucilies Tonfall und ihr ängstliches Gesicht. Alle drei blickten sie fragend an.
Lucilie schloss die Augen, atmete tief durch und schimpfte sich für den dummen Aberglauben. Dann lächelte sie Denaro an.
»Alle raus hier. Ich muss mich anziehen, nur die Vroni darf bleiben.«
»Heißt das, wir machen den Ausflug?«, fragte Toni.
»Ja, aber erst wenn ich nach dem Vater geschaut hab und alle Leute in der Kirche sind«, antwortete Lucilie und bekam zum Dank dafür von ihrem Buben ein Bussi, ehe er an Denaros Hand aus der Kammer verschwand.

Der Vater fragte nichts. Toni und den Doktor hätte er drunten gehört, bemerkte er nur und versuchte, seinen Husten zu unterdrücken. Lucilie sollte sich jetzt nicht so lange mit ihm und seiner Krankheit aufhalten, sondern mit dem Doktor und dem Buben hinausgehen, jung sei sie, sie solle leben!

Erstaunt sah Lucilie ihn an und gab ihm noch einen Schluck Tee. »Lass dir den Schneid nicht mehr abkaufen!«, fügte der Vater hinzu. »Hast doch früher auch vor nichts eine Angst gehabt.«

Lucilie küsste ihn auf die Stirn und rannte nach unten. Nein, sie rannte nicht, sie flog. Sie fühlte eine unbekannte Kraft in jeder Faser ihres Körpers.

Denaro half Toni in den Sattel. Der Bub strahlte, der Doktor auch. Was war das für ein unverschämtes Glück, dass dieses Weib auch noch einen Sohn hatte, der ihm ausgesprochen gut gefiel?

2.

Die Mariensteiner warteten nicht vergeblich auf die Stellungnahme des Pfarrers zu dem neuen Liebespaar. In den Augen des Geistlichen hatte sich die Wissenschaft mit der Hexerei verschworen. Heimlich aß Pfarrer Hinterrainer das Hollermus, das Lucilie seiner Schwägerin gegen Verstopfung empfohlen hatte, und wartete darauf, dass sich der Weiberheld Denaro der Lucilie bald entledigen würde.
Zusammen bildeten der Doktor und die Hebamme eine Macht, die ihm nicht geheuer war. Denaro war zwar ein wissenschaftlicher Teufelskerl, aber er war nie ein wirklicher Dörfler geworden, nie einer, den die Bauern und das Gesinde als einen der ihren betrachteten. Die Lucilie hingegen war »heimgekommen«, wie es hieß, so lange hatte sie gar nicht fortbleiben können, als dass sie nicht mehr als Mariensteinerin galt. Auf beide zusammen würde man hören, und dem Pfarrer schien es jetzt schon so, als ob man seine Worte nicht mehr ernst nahm.

Mit unbeteiligten Mienen nahmen die Mariensteiner seine Predigt über die Krankheit als Läuterung der sündigen Seele auf, man schaute noch nicht einmal richtig zu ihm auf die Kanzel hinauf. Er redete deshalb am Ende frei, ohne Manuskript, und warnte laut und eindringlich davor, dass der Teufel oft einen Doppelkopf hat, bestehend aus einem Weib und einem Mannsbild. Dass dieser Satan vielerlei Gestalten annehmen und sich sogar listig als Helfer verkleiden konnte. Und wer an den Worten des Herrn, die sich durch seine bescheidene Person äußerten, zu zweifeln anfing, den hatte der Teufel schon halb zu sich in die Hölle gezogen.

»Wehret den Anfängen!«, rief Pfarrer Hinterrainer abschließend den Dörflern zu, doch nicht einmal diese beschwörenden Worte entlockten den Weibern auf der linken und den Mannsbildern auf der rechten Seite ein zustimmendes Nicken.

Die heilige Kommunion empfingen trotzdem fast alle, und der Geistliche beruhigte sich etwas, denn das zeigte, dass die Mariensteiner keine schweren Sünden begangen hatten, die hätten sie ihm vorher beichten müssen. Vater Grießer würde er bald einen Besuch abstatten und ihn an sein altes Versprechen erinnern.

Auch zur Marie, die nicht kommuniziert hatte, ging der Pfarrer. Sie saß vor dem Lederbauernhaus und schnitzte. Als sie Pfarrer Hinterrainer sah, warf sie ein Tuch über das angefangene Werk – die ihm und der Kirche versprochene Muttergottes sollte er vor der Vollendung nicht sehen, sie würde sie aber bis zum Almabtrieb fertiggestellt haben. Blass sah die Marie aus, stellte Hinterrainer fest. Wie alle im Dorf fragte er sie, was sie denn von der Lucilie halte und ob die Hebamme der Lederbäuerin auch gut geholfen hätte.

»Das war alles rechtens, Herr Pfarrer, wenn sie das meinen«, antwortete Marie und verabschiedete sich vom Geistlichen mit den Worten, sie müsse nun die Hühner füttern. Die Lederbäuerin, die wieder auf den Beinen war, trat vor ihre Haustür und bemerkte schnippisch, sie könne in dieser Angelegenheit auch selbst Auskunft erteilen, dafür müsse er nicht ihre Magd aushorchen. Die Lucilie hatte ihr das Leben gerettet, dagegen könne der Herr Pfarrer ja nichts einzuwenden haben.

»Dein Leben hast schon dem Herrgott zu verdanken, und nicht ihr!«, entgegnete ihr der Geistliche ärgerlich und ließ sie stehen. Er holte daraufhin das Opfergeld aus dem Stock und ging damit zu seinem Bruder, der mit seiner Frau und den lärmenden Kindern im Stall beim Melken war.

Nach Salzburg solle er hinaufreiten und herausfinden, ob über die Lucilie als Heilerin geredet wurde und auch gleich in Erfahrung bringen, wie die bayerischen Gesetze dazu lauteten. Die Schwägerin, deren kleine Kinder an ihrem Rockzipfel hingen, fragte ihn spitz, ob er nichts Besseres zu tun hätte, als ihren Mann vom Hof wegzuholen, und der Bruder selbst machte keinerlei Anstalten, seine Arbeit zu unterbrechen. Gendarm Hinterrainer molk seine Kuh weiter, so als hätte der Geistliche überhaupt nicht mit ihm gesprochen.

»Jetzt langt's!« Der Pfarrer lief rot an. »Das ist ein kirchlicher Befehl!«

Der Bruder schaute nur kurz auf. »Was soll ich gegen die Lucilie haben? Ihr verdank ich, dass mein Weib wieder gern die eheliche Pflicht erfüllt«, brummte der Gendarm mürrisch.

Eins der Kinder, das ausmistete, traf das Gewand des Geistlichen mit Mist. Der Pfarrer schnaubte, schimpfte den Buben aus und machte wütend kehrt. Das Teufelspaar hatte schon das ganze Dorf auf seine Seite gezogen, es war viel schlimmer um ihn und seine Kirche bestellt, als er gedacht hatte, da galt es nicht mehr nur den Anfängen zu wehren.

Beim Nachtgebet überlegte er, welchen Zusammenhang es zwischen der freudigen Erfüllung der ehelichen Pflicht und Lucilie gab. Er kam nicht darauf, aber das würde er noch herausfinden.

3.

Am Bergsee brachte Denaro Toni in den letzten Sommertagen das Schwimmen bei. Lucilie protestierte, der Bub könnte sich erkälten, doch der Doktor hörte nicht auf ihre Worte, hob sie stattdessen hoch und hielt sie übers Wasser. Wenn sie ihm jetzt nicht sofort die Ehe verspreche, würde er sie in den See werfen. Toni stimmte auf Anhieb zu, gerne dürfe der Doktor sein neuer Papa werden. Lucilie wurde klatschnass.

Sie schliefen nachts in Denaros Haus miteinander und suchten sich tagsüber unter dem Vorwand eines medizinischen Austausches. Sie pflückten verschiedene Heilkräuter, diskutierten über ihre Wirkung und stellten einfache Arzneimittel her. Sie belachten die Viersäftelehre und waren sich in der Bedeutung der anatomischen Studien einig. Denaro wollte sie gar mit nach Salzburg nehmen, um sie selbst obduzieren zu lassen, doch das lehnte Lucilie entschieden ab. Der Doktor erzählte von seinem Traum, ein Betäubungsmittel für Operationen zu finden, Lucilie versuchte ihn von der Theorie der kleinen Tierchen und der Bedeutung der Hygiene zu überzeugen – aber darüber schüttelte Denaro lächelnd den Kopf. Wie konnte eine so kluge Frau nur so einen Schmarrn glauben?

Der Doktor ging jagen und brachte Wild ins Grießer-Haus, das Alois zerlegte und Vroni mit feinen Kräutern zubereitete. Lucilie übernahm die Aufgaben der Schwester in Denaros Haus, Toni kümmerte sich um Gallo und Vater Grießer schien sich etwas zu erholen.

Alle zusammen fanden sich eines Abends in Vronis Küche wieder, Denaro spendierte französischen Wein zum Essen, und man erfand zu Vronis Zitherspiel Gstanzln über den mageren Verstand des Gendarmen, die Angst des Lederbauern vor den Saligen und die Verstopfung des Pfarrers.

Über und über küsste Denaro sie in dieser Nacht, Lucilie drängte ihren Körper dicht an den seinen.

Es war zu schön, um zu halten. Das Glück war zu groß, um nicht zu zerbersten.

»Scht!« Denaro legte in seiner dunklen Kammer die Hand auf ihren Mund.

Lucilie weinte, er streichelte sie und verstand ihre Tränen des Glücks, ihre Tränen des Unglücks. Auch er spürte eine Bedrohung, ohne sie fassen zu können, so wie ihm ein Ziehen an seiner Schulternarbe ein Gewitter oft Stunden im Voraus ankündigte, ohne dass ein Wölkchen am Himmel zu sehen war.

Ach was, sie hatten einfach schon zu lange ihr Leben ohne einander verbracht, um dem Glück zu vertrauen.

Später gingen sie hinaus, mitten in der Nacht, ein Stück des Wegs zum Steg hinauf. Wie Kinder hielten sie sich an der Hand und hüpften über die Steine auf dem Pfad. Außer Atem setzten sie sich auf eine Bank, hielten sich umschlungen und blickten von dort aus über das Dorf in der sternenklaren Nacht.

»Wir müssen einen Plan schmieden«, sagte Denaro ernst.

Lucilie nickte.

»Willst du in Bologna, Paris oder München leben?«, scherzte er.
Lucilie lächelte. »Wir sollten bald heiraten, das macht alles einfacher.« Im November wäre das Trauerjahr vorbei.
Denaro nickte. »Und ich will noch zehn Kinder mit dir!«, scherzte er wieder.

Sie erzählten sich dort oben Vergangenes, das sie bisher ausgespart hatten, um die Gegenwart nicht zu stören. Doch sie fassten sich kurz, so als wollten sie nur Hinweise geben. Denaro berichtete vom Fürstenhof, dem frühen Tod seiner Eltern und Geschwister, von der Verrohung auf dem Schlachtfeld und den Opiumexzessen.
Lucilie erzählte knapp, dass sie in einem Kloster viel gelernt hatte, dass die Ehe mit Anton vernünftig gewesen war und sie begonnen hatte, ein Buch zu schreiben. Sie sprach von den Vorkommnissen in der Gebäranstalt und dem Vortrag an der Landshuter Universität.
»Bist du wirklich so naiv?«, fragte Denaro erstaunt.
Was meinte er?
Ein paar Sätze genügten, und Lucilie begriff ihre Dummheit – Professor Aigner hatte sie bewusst ins offene Messer laufen lassen. Noch nicht einmal der Doktor glaubte an die Bedeutung der Hygiene, natürlich war abzusehen gewesen, dass ein jeder Mediziner sie dafür verlachen würde. Und Aigner hatte damit erreicht, was er wollte: Die Münchner Oberhebamme war aus dem Weg geschafft und damit ein Widerstand der Geburtshelferinnen gegen die Übernahme ihres Berufs durch die Ärzte im Keim erstickt.
Aber war sie nicht selbst schuld? Hatte sie nicht aus ihrer Ängstlichkeit heraus versucht, es besonders gut zu machen, und war deshalb gescheitert?
Denaro lachte sie liebevoll aus. Sie stellte die falschen

Fragen. In der Medizin hatte es noch nie genügt, Unerhörtes zu denken und etwas Neues zu wagen. Man musste es auch politisch geschickt durchsetzen und den Anfeindungen trotzen können. Jahrhunderte hatten Ärzte gegen die Kirche gekämpft, um sezieren zu dürfen. Seit Jahrzehnten führten die Ärzte für das chirurgische Fach eine Schlacht gegen die Bader und Wundheiler. Und Edward Jenner, der Engländer, war nur um ein Haar dem Kerker entkommen, nachdem er die erste Pockenimpfung an einem Buben ausprobiert hatte. Klugerweise hatte er sich vor der Veröffentlichung seiner bahnbrechenden Methode des Rückhalts der englischen Krone versichert – wahrscheinlich war nur dadurch ein Rufmord und ein gerichtlicher Prozess zu verhindern gewesen.

Und sie als alleinstehendes Weib ohne Studium hatte es da natürlich noch schwerer, und deshalb müsste sie sich noch viel geschicktere Schachzüge ausdenken. Hatte sie denn wirklich geglaubt, großes Wissen und eine schöne Theorie würden reichen? Selbst wenn sie Beweise hätte, wäre der Weg noch steinig genug und äußerst gefährlich. Es ging um die Reputation der Ärzte, es ging um universitäre Posten, es ging um sehr, sehr viel Geschäft.

Lucilie wendete ein, dass Professor Aigner doch monatlich Geld für Tonis Ausbildung zahlen wollte.

Denaro lachte wieder. Die Methoden, mit denen gekämpft wurden, reichten von offen brutal bis subtil hinterhältig. Über ihr Kind hatte er sie gekauft, wegen Toni würde sie sich nicht gegen ihn wenden.

Lucilie sprang erregt auf. So wie sie eines Tages plötzlich erkannt hatte, Anton nie geliebt zu haben, so verstand sie jetzt auf einen Schlag, was der Professor eingefädelt hatte. Wie konnte sie nur so ein Schaf sein?

»Und jetzt?«, fragte Lucilie mehr sich selbst als Denaro.
»Lass dir was einfallen!« Der Doktor legte den Arm um sie. »Ich hätt gute Lust, mich mit dem Alten wegen dir zu schlagen. Aber einen Teufel werd ich tun! Weil es dir schaden würde.« Er lächelte schelmisch. »Und außerdem hab ich ganz vergessen, dass ich dir das ja auch gar nicht glaube! Ich bin bekannt für mein striktes Ablehnen der Kurpfuscherei!«
Er küsste sie. Sie umarmte ihn und hielt sich an ihm fest.
Ein Uhu flog mit seinen großen Schwingen und einem lauten Schrei dicht über sie hinweg. Lucilie erschrak nicht darüber.

4.

Seitdem man alles so sauber hielt, wie Lucilie es vorgemacht hatte, war es in Marienstein zu keiner nennenswerten Erkrankung mehr gekommen. Man scherzte schon, dass der Doktor nun woanders eine Praxis eröffnen müsste, weit weg, denn die Hygienemaßnahmen hatten sich auch in die nächsten Dörfer herumgesprochen. Der Pfarrer hatte über ein betrunkenes Mannsbild im Wirtshaus herausgefunden, was es mit dem Gerede über die eheliche Pflicht auf sich hatte und am nächsten Sonntag auf der Kanzel getobt: Nur der Herrgott dürfe bestimmen, wann sich Kinder einstellten und wann nicht, alles andere sei eine Todsünde. Noch am gleichen Tag hatte er dem Bischof geschrieben mit der Frage, wie man gegen die Person, die so etwas verbreite, gerichtlich vorgehen könne. Denn die Dörfler hörten nicht mehr auf ihn, sie kamen zwar nach wie vor in die Kirche, legten ihre Beichte ab und kommunizierten, aber sie fürchteten sich nicht mehr vor ihm. Dieser Zustand war nicht tragbar. In seiner Wut verzichtete der Geistliche sogar auf das Hollermus, das sie empfohlen hatte. Lieber litt er wieder an Verstopfung, als dem Rat der Lucilie zu folgen.

Toni versuchte sich nützlich zu machen bei den Vorbereitungen zum Almabtrieb, der mit dem größten Dorffest

verbunden war. Man holte Almrausch, Silberdisteln und Latschenkiefer für den Kopfschmuck der Kühe und Enziane für die Kropfbänder der Weiber. Man strich die Balkone an den Häusern neu, nähte Spitzen an die Dirndlröcke und brannte Schnaps. Da man sich mit dem Fest auch auf den Winter einrichtete, wurde Gemüse eingelegt, der Schinken geräuchert, Stiefel ausgebessert, die Vorratsschuppen abgedichtet und neue Schiefer auf die Dächer gelegt. Toni half mit, wo man ihn nur ließ, und manchmal schlief er beim Abendessen am Tisch ein. Einmal fragte er die Mutter, ob er denn nicht wieder in die Schule gehen müsse – Lucilie zuckte mit den Schultern.
»Ich weiß es nicht, Toni. Ich weiß noch nicht genau, wie es weitergeht.«
»Ich möchte hierbleiben«, antwortete der Bub. »Ich mag nicht mehr nach München zurück.«
»Aber ich muss wieder Geld verdienen, Toni, wir können der Vroni nicht so auf der Tasche liegen«, entgegnete Lucilie.
»Aber wenn du den Doktor heiratest, dann musst du doch nicht mehr arbeiten, oder?«, fragte Toni.
Lucilie suchte nach einer Antwort.
»Dann musst du auch nachts nicht mehr an dem Buch schreiben«, fügte Toni hinzu.
Wie hatte der Bub mitbekommen, dass sie nachts meist in der Küche saß und wieder schrieb?
»Ziehen wir dann zum Doktor ins Haus?«, fragte Toni weiter und wartete wieder keine Antwort ab. »Ich werde auch einmal Arzt«, sagte er und schlief ein.
Alois trug ihn ins Bett, Lucilie entkleidete ihn, deckte ihn zu und streichelte ihn sanft.

Lucilie sah zu Denaros Haus hinüber. Sie vermisste ihn. Er war nach Salzburg geritten, um dort ein dringendes

Geschäft zu erledigen, und hatte nicht sagen können, wann er wieder zurück wäre. So wie sie in seiner Nähe diese Kraft und diesen Mut spürte, so empfand sie in seiner Abwesenheit jetzt fast einen körperlichen Schmerz in den Gliedern. Die Tage und Nächte ohne ihn waren leer und zu ruhig.

Vielleicht hatte sie deshalb wieder angefangen zu schreiben, und innerhalb von nur acht Nächten das Buch am alten Tisch im Elternhaus zu einem Ende gebracht. Sie ging zur Küche, um dort das Nachwort zum »Not- und Hilfsbüchlein« zu verbessern – es war ihr Vortrag über Hygiene.

Ja, sie hatte es fertiggeschrieben, aber sie würde es nie veröffentlichen. Der Machtpolitik war sie nicht gewachsen, ihre erste Verpflichtung war der Toni, die zweite der Doktor. Sie war ein Weib, eine Mutter, und dem hatte sie ihr Leben unterzuordnen. Sie würde Denaro heiraten und ihm als Helferin zur Hand gehen. Wenn nicht einmal er ihre Theorie stützte, dann wäre sie der Welt nicht gewachsen. Warum sie das Buch dennoch fertiggeschrieben hatte, wusste sie selbst nicht zu sagen.

5.

Denaro war nach Landshut geritten, um herauszufinden, wie es um Lucilies berufliche Existenz stand. Er überlegte, Aigner auf sein Angebot anzusprechen und doch den ersten gynäkologischen Lehrstuhl zu übernehmen. Über dieses Hintertürchen würde er Lucilie in die Universität einschleusen können. Niemand konnte ihm verbieten, sie zu seiner Assistentin zu machen, es gab keinen Paragraphen, der dies Weibern verbot. Lucilie hatte er nichts von seinem Vorhaben erzählt, um ihr keine falschen Hoffnungen zu machen, solange nichts entschieden war. Außerdem brauchte er Geld, denn ohne die reichen Salzburger Patienten käme er nicht über diesen Winter.

Zum ersten Mal genoss Denaro auf Reisen nicht das Gefühl der Freiheit, an kein Haus und keinen Ort gebunden zu sein. Er trieb Gallo an und gönnte ihm nur alle zwei Stunden eine Pause. Er vermisste sie, er spürte körperliche Schmerzen, nur weil sie ihm nicht nahe war. Er musste sie bald wieder in seinen Armen halten, er wollte wieder ihre Augen sehen, wenn sie – ohne den Kopf dabei zu bewegen – frech zu ihm herüberblickte. Er wollte wieder Tonis kluge Fragen hören und abends in der Praxis warten, bis Lucilie ihn zu Bett gebracht hatte.

Er ritt direkt zur Universität und erfuhr, dass Professor Aigner für längere Zeit in München weilte. Denaro aß bei der Wirtin, der die Holzknechte damals fast den Schädel eingeschlagen hatten, und wurde von ihr mit Dankbarkeit überschüttet. Sie schenkte ihm unaufhörlich Wein nach, versorgte Gallo und ließ seine Stiefel putzen. Ob denn der Professor Aigner heute auch wieder käme? Der Doktor schüttelte den Kopf, nein, der sei in München. Schade, bedauerte die Wirtin, aber so ein feiner Professor würde natürlich nicht oft in einer so einfachen Wirtschaft wie der ihren absteigen, es hieß, er sei ein enger Freund des Kardinals geworden und pflege in München sogar gute Beziehungen zum Königshaus, stimmte das?

Noch vor Sonnenaufgang brach Denaro auf und jagte seinen Araber nach München. Aigner war noch ausgefuchster, als er gedacht hatte. Der Alte verstand es offenbar, auch den Klerus für sich einzunehmen. Kein Wunder, dass Lucilie gegen ihn nicht hatte ankommen können.

Als Denaro die Türme der Frauenkirche sah, freute er sich. Hier war Lucilie so lange zu Hause gewesen, hier lebte ein Stück von ihr, und die Stadt in ihrem bunten Treiben gefiel ihm noch besser als bei seinem vorherigen Besuch. Wenn die Universität von Landshut hierher verlegt würde, so überlegte der Doktor, könnten sie hier zusammen leben. In ihrer alten Wohnung vielleicht? Denaro lachte plötzlich laut auf, als er mit Gallo an der Leine am Viktualienmarkt mit seinen unzähligen Händlern vorbeiging. Er dachte tatsächlich daran, sich mit einem Weib irgendwo niederzulassen, sich um ein Kind zu kümmern und sich dem akademischen Betrieb auszuliefern!
Inmitten der Bauern, die mit Gemüse, Salat, Obst, Wurst und Fleisch handelten, entdeckte der Doktor einen jun-

gen Maler, der schüchtern Bilder feilbot. Ein kleines Ölbildchen mit einem Frauenkopf erinnerte Denaro an Lucilies Gesichtszüge. Sah er die Geliebte jetzt schon in irgendwelchen Bildern?

Ein Diener versuchte, den Doktor an der Residenz abzuwimmeln. Denaro ging den Burschen grob an – wenn er ihn, Doktor Denaro, nicht sofort einließe, könne ihm das teuer zu stehen kommen. Schließlich habe man ihn von der Gerichtsmedizin hierher zum Professor geschickt, in einer eiligen Angelegenheit, die einen Bediensteten nichts anginge.

Der Professor betrachtete mit Doktor Rappenstein und dem Kardinal die Pläne des königlichen Hofbaumeisters, als Denaro eintrat. Der Hofbaumeister, der, ebenso wie die anderen, fein herausgeputzt im Anzug steckte, musterte Denaro in seiner Lederjacke und den schmutzigen Reitstiefeln mit einem abfälligen Blick und hielt seine Rollen weiter mit beiden Händen geöffnet. In den königlichen Salon mit dem Marmorboden, den rot gepolsterten Sesseln und dem Wurzeltisch passte diese Erscheinung so gar nicht herein.
Erstaunt und erfreut begrüßte Aigner den Doktor und stellte die Anwesenden vor. Rappenstein und der Kardinal hatten schon von Denaro gehört, hieß es, sein außerordentlicher Ruf eile ihm voraus. Der Hofbaumeister hielt dem Doktor daraufhin seine Pläne unter die Nase, Denaro schob ihn zur Seite.
Aigner erklärte, dass für München ein Universitätsgebäude geplant würde und Doktor Rappenstein den ersten Lehrstuhl für Gynäkologie übernehmen würde. Kirchliche Vorbehalte gegen die neue Wissenschaftsrichtung habe er ausräumen können, wolle es sich Denaro

nicht doch noch einmal überlegen und vielleicht eine Professur übernehmen? Rappenstein zuckte zusammen, Denaro grinste. Nein, er sei nur gekommen, um den Professor zu grüßen, zufällig sei er gerade in München.

Als der Doktor den Raum verließ, beschlich ihn eine Unruhe. Woher kannte der Kardinal ihn? Der Kirchenhirte war eine Nuance zu freundlich auf ihn zugetreten. Aigner musste sich mit dem Kleriker über ihn ausgetauscht haben, das verhieß nichts Gutes.
Mit zwei Goldstücken bestach Denaro den Diener und schickte ihn edlen Wein aus dem königlichen Keller servieren.

Ein paar Stunden später erfuhr der Doktor, dass ihn sein Instinkt nicht getäuscht hatte – die Herren hatten sich darüber unterhalten, dass sich die renitente Oberhebamme, die Aigner in einem Bergdorf kaltgestellt hatte, mit einem Arzt verbündet hatte. Der örtliche Geistliche hatte in einem Schreiben an den Bischof darüber geklagt. Zusammen könnten sie höchst gefährlich werden, berichtete der Diener, denn die Hebamme habe eine Theorie, derzufolge Ärzte selbst Krankheiten übertrügen. Wenn dies unter das Volk käme, dann könnte man es noch als Spinnerei einer Kurpfuscherin abtun. Aber der Arzt sei mit allen Wassern gewaschen, pflege Beziehungen zum alten Fürstenhaus und verstünde sich ausgezeichnet auf Machtpolitik. Mit ihm zusammen könnte das ihren ganzen Berufsstand ruinieren.
Konkrete Vorhaben oder Pläne hatte der Diener nicht erlauschen können. Aber Denaro wusste nun, dass Lucilie und er auf der Hut sein mussten. Er verzichtete darauf, Rosa zu besuchen, und saß wieder auf.

6.

Der Festtag begann mit einer Aufregung: Marie hatte ihre Schnitzerei, die heute feierlich beim Hochamt enthüllt werden sollte, vor die Kirche gestellt und war seither verschwunden.
Frau Gendarm Hinterrainer und Vroni hatten die meterhohe Statue beim Wasserholen in der Früh zuerst entdeckt. Erstaunt blieben sie in der Morgendämmerung vor dem sorgfältig gearbeiteten Werk stehen und lachten. Das würde den Herrn Pfarrer zur Weißglut bringen, was war der Marie da nur eingefallen, was hatte sie sich getraut! Vor der schweren Holztür stand eine Muttergottes, die das Jesuskind mit Heiligenschein an der Hand hielt und hochschwanger war! Vroni und Frau Hinterrainer berichteten dies allen Dörflern, und noch ehe der Pfarrer aufgestanden war, hatten fast alle Mariensteiner das sündige Werk bestaunt.

Lucilie, die in der Küche Strudelteig knetete, lachte ebenfalls auf, als Vroni ihr davon erzählte, doch die heitere Ausgelassenheit der Schwestern wurde durch ein Poltern aus der Kammer des Vaters jäh unterbrochen.
Vater Grießer war aus dem Bett gefallen und so schwach, dass er kaum mehr seine Stimme erheben konnte. Die Schwestern hoben ihn zurück ins Bett, Vroni kochte eine

milde Suppe, Lucilie bettete ihn hoch und hielt ihm die Hand.

»Ich muss dir noch was sagen«, flüsterte der Vater. Lucilie, Vroni und auch er selbst wussten, dass es bald mit ihm zu Ende ging. Er versuchte, sich mit einer Suppe zu stärken, damit er noch sprechen konnte, wurde aber zu müde und schickte Vroni weg. Sie solle in die Kirche zum Festgottesdienst gehen, der Tod käme nie erwartet.

Besorgt verließen Alois und Vroni das Haus zum Hochamt, Toni nahmen sie mit, und draußen hörte Lucilie immer wieder kicherndes Getuschel. Die Lederbäuerin, so konnte sie den Stimmen draußen entnehmen, hatte Maries Muttergottes in die Kirche geschafft und ihr ein Tuch übergeworfen. Der Pfarrer würde das Werk erst sehen, wenn sich alle zur Messe versammelt hatten.

Lucilie blieb am Bett des Vaters sitzen. Er atmete regelmäßig, sie wusste, dass er nicht sterben würde, denn er hatte noch etwas auf dem Herzen. Trotzdem wachte sie bei ihm. Hier hatte sie auch als Dreizehnjährige gesessen, als die Mutter starb. Wo würde sie enden? Sie wünschte sich, es geschähe gleichzeitig mit dem Doktor. Und der Toni sollte an ihrem Bett sitzen, so wie sie jetzt beim Vater.

Vroni kam nach der Messe zurückgeeilt, voller Sorge. Doch Lucilie konnte sie beruhigen, er schlief nur. Die Schwester berichtete schließlich vom Pfarrer, der fast das Amt unterbrochen hatte. Wie erwartet hatte er sich fürchterlich über die »Blasphemie« aufgeregt, war rot angelaufen und hatte die Schnitzerei eigenhändig aus seiner Kirche hinausgeworfen. Die Mariensteiner hätten während des weiteren Gottesdienstes ihr Kichern und Lachen kaum unterdrücken können, immer wieder hätte der eine oder die andere fest in die Jacken gehustet, um der freudigen Ausbrüche Herr zu werden. Einer hatte den anderen wieder angesteckt, und der Pfarrer, dem dies alles nicht verborgen blieb, hatte schließlich hilflos mit den Armen gerudert und Gott um seinen Beistand angefleht.

Draußen hörte man die Kuhglocken, Lucilie stand auf und sah zum Fenster hinaus. Fein herausgeputzt waren alle Mariensteiner, sie hatten prächtige Kränze aus Blumen geflochten, und die Bauern machten sich mit den Glocken auf den Weg zu den Almen, um die Tiere zu schmücken und sie herunterzutreiben. Das Gesinde richtete derweil einen Boden für den späteren Tanz her, man stellte Tische und Bänke auf und stritt sich darum, wo der beste Schankplatz für das Bier wäre.

Der Vater schickte alle hinaus, zum Fest, sie sollten nicht an seinem Bett auf den Tod warten. Lucilie widersprach. Vroni, Alois und Toni sollten gehen, sie aber würde bei ihm bleiben und wachen.

Vroni blieb unruhig und schaute regelmäßig in die Kammer, nachdem das Vieh mit den Glocken auf dem Dorfplatz ankam und getrennt wurde, nachdem das erste Fass Bier angezapft wurde und Musikanten zum Tanz aufspielten, nachdem man Fackeln aufstellte, um in der Dunkelheit nur noch ausgelassener zu feiern. Lucilie saß ruhig beim Vater und schaute manchmal zum Fest, vor allem, um Toni zu erspähen. Er hüpfte mit anderen Kindern zur Musik herum, bekam ab und zu ein Bonbon zugesteckt und rannte plötzlich mit der ganzen Kinder-

schar vor irgendetwas davon, um mit allen im gleichen Tempo wieder zurückzukehren.
Lucilie hätte ohnehin nicht draußen tanzen mögen, wenn der, an den sie sich gerne zur Musik geschmiegt hätte, nicht da war.
»Bloß komisch«, sagte Vroni, als sie wieder einmal zur Kammertür hereinschaute, »dass die Marie nicht auftaucht. Die hätte heut ein jeder gefeiert!«

7.

Ein Gewitter zwang Denaro zur Einkehr in einer kleinen Dorfwirtschaft. Er sattelte ab, klopfte Gallo auf den Rücken, gab ihm ein Stück Zucker und sah ein, dass der Araber eine Pause brauchte.

Bald blitzte und donnerte es, bald schüttete es wie aus Kübeln.

Denaro war der einzige Gast, ein mürrischer Wirt servierte ihm eine Pampe aus Kartoffeln und dünnem Bier, und schickte seine junge, ganz hübsche Tochter zu dem Reisenden, der nicht so aussah, als hätte er kein Geld. Die Dirne ging ihn mit einer der üblichen Fragen an. Ob er sich Gesellschaft wünsche. Sie fuhr sich mit der Zunge über die Lippen und beugte sich nach vorne, so dass er ihr tief in den Ausschnitt blicken konnte. Ihr Busen wirkte jung und straff, sie hatte einen wohlgeformten Hintern und Grübchen in den Wangen.

Denaro bestellte für sie und sich Schnaps und schickte ihren Vater zum Stellplatz, um Gallo mit gutem Heu füttern zu lassen.

»Wie viel?«, fragte er. Das Mädchen nannte eine Summe, zu der Denaro nur höhnisch auflachte. Sie reduzierte den Preis um die Hälfte, und Denaro folgte ihr in eine dunkle Kammer.

Das Mädchen hatte einen fast makellosen Körper mit

vollen Brüsten und festen Schenkeln. Denaro stöhnte auf, als er in ihr kam.

Doch als er sich von ihr abwendete, dachte er an die lateinische Sentenz: »Post coitum animal triste.« Nach dem Akt war das Tier traurig. Ja, bei Galen, dem antiken Arzt, hatte er das gelesen, jetzt fiel ihm auch wieder ein, dass es eigentlich hieß: Nach dem Akt ist jedes Tier traurig, außer dem Hahn und dem Weib.

Denaro bezahlte, der Regen hatte nachgelassen. Er zog sich an und sattelte Gallo, er wollte weg von der Hure. Weit entfernt von moralischen Skrupeln stellte der Doktor fest, dass man sich bei Dirnen nicht wirklich befriedigend vergnügte, wenn man liebte.

Der Komet war nicht mehr zu sehen. War er für immer verschwunden?
Kurz gaben die Wolken einen klaren Sternenhimmel frei, jetzt zogen sie wieder auf und verfinsterten den Waldweg.

Paris, dachte Denaro. Sie müssten nach Paris gehen und Napoleon von Lucilies Hebammenkünsten überzeugen. Doch was sollte ein Feldherr schon mit Weiberangelegenheiten, die dem Krieg eher abträglich als nützlich waren, anfangen?
Die Hygiene, dachte der Doktor plötzlich, als der Ast eines Baumes einbrach und er von den nassen Blättern überschüttet wurde. Wenn er dem französischen Kaiser nahebringen konnte, wie kriegsrelevant Lucilies Theorie war, könnten sie den bayerischen Akademikern, ja den ganzen europäischen Professoren in ihrer Selbstgerechtigkeit ein gehöriges Schnippchen schlagen. Aber wie

sollte er sich überzeugend hinter eine Theorie stellen, an die er selbst nicht glaubte?
»Brr!« Denaro bremste sich und seinen Gedankenfluss. »Das wird ja immer noch schöner!« Mit einem Handstreich würde er all seine Ideale verraten!

Denaro gab Gallo wieder die Sporen und trieb ihn an. Für solche Überlegungen war jetzt nicht die rechte Zeit. Der Doktor war unruhig, er witterte Gefahr.

8.

»Schnell, Lucilie, schnell!« Die Lederbäuerin stand mit Vroni in der Kammertür, Lucilie fuhr aus dem Bett hoch und schob Toni, der mit dem Kopf auf ihr schlief, zur Seite.

Im ersten Moment dachte Lucilie, mit dem Vater sei etwas, doch da käme nicht die Lederbäuerin.

»Die Marie hat sich den Bauch aufgestochen. Sie blutet wie eine Sau. Und der Doktor ist nicht da«, sagte die Lederbäuerin und hielt Lucilie das Kleid hin, das sie abends auf den Stuhl geworfen hatte. Die Sonne ging gerade auf und tauchte durch den Vorhangspalt die Kammer in ein tiefes Rot.

Lucilie flüsterte Toni zu, er solle weiterschlafen, zog sich schnell an und eilte der Lederbäuerin nach.

»Ich bin aber bloß eine Hebamme, Lederbäuerin, ich weiß nicht, ob ich helfen kann!«, sagte Lucilie, während sie über den Dorfplatz, auf dem noch Bierkrüge und verwelkter Blumenschmuck vom gestrigen Fest lagen, eilten.

»Wen sollen wir denn sonst holen?«, entgegnete die Lederbäuerin. »Wir machen schon unsere Kreuze unter das Schreiben. Wenn das kein Notfall ist, dann weiß ich auch nicht. Und ob ihr überhaupt noch jemand helfen kann, das weiß ich auch nicht.«

Um Gottes willen, dachte Lucilie, erst jetzt fiel ihr wieder ein, dass Marie ja schwanger war.

Ein Knecht, der nachts in seinem Rausch nicht mehr in seine Kammer gefunden hatte und hinter dem Schuppen liegen geblieben war, hatte Marie unter dem Birnbaum röcheln gehört und sie in ihr Bett getragen.
Entsetzt sah Lucilie, was Marie sich angetan hatte: Ihr Bauch lag offen, die Gebärmutter war auseinandergeschnitten und Gedärme hingen heraus. Der Körper und das Bett waren von Blut und Schleim durchtränkt, die Fruchtblase musste geplatzt sein, Lucilie sah, wie sich inmitten der Innereien und der klaffenden Wunde etwas bewegte.
»O Gott«, rief die Hebamme. »Beten, Lederbäuerin, beten! Und lass einen Wasserkessel ansetzen, hol Nadel und Faden!« Lucilie fiel die Praxis ein. »Lauf zum Doktor und hol sein Besteck!«
Die Lederbäuerin eilte davon, Lucilie nahm den Kopf Maries in die Hand, die Magd schlug die Augen auf und stöhnte. Sie schien zu sich zu kommen.
Schwere Schritte kamen die Treppe heraufgeeilt, Denaro riss die Tür auf.
Marie schrie auf. »Nein! Nicht der Doktor!«
Auch Denaro sah das sich bewegende Kind in ihrem Bauch, er warf Lucilie einen entsetzten Blick zu und ging zu Marie.
»Weg! Hau ab!«, rief Marie erneut mit ihrer verbliebenen Kraft. »Den Kindsvater brauch ich dabei nicht! Hebamme, trau ihm nicht!«
Hieß das, Denaro hatte die Magd geschwängert?
Marie verlor wieder das Bewusstsein, Denaro griff beherzt in den offenen Bauch.
»Wasch dir die Hände, bitte!«, flehte Lucilie. An den

Fingern des Doktors hing der Dreck der Reise. Über Maries Worte dürfte sie erst später nachdenken.
»Für das ist jetzt keine Zeit!«, herrschte Denaro sie an. Lucilie zuckte zusammen.
Denaro drückte Gedärme zurück und presste alles zusammen.
»Der Wasserkessel kocht schon«, sagte eine Magd. »Soll ich jetzt das Besteck hineinwerfen?«
»Was ist denn das für ein Weiberschmarrn, seht ihr denn nicht, dass es pressiert? Sie verblutet sonst!« In Denaros Stimme lagen die Sekunden, die zählten.

Lucilie verließ die Kammer. Sie ging die Treppe hinunter und versuchte sich zu sammeln. Nein, sie würde nicht zuschauen, wenn der Doktor mit seinen dreckigen Händen der Magd die letzte Überlebensmöglichkeit nahm. Sie würde sich vom Geliebten nicht so anfahren lassen. Vom Geliebten? Stimmte es, was Marie gesagt hatte? War er der Kindsvater? Lucilie lehnte sich an eine Wand, ihr war schwindlig.

Mit gesenktem Kopf ging sie über den Dorfplatz. Sie hatte aber keine Zeit mehr, noch etwas zu denken, denn Vroni rief sie.
»Schnell, Lucilie, der Vater! Du sollst kommen!«
Mit diesem Tod hatte sie gerechnet, darauf hatte sie sich eingestellt, sie eilte die Stiegen zu ihm hinauf, zu seinem Bett.
Der Vater bedeutete ihr, sich zu setzen, Vroni rannte los, um den Pfarrer für die Letzte Ölung zu holen.

»Die Vroni hat mir das mit der Marie gesagt. Kannst ihr nicht helfen?« Die Stimme war leise und schwach. Seine Augen füllten sich mit Tränen.

Lucilie schüttelte den Kopf und strich dem Vater zärtlich über die Hand.
»Ich muss dir noch was sagen, Lucilie. Vergib mir!«, flehte er.
Lucilie lächelte. »Aber das hab ich doch längst getan, Papa. Verzeih du mir, dass ich so stur war.«
Der Vater sah ihr fest in die Augen und suchte nach Worten.
»Dein Kind, das lebt«, sagte er schließlich.
Lucilie riss die Augen auf. »Du weißt was von der Josepha?«
Der Vater schüttelte den Kopf. »Sie heißt Marie.«
»Wo ist sie?« Lucilie flehte.
Der Vater suchte wieder nach Worten, plötzlich begriff Lucilie.
»Es ist die Marie!«, sagte sie leise.
Der Vater nickte.
Lucilie schloss für einen Moment die Augen, dann sprang sie auf. Ihre Seele taumelte, ihr Körper rannte wieder den Weg zurück, die Stiegen hinunter, zum Haus hinaus.
Der Pfarrer kam ihr mit Vroni entgegen. Lucilie schrie ihn an. »Du hast es gewusst, du hast alles gewusst! Du hast sie zur Lederbäuerin gebracht!«

Denaro setzte zum ersten Stich an, für seine Überraschung blieb keine Zeit. Lucilie nahm den Kopf Maries in die Hand, sie streichelte ihr übers Haar, küsste ihre Stirn.
»Mein Mädchen, halt durch, mein Mädchen, du musst es schaffen! Marie, Marie!«
Marie öffnete kurz die Augen und lächelte Lucilie benommen an.
Denaro packte Lucilie am Arm und schubste sie weg.

»Spinnst du? So kann ich nicht nähen, wenn sie bei sich ist!«

»Koch die Nadel aus, den Faden!«, flehte Lucilie und sank vor ihm auf die Knie.

»Soll sie verrecken wegen deinem Zirkus?«, herrschte sie der Doktor an und wandte sich wieder der klaffenden Wunde zu.

Lucilie trat vor die Tür der Kammer. Dort fiel sie in Ohnmacht.

9.

Lucilie lag im Bett und lief doch davon, in die Nacht hinaus. Sie verstand nicht. Aber wie sollte sie auch begreifen? Ihre Tochter war von ihrem Geliebten schwanger geworden und hatte versucht, sich das Leben zu nehmen. Der Vater lag im Sterben.

Der Geliebte hatte die Tochter geschwängert. Wo war Toni? Sie konnte nicht reden, nicht schreien, obwohl sie ihre Lippen formen konnte und die Zunge spürte. Es war dunkel und doch sah sie ein Licht.

»Der Geliebte wird dein Kind töten!«, hämmerte es in ihrem Kopf. Die blinde Seherin lachte höhnisch dazu auf.

Sie musste in einem Fiebertraum liegen.

Sie hörte gedämpfte Stimmen, und ihr war, als würde Denaro ihren Arm nehmen und ihr eine Spritze geben.

»Toni«, wollte sie rufen, doch sie fand sich wieder auf einem dunklen Waldweg. Sie lief und lief und kam doch nicht vom Fleck.

10.

Vroni hielt mit der Wahrheit nicht hinter dem Berg. Der Vater war mit einer schlichten Beerdigung im Grab der Mutter beigesetzt worden.
Am Tag darauf hatte man Marie das letzte Geleit gegeben. Toni war wohlauf. Der Doktor wartete darauf, Lucilie sprechen zu können, wenn sie wieder bei klarem Verstand wäre.

Es war wieder ein Sonntag, die Kirchenglocken läuteten. Es nieselte. Vroni zog die Vorhänge auf. Fast eine Woche war Lucilie in einem fiebernden, wahnsinnigen Schlaf gelegen. Vroni hatte ihr Flüssigkeit eingeflößt, jetzt kochte sie ihr eine Suppe.
»Schön, dass du wieder da bist«, sagte die Schwester, so als hätte sie um ihr Leben gefürchtet. »Jetzt musst wieder zu Kräften kommen.«
Lucilie nahm ein paar Löffel zu sich, sie konnte noch immer nicht sprechen, sie spürte, wie ihr Gesicht versteinert war.
Man brachte Toni zu ihr und Lucilie gelang ein Lächeln. »Es wird schon wieder«, hätte sie ihm gerne sagen wollen.
Aber was sollte eigentlich wieder werden? Toni stellte keine Frage, er schaute sie unsicher an und gab ihr schließ-

lich einen Kuss, ehe ihn Vroni wieder hinausschickte. Lucilie schüttelte bestimmt den Kopf, als die Schwester sie fragte, ob sie nun den Doktor holen sollte.
»Was ist denn eigentlich passiert?« Vroni war nicht neugierig, sie wollte nur Anteil nehmen.
Lucilie schloss die Augen und weinte stumme Tränen.
Vroni streichelte ihr übers Haar. »Erzählst es mir später! Jetzt brauchst noch Ruhe.«

Lucilie wollte für sich bleiben, nur nachts freute sie sich über Toni, der sich an sie kuschelte. Es wurde Montag und Dienstag, Toni war gerade neben ihr eingeschlafen, sie fand ihre Stimme wieder. Leise schluchzte sie, verhalten jammerte sie, und fast lautlos winselte sie.

Lucilie stand auf und schaute zum Haus des Doktors hinüber. Im Behandlungszimmer brannte noch Licht, sie sah ihn dort ein Buch lesen.

Lucilie setzte sich auf die Bettkante, so wie sie so lange Zeit immer beim Vater auf der Bettkante gesessen hatte. Zärtlich berührte sie Tonis Haare, ganz sanft, so dass er nicht davon geweckt würde.

Feige, ja, sie war feige. Sie hatte ihr Wissen nicht wirklich eingefordert, hatte immer geglaubt, sie dürfe es nicht wagen, um Toni zu schützen. Und was war passiert? Ihr anderes Kind hatte sie deshalb verloren. Sie hatte Denaro keinen Widerstand geleistet und ihn nicht gezwungen, auf Hygiene zu achten. Vielleicht wäre Marie trotzdem gestorben, aber weil sie zu feige gewesen war, war ihr Schicksal von vornherein besiegelt gewesen. »Feige, feige, feige«, hämmerte es in ihrem Kopf.

Waren nicht alle anderen Kinder auf der Welt auch ihre Pflicht? Sie musste das Buch veröffentlichen, sie musste in die Welt hinausschreien, was sie zu sagen hatte, sie durfte keine falsche Rücksicht nehmen, sie musste, musste, musste! Es gab keinen anderen Weg, auch wenn sie sich alle anderen Möglichkeiten schöngeredet hatte.

Lucilie zog sich an und schlich sich zu Denaro hinüber.

11.

Denaro öffnete ihr ernst, aber freudig. Er wollte sie umarmen, spürte aber ihre Zurückweisung und bat sie förmlich herein.

»Wir sind in Gefahr, wir müssen etwas planen. Gut, dass du wieder auf den Beinen bist«, sagte er.
Lucilie setzte sich nicht auf den angebotenen Stuhl. Denaro ging in die Küche, kam mit Wasser und Wein zurück. Lucilie sah ihm an, wie er mit sich rang. Sie ließ den Blick nicht von ihm.
»Es tut mir leid«, sagte Denaro. »Es war … ich musste handeln, sie wäre sonst verblutet.« Denaro machte eine Pause, er ergriff ihre Hand. »Lucilie, wir hätten sie so oder so nicht mehr retten können!«

Lucilie wich zurück, ließ aber den Blick nicht von ihm. Sie liebte ihn und seine blauen Augen immer noch.

»Mein Kind ist tot. Und deins auch«, sagte sie, ihre Stimme klang erstaunlich fest.
»Wie meinst du das? Mein Kind? Dein Kind?« Im nächsten Moment verstand er, was ihn betraf.
»Lucilie, ich weiß nicht, ob ich wirklich der Kindsvater war. Und wenn, es war vor deiner Zeit.«

»Marie war meine Tochter. Ich hab es bloß vorher nicht gewusst. Damit müssen wir nun leben.«

Denaro erstarrte.
Lucilie ließ ihn so stehen und verließ sein Haus durch die Vordertür, die sie noch nicht einmal hinter sich zuschlug.

Es war dunkel, es war Nacht. Lucilie ging einen einsamen Weg über den Dorfplatz. In der Ferne hörte sie einen Uhu rufen.
Diese Vögel, so dachte Lucilie, zogen im Winter nicht in den Süden. Das Männchen und das Weibchen blieben ein Leben lang zusammen und zogen gemeinsam die Jungen auf. Sie wollte jetzt über den Uhu nachdenken. Alles andere hätte ihr das Herz zerrissen.

12.

Denaro schlug sich beim Steg die Hand an einem Felsen blutig.
»Ich bin schuld!«, rief er in die Nacht hinaus, rief es immer wieder, wenn die Hand auf dem Gestein aufschlug.

»Spinnst du jetzt, Doktor?« Ein Hirte kam angelaufen und packte seinen Arm. Denaro stieß ihn zurück. Doch er ließ von seinem Treiben ab und machte sich langsam auf den Weg zurück ins Dorf.

Später stellte er im Behandlungszimmer fest, dass das Lachgas nicht verschlossen gewesen war und sich verflüchtigt hatte. Er lachte höhnisch dazu auf, holte Gallo und verzog sich in die Jagdhütte.
Dort fand er einen verletzten Uhu, dem er das Bein schiente. Was sonst sollte er auch tun?

13.

Mürrisch trat der Gendarm zum Pfarrer, der in der Kirche allein vor dem Altar betete. Der Uniformierte hielt ein Schreiben in der Hand. Er wartete das Kreuzzeichen nicht ab, sondern unterbrach die stille Versenkung des Bruders.

»Jetzt hast es geschafft. Jetzt hab ich den Befehl«, sagte er und hielt dem Geistlichen das Papier unter die Nase.

»Dann sag ihr halt, dass sie verschwinden soll, dann musst sie auch nicht festnehmen«, entgegnete der Pfarrer.

»Es geht um die Lucilie!«, erwiderte der Gendarm ungläubig. »Erst willst sie unbedingt einkerkern und jetzt willst sie gehen lassen?«

Pfarrer Hinterrainer sprach von Vergebung und Feindesliebe.

Der Gendarm glaubte ihm kein Wort. Er vergrub das Schreiben tief in der Hosentasche. Wenn sein Bruder nicht auf eine Verfolgung wegen Kurpfuscherei drängte, dann musste er seinen amtlichen Befehl auch nicht sofort ausführen. Wie oft war die Post schon wegen des falschen Mariensteins mit wochenlanger Verzögerung gekommen.

»Das wird eine höhere Macht regeln!«, erklärte der Pfarrer schließlich seinem Bruder. Der Gendarm glaubte natürlich, der Geistliche meinte den Allmächtigen.

»Und das Marterl, das werd ich segnen!«, rief ihm der Pfarrer hinterher, als der Gendarm schon zur Tür hinaus war. Der Uniformierte stutzte erneut. Am Steg, so hatten die Mariensteiner beschlossen, sollte Maries geschnitzte Muttergottes als Marterl aufgestellt werden. Mit einer Weihe des Pfarrers hatte keiner gerechnet.

14.

Am Tag darauf überlegte der Gendarm, ob er nicht doch den Befehl ausführen müsse, nicht, dass man ihm noch etwas anhing. Schuld war die Lucilie selber, was war ihr auch eingefallen, nach allen Leuten aus der Gegend schicken zu lassen?

Alois hatte ihr schon in der Früh den Tanzboden auf dem Dorfplatz aufgestellt und Gesinde war in die umliegenden Orte ausgeschickt worden. Obwohl man sich dem Oktober näherte, war es immer noch mild und warm, so dass die Dörfler gerne die Gelegenheit wahrnahmen herumzukommen. Was die Lucilie in Marienstein ihnen bieten würde, wusste zwar keiner genau, aber man freute sich, der Arbeit entfliehen zu können, und der geschäftstüchtige Lederbauer ließ schnell noch ein paar Fässer Bier herschaffen, damit auch die richtige Stimmung für so eine außerordentliche Veranstaltung aufkäme.

Lucilie, die sich fein herausgeputzt hatte, stellte sich zur Probe auf den Boden, Toni hüpfte freudig um das Podest außen herum. Am Vormittag war außerdem noch eine Kutsche angekommen, und eine blonde Städterin war mit einem Koffer ausgestiegen. Es stellte sich heraus, dass es die Hebamme war, auf die man so lange gewartet hatte.

Sie hatte im falschen Marienstein ihren Dienst angetreten, bis sich der Irrtum aufgeklärt hatte. Lucilie und die blonde junge Frau kannten sich aus München, sie begrüßten sich freudig und herzlich. Den Kutscher hieß die Grießer-Tochter bis abends zu warten, man würde ihn heute noch brauchen.

Alle Mariensteiner, außer dem Doktor, der seit Tagen auf seiner Jagdhütte war, und Hunderte anderer Dörfler versammelten sich bis zum Gebetläuten um fünf Uhr um den Boden herum, und da bald kein Platz mehr war, drängte man auf die Balkone der umliegenden Häuser, setzte sich auf die Eingangstreppen, und junge Burschen stiegen auf die Stadeldächer.

Lucilie saß am Küchentisch und nähte einen silbernen Knopf an Tonis Jacke. Vroni hatte ihr das nicht ausreden können, die Hebamme bestand darauf, obwohl die Leute draußen warteten.
Eva kam in die Küche, Rufe nach ihr seien schon laut geworden.
Lucilie nickte, biss den Faden ab und rief Toni zu sich. Sie ging in die Hocke und umschloss ihren Buben fest mit beiden Armen.
»Toni, ich fahr heut noch nach München. Du bleibst bei der Tante Vroni«, erklärte Lucilie.
»Muss ich nicht mehr in die Schule?«, fragte Toni.
»Doch«, erwiderte Vroni statt ihrer. »Nächsten Montag fängt bei uns der Unterricht an.«
»Warum schaust so bang, Mama?«, fragte er.
»Es könnt sein, Toni, dass ich so schnell nicht wiederkommen kann.« Lucilie zögerte einen Moment. »Es könnt sein, dass sie mich festnehmen. Es gibt einen Haftbefehl gegen mich.«

Vroni stupste die Schwester an. Musste sie dem Kind erzählen, was die Frau Gendarm Hinterrainer ihnen gesteckt hatte?
»Was hast du denn für ein Verbrechen gemacht?« Toni schaute sie ungläubig an.
»Keins, Toni. Ich sag nur was, was mir eigentlich nicht zusteht … Aber das kann dir die Eva später erklären.«
Tränen füllten ihre Augen, sie wischte sie trotzig mit dem Ärmel weg. Vroni nahm Toni an der Hand und nickte ihrer Schwester zu. Lucilie wusste, was es hieß: Vroni würde sich, egal was passierte, um Toni wie um ein eigenes Kind kümmern, sie hatte es eben noch einmal versprochen.

»Liebe Mariensteiner und alle anderen Leut!«, begann Lucilie ihre Rede, und die Menge verstummte.
»Bald wird ein Buch von mir herauskommen. Aber ich möchte jetzt schon, und vor allem bei euch, in meiner alten Heimat, davon sprechen, denn ich weiß, wie man einige Krankheiten verhindern kann. Die, die mich kennen, haben ja schon ein bisserl etwas mitbekommen, ich versprech euch keine Wunder und es kostet euch nur ein wenig mehr Arbeit. Und noch was, das sag ich euch gleich: Die studierten Herren werden versuchen, euch einzureden, dass das alles nur ein Schmarrn ist. Glaubt ihnen nicht, es stimmt nämlich, was viele von euch schon immer gewusst haben. Ein Doktor macht manchmal erst krank. Und ich kann euch sagen, warum.«

Manchmal musste einer husten, ein Säugling weinte zwischendurch und den Tieren war die Rede selbstverständlich egal. Aber sonst, so stellte der Gendarm erstaunt fest, konnte eine so große Menschenmenge erstaunlich ruhig bleiben. Freilich verstand es die Lucilie auch, so zu sprechen, wie ihnen hier der Schnabel gewachsen war. Unruhig trat nur der Gendarm von einem Bein aufs andere. War das nun cinc Art neuer Aufstand? Ging es wirklich nur um medizinische Dinge? Vorsichtshalber, so dachte sich der Uniformierte, holte er lieber mal den Doktor, der würde das einschätzen können. Komisch war vor allem auch die Gelassenheit seines Bruders, der vom Fenster des Pfarrhauses aus zuschaute. Der musste irgendetwas wissen, was ihm verborgen geblieben war. Gendarm Hinterrainer eilte zu seinem Pferd.

Lucilie erklärte in einfachen Worten die wichtigsten Hygienemaßnahmen. Sie sprach von den kleinen Tierchen und erläuterte darüber hinaus noch die Wirkung verschiedener Heilpflanzen, die sich die Dörfler hier allesamt umsonst aus den Bergen holen könnten.

Lucilie redete, als hätte sie in ihrem Leben nie etwas anderes gemacht. Sie sprach frei und mit fester Stimme, blickte in einzelne Gesichter und stellte mitten in einem Satz fest, dass sie all ihre Furcht verloren hatte.

Denaro blieb am Rande der Menschenmenge stehen und hörte ungläubig zu. Wusste Lucilie denn nicht, in welche Gefahr sie sich brachte? Als Pfarrer Hinterrainer zu ihm herübergrinste, wusste der Doktor, dass er eingreifen musste. Doch nicht jetzt, ein jeder hätte es ihm so ausgelegt, als würde es ihn um sein Geschäft gehen.

Was für ein Prachtweib sie war! Wie sie sprechen konnte! Wie schön sie anzusehen war! Er liebte sie. Würde er sie wiedergewinnen können? Aber durfte er das überhaupt wünschen, nach alldem, was geschehen war?

15.

Vroni hatte in den vergangenen Nächten eine Abschrift vom Manuskript gemacht, und mit diesem, einer Tasche und einem Beutel voller getrockneter Bergpflanzen stieg Lucilie in die Kutsche. Das Originalschriftstück wollte sie im Elternhaus lassen, und Vroni hatte den Auftrag, es zu einem Münchner Drucker zu bringen, sollte ihr oder den gebündelten Seiten etwas zustoßen.

Bis zum Ende ihrer fast zweistündigen Rede hatten ihr die Leute zugehört, Bauern, Knechte, Mägde, Alte und Junge, Liederliche und Anständige – alle hatten aufmerksam gelauscht, was sie zu sagen hatte. Man hatte ihr applaudiert, und Toni war zu ihr auf den Boden gestiegen, um am Erfolg der Mutter Anteil zu nehmen. Man hatte sie gar nicht gehen lassen wollen, bis Vroni die Menschen auseinandertrieb, damit die Lucilie durchkam. Die Lederbäuerin drückte der Hebamme zum Abschied dankend ein Weihrauchsäckchen in die Hand.

An der Kutsche legte sich ein Arm von hinten auf ihre Schultern. Lucilie hielt inne, ohne sich umzublicken. Sie wusste, zu wem der Arm gehörte.
»Fahr nicht«, bat Denaro, »da geht was vor. Ich weiß nicht was, aber es ist zu gefährlich.«

Lucilie drehte sich kopfschüttelnd zu ihm. »Du hast mir nichts anzuschaffen. Ich hab keine Angst mehr. Ich muss das tun.«
Ihre Entschlossenheit verschlug Denaro die Sprache. Wie ein dummer Schulbub blieb er stehen, während sie in die Kutsche stieg. Sie nahm Platz und sah zu ihm hinaus, bis ihre Augen Toni in der Menge suchten.

Keine halbe Stunde später hatte Denaro Gallo gesattelt und brach mit seinem chirurgischen Besteck auf. Er konnte sie nicht ihrem Schicksal überlassen, und wenn er mit ihr untergehen würde. Der Doktor peitschte sein Pferd, hinter dem Bergsee holte er die Kutsche ein und brachte sie zum Stehen. Er überließ Gallo der Bergwelt und stieg ein.

Lange sprachen sie nichts, dann schilderte Denaro ihr alles, was er in München erfahren hatte. Lucilie berichtete ihm aufs Haar genau, wie die Hygiene wirkte, warum glaubte er ihr nicht?
Der Doktor redete ruhig und bestimmt auf sie ein, er musste sie davon überzeugen, mit ihm nach Paris zu kommen. Nur von dort aus würde sich ihr Wissen durchsetzen können, nur mit Hilfe des französischen Kaisers. Lucilie stimmte zu, sie würde seiner Schwiegertochter schreiben und sie um Hilfe bitten.

Es war dunkel in der Kutsche, sie schaukelte über einen holprigen Weg, es war kalt. Lucilie legte sich eine Decke über den Schoß. Denaro wagte nicht, nach ihrer Hand zu greifen.
»Ich liebe dich«, sagte er.
»Ich liebe dich auch«, erwiderte sie leise.

In den Gasthäusern aßen sie zusammen, diskutierten verhalten über Medikamente, Theorien und Heilverfahren und legten sich früh zu Bett. Sie schliefen getrennt.

Als der Große Komet des Jahres 1811 über Europas nächtlichem Himmel am hellsten strahlte, fiel kurz vor den Toren von Paris der erste Schuss auf die Kutsche. Ein Wirt hatte das Paar an dem Arztkoffer, dem nach Lavendel riechenden Pflanzenbeutel der Hebamme und dem Einklang der Liebenden erkannt. Noch in Tirol waren sie verraten worden.

Aigner war persönlich mit seinen akademischen und kirchlichen Helfershelfern gekommen, um die Hinrichtung des Doktors und der Hebamme zu überwachen. Für Tonis Ausbildung schickte er jeden Monat Geld nach Marienstein. Er war sich sicher, aus dem Buben würde einmal ein großer Arzt werden.

Vronis Mann Alois brachte Lucilies Manuskript nach München und übergab es, wie vereinbart, dem Drucker. Der zerstreute Setzer verwechselte es jedoch mit den Aufzeichnungen einer gewissen Rosa, die im Alter noch Lesen und Schreiben gelernt hatte. Ihr Bayerisches Kochbuch mit zahlreichen Kartoffelrezepten wurde ein großer Erfolg.

Nachwort

1847 fand Dr. Ignaz Semmelweis den Zusammenhang zwischen der hohen Müttersterblichkeit im Wochenbett und der Übertragung von Leichengift durch Ärzte heraus und führte die Händedesinfektion ein. Er wurde von den Kollegen deshalb angefeindet, verlor seine Stellung und kam in die Irrenanstalt. Die Durchsetzung strenger Hygienevorschriften erlebte er nicht mehr, er starb an einer Blutvergiftung.

Ab 1844 setzte der amerikanische Zahnarzt Horace Wells Lachgas bei Zahnextraktionen ein, nachdem er dessen schmerzstillende Wirkung zufällig bei einer Vergnügungsanwendung beobachtet hatte, wie sie damals auf Jahrmärkten üblich war. Die moderne Narkose entwickelte sich daraus.

Glossar

Accouchierhaus: Im 18. Jahrhundert entstandene Vorläufer der heutigen Entbindungskliniken

Autopsie: (medizinisch) Leichenschau

Bader: Beruf, der unter anderem das Badewesen, Körperpflege und Kosmetik, Teilgebiete der Chirurgie und der Zahn- und Augenheilkunde umfasste

Bangad: Uneheliches Kind

Embryotomie: Zerstückelung der Frucht im Mutterleib

Feldscher: Niederer Wundarzt beim Militär

Fraktur: (medizinisch) Bruch, im engeren Sinne Knochenbruch

Gstanzl: Bayerisch-österreichische Liedform im Dreivierteltakt, meist als Spottgesang

Hämatom: (medizinisch) Bluterguss

Kiachla: Runde Hefeteigfladen, die in der Mitte dünn ausgezogen werden

Magenruptur: (medizinisch) Zerreißen der Magenwand

Rangeln: Spielerischer Wettkampf auf Jahrmärkten, ähnlich dem Ringen

Salige: Berggeister keltischen Ursprungs

Stadtphysikus: Ein von der Stadt angestellter Arzt, der höchste Beamte im Gesundheitswesen. Das heutige Gesundheitsamt entwickelte sich aus dieser Position

Monika Bittl
Irrwetter

Roman

Eiergroße Hagelkörner regnet es, und der Himmel verfärbt sich grün, als Anntraut Speth geboren wird. »Die wird uns Unglück bringen«, das steht für die abergläubischen Dorfbewohner fest. Einschüchtern lässt sich Anntraut davon nicht und stellt ohne Scheu vorwitzige Fragen. Als junge Frau jedoch setzt sie alles daran, die Umstände ihrer Geburt vergessen zu machen. Sie wird zur Vorzeigechristin, ist hilfsbereit und selbstlos. Doch dann trifft sie ein schwerer Schicksalsschlag, und Anntraut lehnt sich gegen den Fluch auf …

»*Irrwetter* von Monika Bittl ist die packende Geschichte einer Frau, die sich gegen den Aberglauben und die Enge ihres Heimatdorfs auflehnt und zu sich selbst findet.«
Freundin

Knaur Taschenbuch Verlag